책읽기부터 시작하는 글쓰기 수업

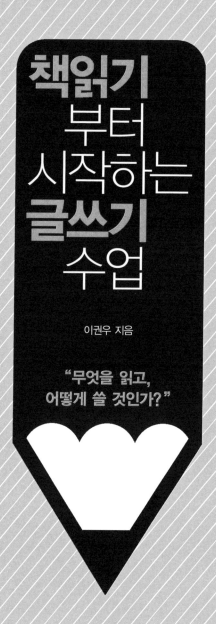

책읽기
부터
시작하는
글쓰기
수업

이권우 지음

"무엇을 읽고,
어떻게 쓸 것인가?"

한겨레출판

어제도 그녀는 밤부터 오늘 새벽까지 내내 컴퓨터 앞에 앉아 있었다. 소설을 쓰기 위해서였다. 그렇지만 진은 두어 문장을 쓰고 이메일을 확인하고, 그 두어 문장을 지우고 스도쿠數獨 퍼즐을 풀고, 지웠던 두어 문장 가운데 한 문장을 되살린 후 손톱을 깎고, 되살린 문장의 표현을 일부 수정하고 나서 인터넷 기사 사회면의 강력범죄 사건들을 훑어보며 타인을 위한 애도와 분노로 몸을 떨다가, 종내는 수정한 문장마저 삭제한 후 다시 이메일을 확인했다. 그리고 다시 두어 문장 쓰고 스마트폰 게임을 하다가, 방바닥을 쓸고 닦은 다음, 인터넷 쇼핑몰의 일일 초특가 할인상품들을 장바구니에 담았다 삭제했다를 반복하고는, 배가 고파서 계란이라도 삶아 먹을까 했지만, 냉장고에서 계란을 꺼내다가 불현듯 그럴듯한 문장이 떠오르는 바람에 다시 컴퓨터 앞에 앉아 자판을 두드리느라 계란

삶는 것을 잊어버렸다.

　　　　　　　　　　　　—김미월,〈세 사람이 호랑이를 보았네〉중에서

　번역가 노승영 씨가 페이스북에 올려 친구들 사이에 화제가 되었던 소설의 일부입니다. 아무래도 끼리끼리 노는 데가 페이스북인지라, 이 구절을 보며 친구들이 한마디씩 했더랬지요. 글쓰기가 얼마나 어려운지 잘 보여주는 한 대목입니다. 실제로 글을 쓰겠다 마음먹으면 순간순간 글쓰기를 방해하는 잡다한 일이 동시에 터져 나오곤 합니다. 이 고비를 넘겨야 글을 쓸 수 있습니다. 글로 밥 벌어먹는 사람도 이러할진데, 아직 글쓰기 훈련이 안 된 분들이 글을 쓰려면 얼마나 어려울지 짐작이 갑니다.

　그렇다고 글을 쓸 수 있는 사람은 타고난다든지, 좀 더 어린 나이부터 글쓰기를 익혀야 가능하다고 이야기하려는 게 아닙니다. 기본 요령을 잘 익히고, 열심히 쓰다 보면 어느 순간 주변에서 글 잘 쓴다는 말을 듣게 됩니다. 물론, 이 과정이 속성으로 이루어지지는 않습니다. 그러다 보니 어려워하고 난감해하고 지레 포기하고 마는지도 모르겠습니다.

　평소 글을 잘 쓴다고 생각해본 적이 없습니다. 직업이 직업인지라 글을 읽고 쓰는 일을 게을리하지 않았을 뿐입니다. 그런데다가 사람살이라는 게 묘한지라 글쓰기 수업을 해야 하는 상황이 빈번해지면서 꽤 오랫동안 이 일을 해오게 되었습니다. 주변에서 그동안 강의해온 것을 책으로 묶어보라고 권했는데, 처음에는 완강히 거부했습니다. 관련 책도 많고 아직 부족한 사람이 글쓰기 책을 쓰는 것은 만용이라 여긴 탓입니다. 그러다 결국에는 쓰게 되었습니다. 지금껏 말해온 대로 읽고 토론하고 쓰기를 잘 연계하는 방법을 널리 알리면, 다른 글쓰기 책과 다르지 않겠느냐는 말에 마음을 열었습니다.

잘 읽고 깊이 토론하면 좋은 글을 쓸 수 있다고 생각합니다. 그간 맡았던 글쓰기 수업을 그런 생각으로 이어왔습니다. 대학에서도 해보았고 시민강좌로도 해왔습니다. 수업을 통해 글쓰기가 눈에 띄게 향상된 학생과 시민을 만나면서 저만의 방법에 어느 정도 확신이 선 것도 사실입니다.

부족하지만, 그동안 수업에서 가르쳤던 읽고 쓰는 법을 차곡차곡 정리해 이 책에 담았습니다. 책이 나온 뒤에도, 벗들이 해줄 비판의 목소리에 귀 기울여 더 나은 책으로 거듭나도록 계속 노력하겠습니다. 바람이 있다면, 부디 잘 읽고 제대로 쓰고 싶은 분들에게 조금이나마 힘이 되었으면 합니다.

차례

제1부

무엇을
읽을 것인가

— 잘 읽는 법

1장
/
우리가 책을
읽어야 하는
이유

오래전 한 프랑스 문학가가 쓴 수필에 흥미로운 대목이 있었습니다. 그분의 스승에 관한 이야기인데, 대입 면접에서 학생에게 취미가 무어냐고 물었더니, 독서라 했다고 야단을 쳤다는 내용이었습니다. 배우는 자리에 있는 사람이라면 당연히 책을 읽어야 하는데, 그것을 취미라 해서야 되겠냐는 꾸지람이었답니다. 이 말이 떠오른 것은 격세지감을 느껴서입니다. 이제는 취미를 독서라 말하는 사람도 적어지는 시대이잖습니까. 오랜 세월 뜻있는 이들이 책을 읽자고 해왔지만, 우리 사회는 점점 더 책을 멀리하고 있습니다. 어떻게 하면 다시 책을 읽게 할 수 있을까요? 책읽기의 가치가 무엇인지, 그 본래적 가치와 새로운 의미를 드러내면 책으로 다시 돌아오지 않을까 싶어 책 읽는 이유를 톺아보았습니다. 책은 궁극에 우리를 자유인으로 자라나게 하고 미처 겪지 못한 일을 이해하는 상상력 있는 사람으로 키워냅니다. 그리고 책은 나의 아픔을 바탕으로 남의 고통을 이해하는 참사람으로 이끌어줍니다. 책에 길이 있고, 책이 사람을 만든다고 말하는 이유입니다. 책읽기의 가치를 인정한다면 뭇사람이 다시 책을 읽으리라 믿어봅니다.

**1.
책 속에
길이 있다**

　　　　　　　　　　　'책' 하면 가장 먼저 어린 시절을
떠올리게 됩니다. 그중에서도 특히 춘천에서 살았던 시절은 지금 생각
해보면 제 삶의 황금기였던 것 같습니다. 우리 가족이 세 들어 살던 집
은 앵두나무로 울타리가 쳐져 있고, 집 뒤 언덕으로 조금만 올라가면
남춘천역이 바라보였습니다. 외로울 적에는 그곳에 올라가 서울 가는
기차를 눈 마중했던 기억도 납니다. 그 시절, 쉽게 찾아갔던 소양강은
얼마나 아름다웠던지……. 푸른 강줄기를 따라 함빡 피었던 개나리
무리가 지금도 눈에 선합니다.

　이런 이유만으로 그 시절을 낭만적으로 떠올리는 것은 아닙니다.
사실 진짜 이유는, 좀 엉뚱한 데 있습니다. 그때는 나라에서 학생들에

게 책을 읽히자는 운동을 힘껏 벌이고 있었습니다. 이름하여 '자유교양문고'라 해서, 문고로 펴낸 책을 나라에서 각 학교에 공짜로 보내주었습니다. 그냥 주기만 하면 읽지 않을 테니까 특별한 반을 꾸려 선생님이 지도해주셨습니다. 그곳에서 한 일은 별것 없었습니다. 수업이 끝나면 따로 모여 책을 읽고 독후감을 써내고는 집으로 돌아갔지요. 다른 친구들은 귀찮아했을 수도 있겠습니다만, 저는 그 시간이 얼마나 행복했는지 모릅니다.

책읽기는 저의 유년 시절에 기쁨과 격려, 흥분과 위안, 황홀과 행복이라는 낱말과 더불어 뿌리내리게 되었습니다. 가끔 이런 생각을 해봅니다. 그때 책을 읽지 않았더라면 무엇으로 마음에 위안을 얻었을까요? 전학 간 곳이라 친구들도 별로 없을 때였고 경제적으로 넉넉지 않아 다소 위축되어 살고 있었을 때였습니다. 그러니 책읽기는 결핍을 충족해주는 그 무엇이었던 것입니다.

지금은 우리나라도 제법 잘살게 되어 어렵게 어린 시절을 보내는 사람들이 과거보다는 적어 보입니다. 그런 측면에서, 제가 책읽기에서 느꼈던 감정을 요즘 젊은이들이 경험할 일은 드물 것이라 봅니다. 그렇지만 변하지 않는 것이 있습니다. 예민한 청소년기에는 늘 모자람을 느끼게 마련인지라, 21세기를 살아가는 청소년에게도 모자란 것이 있게 마련이지요. 아마도 정서가 메말랐을 겁니다. 컴퓨터나 게임, 텔레비전을 즐기면서 일어난 일이겠지요. 깊이 있는 지식이 부족할 터입니다. 너무 입시 위주로만 공부해서 생긴 일인 듯싶습니다. 또 승자 독식의 시대를 살고 있어서인지 남에 대한 배려가 적고, 돈으로 상징되는 것에 너무 애착이 심합니다.

아무리 세상이 청소년들에게 새로운 것을 쏟아부어주고 있더라도, 비어 있고 부족한 것이 있게 마련입니다. 그래서 외로운 것이지요. 그러나 두루 갖추어져 있으면 충만한 기분이 듭니다. 자신감도 들고 미래에 대한 전망도 얻게 되는 법입니다. 그러면 채워야 할 터인데, 어떻게 해야 가능할까요?

저는 그것을 책읽기라고 여깁니다. 책의 종류 가운데 문학작품이 있는데, 이는 언어로 이루어진 상상의 집입니다. 이곳은 우리가 경험하지 못했거나 앞으로도 경험하지 못할 이야기로 가득 차 있습니다. 여기서 미처 생각해보지 못한 것, 겪어보지 못한 것들을 만나게 되고 나와 다른 것을 이해하게 됩니다. 그런데 이해에 그쳐서는 안 됩니다. 그 이해를 바탕으로 고통받는 이들의 아픔을 헤아리는 마음을 품어야 합니다. 문학작품을 읽는 이유는 결국 다른 이들의 고통을 미루어 짐작할 줄 아는 성숙한 시민으로 성장하기 위함이지요.

인터넷이면 다 해결된다는 사람들이 있습니다. 그야말로 정보의 바다에 들어가면 원하는 모든 것을 낚아 올릴 수 있다고 나부대지요. 저는 이런 주장에 이의를 제기합니다. 정보는 이제 그 자체로는 가치를 지니지 못합니다. 정보혁명 이전에는 정보를 장악한 사람이 권력을 쥔 꼴이었지만, 지금은 정보가 엄청 쏟아져 나오는 데다 특정인이 그것을 독점할 수도 없는 시대를 살고 있기 때문입니다.

그렇다면 흩어져 있고 넘쳐나고 흘러 다니는 정보를 가치 있게 만드는 것은 무엇일까요? 그것은 바로 수많은 정보 가운데 의미 있는 것을 골라내는 눈입니다. 그리고 무관해 보이는 정보를 엮어서 유관한 그 무엇으로 다시 만들어내는 능력입니다. 더 나아가서 그러한 정보를 바탕으로 가치 있는 지식을 창조하는 능력입니다. 이런 안목과 능력을 갖추기 위해서는 평소 꾸준히 책을 읽어나가야 합니다. 가장 작고 낮은 단위의 정보에서 시작해, 가장 크고 높은 단위의 지식으로 끝나는 것은 오직 책뿐이기 때문입니다.

하지만 책읽기의 가치에 동의하더라도 책을 많이 읽지 못하는 것이 현실입니다. 물론 할 말은 있을 것입니다. 공부하랴, 회사 다니랴, 도대체 책 읽을 시간이 없다, 혹은 텔레비전에 DVD, 게임, 영화 등 볼 것 천지인 시대를 살면서 굳이 책 읽을 필요성을 못 느낀다, 책이라는 게 재미도 있어야지 자다가 봉창 두드리는 소리만 그득한데 그걸 보라고 하니 고역이다…… 다 일리 있는 말입니다.

이렇게 한번 바꾸어 생각해봅시다. 우리는 게임하는 방법을 학교나 학원에서 따로 배우지 않아도 스스로 알아내고 즐깁니다. 그런데 세상은 책읽기를 비롯해 따분하고 하기 싫은 것을 억지로 하라고 강요합니다. 그게 그만큼 중요하니까 강조하는 겁니다. 대체로 하기 쉬운 일은 즐겁긴 하지만, 우리의 정신 능력을 키워주지는 못합니다. 힘들고 어렵고 그래서 짜증나는 일들이, 해내면 정신의 키를 훌쩍 자라나게 합니다. 대체로 하기 쉽고 즐겁기만 한 일은 시간을 흘려 보내게 하지만, 힘들고 어렵고 가치 있는 일들은 시간을 생산적으로 보내게 해줍니다.

책읽기는 결코 쉬운 일이 아닙니다. 무작정 재미있지도 않습니다. 게다가 저절로 익혀지지도 않습니다. 오히려 책읽기는 어려운 축에 듭니다. 남의 생각을 글로 이해한다는 것이 결코 만만치 않기 때문이지요. 책읽기의 가치는, 모르는 것과 이해하지 못하는 것을 비로소 깨닫는 데 있습니다. 쉽기만 하거나 금세 알아먹을 수만 있다면 결코 새롭거나 가치 있는 것을 알았다 할 수 없을 겁니다.

그렇지만 책읽기는 진정 즐겁고 행복한 일이기도 합니다. 비로소 알게 되고, 느끼게 되고, 깨닫게 되고, 자유롭게 되기에 그러합니다. 우리의 눈에는 비늘이 덮여 있습니다. 경험이라는, 편견이라는, 이미 알고 있다는…… 좋은 책은 바로 그 비늘을 벗겨줍니다. 그야말로 새로운 지평이 활짝 열리는 것이지요. 그 놀라움을 무엇에 비할 수가 있을까요. 정말 심 봉사가 눈을 번쩍 뜨는 것과 같을 겁니다. 과정은 비록 고통스러울지라도 결과는 무척이나 값지니, 그토록 강조할 수밖에 없는 것입니다.

'책 속에 길이 있다'는 말을 늘 기억하시길 바랍니다. 그 길은 평생 가야 할 길입니다. 비록 험난할지라도 절대 후회하지 않을 길이며, 큰 영광은 없을지라도 가치 있는 길입니다. 그 길을 걷고 있을 때, 우리의 삶은 광휘로 둘러싸이게 됩니다. 그러니 책과 벗하는 것이야말로 우리가 누릴 수 있는 가장 큰 복이라고 말씀드릴 수밖에요.

2.
상상력을 키우는
책읽기의 힘

대학에서 강의를 하면서 느꼈지만, 책읽기는 어려서부터 몸에 익히는 것이 제일 좋습니다. 누가 시켜서가 아니라 어릴 적 주변 환경이 책을 읽도록 이끌어주어 자연스럽게 책을 가까이하는 습관이 들지요. 대부분 대학에서는 1학년 교양필수로 '사고와 표현'이라는 과목을 강의합니다. 논증적 글쓰기와 토론을 주로 배우지요. 이 수업을 하다 보면 눈에 띄는 학생들이 있는데, 대체로 책을 즐겨 읽고 글쓰기를 두려워하지 않는다는 공통점이 있습니다.

이런 친구들은 공통적으로 수업 태도도 진지하고, 가르치는 사람의 지도에 따라 열심히 하면서도 창의적으로 문제를 해결하려는 열정이 있습니다. 자연히 이런 학생들은 '사고와 표현' 강좌에서 좋은 성적을 거두게 됩니다. 이 과목에서 좋은 점수를 받은 학생들은 대체로 다른 과목에서도 우수한 성적을 받습니다. 대학 수업에는 토론식 수업도 여럿 있고, 리포트나 시험은 글로 써야 하는지라 그러합니다. 책을 열심히 읽어온 친구들이 대학에서 뛰어난 성과를 거두는 것을 지켜보면 참으로 흐뭇합니다.

물론, 살아가면서 꼭 어떤 이익을 얻기 위해서만 책을 읽는 것은 아닙니다. 책을 읽으면 두루 도움이 되고 여러모로 쓸모가 있지만, 꼭 그래서만 책 읽자고 하는 게 아니라는 뜻입니다. 그렇다면 우리는 왜 책을 읽어야 하는 걸까요? '책 읽어야 사람 된다'고 하던 옛사람들 말씀을 기억하는지요? 저는 오랫동안 어른들이 해온 이 말씀에 책읽기의 고갱이가 담겨 있다고 봅니다. 사람이 되어야 한다니? 그럼 우리는 사람이 아니라는 말인가, 의아해할 수도 있겠습니다. 여기서 말하는 사람은 참사람, 그러니까 인격적으로 성숙한 사람을 뜻합니다.

책을 열심히 읽다 보면, 놀라운 경험을 할 때가 왕왕 있습니다. 사고 방식이 동과 서로 나뉘어 있고, 살았던 시대가 옛날과 지금으로 구분되더라도, 진리를 담은 책은 마침내 똑같은 말을 한다는 사실을 깨닫게 되기 때문입니다. 치열하게 우리네 삶의 문제를 고민하다가 다다른 결론이 같다는 점에서 놀랍기도 하지만, 반드시 그렇게 살아야 마땅하다는 깨달음을 안겨주기도 합니다. 그분들이 뜻을 같이한 것이라면 그대로 따라서 살아야 하는 것이 당연하다고 느끼기 때문이지요. 공부한 사람들은 결국에는 다 이런 말을 하더라,에 해당하는 것을 일러 '황금

률'이라 합니다. 특별히 서로 다른 종교들을 비교해본 결과, 공통점으로 도출된 것을 가리키는 말입니다. 그게 뭐냐 하면, '네가 대접받고 싶은 대로 남을 대하라' 정도로 요약할 수 있을 듯합니다.

이 말을 달리 표현하면, 다른 사람의 고통에 대한 이해와 배려라 할 수 있겠습니다. 현인들은, 결국 우리가 서로에 대해 배려하지 않으면 평화롭고 행복한 삶을 살 수 없다는 데 세상의 진리가 있다고 보았습니다. 허탈하다고요? 혹시 '궁극의 진리'라는 말이 주는 무게감 때문에 무슨 거창한 말씀이라도 있을까 기대했나요? 어느 면에서 참된 것은 단순합니다. 종교나 철학이 추구하는 바가 과학의 그것과 유사하다는 것은 놀라운 일이지요. 과학도 우주와 생명의 원리를 지배하는, 세상에서 가장 간단한 공식을 찾아내려고 하잖아요. 어찌하였든 유교의 인仁, 기독교의 사랑, 불교의 자비慈悲라는 낱말로 대표되는 궁극의 진리는 기실 같은 뜻이지요.

누구나 다 동의하는 내용이라 해도 실천하기는 쉽지 않아요. 얼마나 어려웠으면 현인들이 꼭 그렇게 살자고 힘주어 말했겠습니까. 너무 에돌았나요. 저는 황금률이 왜 중요한지, 어떤 가치가 있으며 어떻게 실천할 것인가를 고민하고 깨닫는 데 바로 책읽기의 가치가 있다고 믿습니다. 만약 우리가 책을 읽지 않는다면, 이런 말씀이 있는지조차 모를 터이고, 이것이 왜 중요한지 모르고 살아갈 가능성이 크겠지요.

잘 알다시피, 우리의 경험은 한정된 범위에 머물 수밖에 없습니다. 대체로 살아가는 공간이 제한되어 있게 마련입니다. 극단적으로 말해, 어떤 사람은 태어난 곳에서 한 번도 벗어나지 않고 죽을 때까지 살아갈 수도 있습니다. 아무리 깊이 생각하고 명상하더라도 참된 진리에 이를 수 있다는 보장은 없습니다. 아무래도 한 사람이 이룰 수 있는 성취의 가능성은 제한될 수밖에 없지요. 그러나 책은 읽으려고 노력만 하면 우리를 거의 무한한 세계와 '접속'할 수 있도록 이끌어줍니다. 비록 겪어보지는 못했지만, 다른 사람들이 공부해 깨달은 결과물을 자기 것으로 만들 수 있지요. 단언컨데, 책을 읽는다는 것은 지식의 은행을 하나 가지고 있는 것과 다를 바 없습니다.

그런데 여기서 제일 중요한 지식이 무엇일까요. 공자가 무슨 말을 하고, 소크라테스가 이렇게 살았다는 것일까요. 그 자체를 알고자 하는 것이 잘못일 리는 없습니다. 그런 것을 모르고서는 다른 것을 알 수 없는 때도 잦습니다. 그러나 정작 중요한 것은, 이분들이 한입으로 하신 말씀, 즉 나와 다른 처지에 놓여 있는 사람들의 고통을 이해하라는 데 있습니다. 이것이야말로 우리가 책을 읽는 진정한 이유라고 저는 봅니다.

황대권 선생이 쓴 《꽃보다 아름다운 사람들》(두레, 2003)이란 책이 있습니다. 저자인 황 선생이 양심수로 오랜 옥중 생활을 할 때 그이를 후원해주었던 유럽의 시민들을 만나러 간 이야기입니다. 한번 생각해보세요. 1970년대 유럽 사람들은 우리나라를 잘 몰랐을 겁니다. 전쟁과 분단을 겪었으며 몹시 가난한 처지의 나라라는 정도로 알고 있었겠지요. 그런데 이 낯선 나라의 감옥에 갇힌 황대권이라는 사람을 그들은 어떻게 알았을까요. 물론 앰네스티^{Amnesty International, 국제사면위원회}라는 국제기구의 역할이 크기는 했습니다. 사상과 표현의 자유를 억압하는 권력을 고발하고 이를 개선하기 위해 다양한 활동을 펼치는 곳이지요. 앰네스티가 양심수로 선정하면, 세계의 많은 시민이 그를 돕기 위해 발 벗고 나섭니다. 그 나라 대사관 앞에 가서 시위하기는 기본이고, 유력한 정치인에게 항의 편지를 보내거나 양심수에게 후원금 보내는 일까지 합니다.

정말 놀라운 일 아닌가요. 피 한 방울 섞이지 않은 사람에게, 얼굴한번 보지도 못한 사람에게 돈을 보내주고, 그의 석방을 위해 몸소 항의까지 한다는 사실이 말입니다. 더욱이 유럽은 경제적으로 풍요로울 뿐만 아니라 정치적으로도 높은 수준의 민주주의를 누리고 있습니다. 그러니까 주변에 양심수로 고난을 겪는 사람이 거의 없다고 볼 수 있습니다. 당연히, 일반 시민들이 정치적인 이유로 감옥에 가는 경험을 할 일은 없지요. 겪어보지 않았다는 겁니다. 그런데 어떻게 해서 낯모르는 동양의 한 사람을 위해 유럽의 시민이 나섰을까요.

이것이 바로 상상력의 힘입니다. 상상력이라는 게 뭐던가요. 겪어보지 않고도 미루어 생각하는 힘을 가리킵니다. 자신이 정치문제로 억눌려본 적은 없지만, 그러한 문제로 고난을 겪는 사람이 얼마나 억울하고 고통스러울까 헤아릴 수 있는 능력, 부당하고 올바르지 못한 일을 저지르는 세력에게는 항의해야 한다는 의식, 생각에 머물지 않고할 수 있는 일을 실천해서 상황을 고쳐나가려는 의지, 이것이 바로 진정한 상상력이지요.

황대권 선생의 책을 보면, 그를 도와준 유럽 시민 가운데 평범한 사람이 많았다는 사실을 알 수 있습니다. 유명해서, 돈이 많아서, 젠체하려고 그를 도와준 것이 아니라는 뜻이지요. 재미있는 것은, 앰네스티가 선정한 양심수 가운데 감옥에서 나온 이가 별로 없다는 점입니다. 우리나라는 비교적 빠른 속도로 민주화가 이루어져 황대권 같은 분이 풀려났지만, 여전히 양심수가 감옥에 갇혀 있거나 계속 잡혀 들어가는 나라가 아직 존재합니다. 계란으로 바위 치기라는 말이 있잖아요. 성공하지 못할 것 같은 일을 우직하게 계속하는, 어리석은 행동을 일컫는 말입니다. 황대권 선생을 후원했던 유럽 시민은 왜 그렇게 했을까요? 언제 풀려날지 알 순 없지만, 그것이 옳은 일이니까 모른 척하지 않고 살았던 것이겠지요. 그 결과 기대하지 않았던 성과를 보기에 이른 셈입니다.

세상을 살아가면서 나만을 아는 게 아닌, 남을 배려하는 마음은 '차마 ~하지 못해서'라는 데서 출발합니다. 이것저것 재보고 오로지 무엇이 더 나에게 이익인가만을 생각한다면 어떻게 될까요? 다른 이들과 함께 살아야 하는 세상에서 의도치 않게 타인에게 고통을 안겨줄 수도 있습니다. 누군가 겪을 고통을 떠올리고, 이를 모른 척할 수 없을 때, 우리의 행동은 달라지게 마련입니다. 대형 프랜차이즈에서 피자나 치킨을 동네 소규모 가게보다 싸게 팔면 유통업체는 이익을 남기겠지요. 그렇지만 적은 돈으로 피자나 치킨집을 운영하던 상인들과 지역 상권이 심한 타격을 입을 수도 있음을 생각한다면 그렇게 할 수 없지요. 이미 너무나 많은 것을 팔고, 많은 이익을 내고 있으면서, 동네 가게에서 팔 것까지 자꾸 욕심을 낸다면 결코 적절하다고 말할 수 없습니다.

책을 읽으면 상상력을 키울 수 있다고 말합니다. 가보지 않은 해저를 탐사하고 우주여행을 할 수 있는 것도 상상력 덕입니다. 단, 우리 시대가 요구하는 상상력의 의미에 더 강조할 것이 있음을 잊지 말아야 합니다. 지구촌 곳곳에서 어린이들이 굶어 죽어가고 있습니다. 부자는 더 부유해지고 가난한 이는 더 가난해지는 현상이 벌어지고 있습니다. 젊은이들이 직장을 구하지 못해 고통스러운 세월을 보내고 있습니다. 남의 일이라 여기면 해결할 수 없습니다. 내가 잘 먹고 잘 사는 데다 좋은 직장을 다니더라도, 그러지 못한 사람들이 겪을 아픔을 공감할 때라야 세상을 바꿀 수 있습니다.

현인들이 우리에게 전해준 황금률을 우리 삶에서 실천하는 방법, 그 길은 책읽기로 상상력을 키우는 데 있습니다.

제가 좋아하는 역사학자 가운데 에
릭 홉스봄^{Eric Hobsbawm}이 있습니다. 영국의 마르크스주의 역사학자로 세
계적으로 널리 인정받는 석학이지요. 그의 삶 가운데 세인의 주목을
끌 만한 대목이 있습니다. 그는 일찌감치 공산당에 가입해 활동해왔는
데, 당의 노선을 두고 갈등을 겪긴 했어도 탈당한 적은 없었지요. 그런
데 현실사회주의가 몰락한 뒤 영국 공산당이 자진 해산해버리고 맙니
다. 당원이 탈당하지도 않았고 당 해산에 동의하지 않았는데도 일어난
일이라, 그는 영국 마르크스주의자의 상징이 되고 말았어요. 끝까지
신념을 포기하지 않아서 그렇게 된 것이지요.

그렇다고 그가 고집스럽게 철 지난 이념을 붙들고 있어 유명해진

바는 아닙니다. 국내에 그의 저서가 많이 번역 출간된 사실에 비추어 보아도 알 수 있거니와, 학문적 역량도 두루 높이 평가받고 있으니까요. 그의 책 가운데 개인적으로 가장 좋아하는 것이 자서전 《미완의 시대》(이희재 옮김, 민음사, 2007)입니다. 이 책의 내용이나 가치 등속을 이 자리에서 길게 논하지는 않으렵니다. 단지, 이 책을 읽어보면 20세기를 살다 간 진보 지식인과 혁명가의 삶을 깊이 성찰하게 되고, 앞으로 어떤 삶을 살아야 하는지를 진지하게 고민하게 된다는 말만 남겨 놓겠습니다. 제가 여기에 인용하고 싶은 것은 그의 유년 시절 기록입니다.

홉스봄의 아버지는 영국계 유대인이었고, 어머니는 오스트리아계 유대인이었죠. 두 사람은 알렉산드리아에서 만나 사랑에 빠졌고 두 나라가 전쟁을 벌이는 와중에 결혼했습니다. 아버지는 시쳇말로 잘나가는 청년이었고, 어머니는 보석상의 딸이었습니다. 선남선녀의 결합이었고, 그들의 미래가 장밋빛이라 여기지 아니할 이유가 없었겠지요. 그러나 운명의 신은 가혹했습니다. 부모가 오스트리아로 오면서 상황이 반전되었습니다. 1차 세계대전 이후 오스트리아의 경제 상황이 너무 열악해 빈궁한 삶을 꾸려가게 되었습니다. 거기다 아버지는 "그중에서도 살벌한 시장경제에 유난히 잘 적응하지 못하는" 부류였습니다. 그 시절을 회고하는 홉스봄의 기억에 따르면 "돈이 없어서 월세와 공과금을 못 내기도 일쑤였고 장도 제대로 못 볼 형편"이었다고 합니다.

여기까지만 보면 석학이 어린 시절을 가난하게 보냈구나 하고 짐작할 만합니다. 그런데 시련은 여기서 끝나지 않습니다. 한겨울, 돈을 벌거나 빌리기라도 해보려고 나갔던 아버지가 밤늦게 돌아오던 길에 집 앞에서 쓰러졌습니다. 서둘러 집으로 모셨지만, 심장마비로 그만 돌아가시고 말았습니다. 어머니가 받았을 충격이 얼마나 컸을까요. "아버지가 생을 마감하기 전까지 며칠 동안 당신이 남편한테 못할 짓을 했다"는 자학에 휩싸였습니다. 그런 어머니도 2년 반 뒤에 돌아가셨죠. 남편을 죽음으로 몰아넣은 사람이 바로 자신일 수도 있다는 자책감에 시달렸다고 합니다. 그래서 엄동설한에 옷도 제대로 챙겨 입지 않고 무덤을 찾아갔다 폐병에 걸리고 말았습니다. 엎친 데 덮친 격으로 졸지에 고아가 된 어린 홉스봄이 겪어야 할 시련의 크기가 짐작이 가고도 남습니다.

당연히 "비극과 충격과 상실과 불안의 세월"이었겠지요? 분명히 그런 면이 있을 거라 홉스봄은 말합니다. 누이동생을 보더라도 정서불안을 극복하는 데 꽤나 오랜 시간이 걸렸으니 말입니다. 그런데, 놀랍게도 누구도 예상하지 못한 말을 합니다. "그렇지만 그 시절이 아주 고통스러웠다고는 생각하지 않는다"라고! 이 구절과 마주치게 되었을 때, '강철은 본디 이렇게 단련되는 모양이구나'라는 식으로 생각해서는 안 됩니다. 어찌 그의 영혼에 깊은 상흔이 남아 있지 않겠습니까. 단지, 일반인들이 예상하는 것보다는 잘 견뎌냈다는 뜻이겠지요. 이 대목을 읽으며 제가 주목한 것은 무엇이 홉스봄으로 하여금 그 "힘들었던 시절"을 버티게 했을까 하는 점입니다. 자서전이 이런 궁금증을 해결해주지 않을 리 없습니다.

내가 어려운 상황을 무사히 헤쳐 나올 수 있었던 것은 아마도 내가 현실 세계와 어느 정도 거리를 두면서 살았기 때문이 아닌가 싶다. 그것은 몽상의 세계도 아니었다. 나는 호기심, 탐구, 고독한 독서, 관찰, 비교, 실험을 하면서 주로 시간을 보냈다. 혼자서 라디오를 조립해보는 전무후무한 경험도 이때 해보았다.

—《미완의 시대》, 80~81쪽

버트런드 러셀Bertrand Russell은 새삼스럽게 설명하지 않아도 두루 아는 철학자입니다. 1980년대만 해도 대학 교양 과정에서 러셀의《서양철학사》로 공부한 사람들이 많으니, 더욱이 그의 이름이 익숙할 듯싶습니다. 그의 자서전 제목은 밋밋하게도《러셀 자서전》(송은경 옮김, 사회평론, 2003)입니다. 그렇다고 내용도 그저 그럴 거라고 짐작하면 큰 오산입니다. 아마 최고의 자서전 다섯 권을 꼽으라면 이 책부터 추천하겠습니다. 각설하고, 러셀은, 방금 말한 홉스봄과 달리, 명문가의 자식이었습니다. 할아버지가 영국의 수상 출신이니 더 말할 필요가 없겠지요. 유복한 러셀에게도 어두운 그림자가 드리웠습니다. "정력적이고 생기 넘치며 재치 있고 사려 깊고 독창적이고 담대"했던 어머니가 디프테리아로 돌아가셨고, 1년 반 뒤 "철학적이고 학문을 좋아하셨으며 속되지 않"았던 아버지가 쇠약 증세로 고통을 받다 돌아가시고 맙니다.

어린 러셀은 할머니 밑에서 자랍니다. 지극정성으로 키우셨겠지만, 세대 차이에 따른 갈등은 피하지 못했습니다. 러셀도 "열네 살 이후

나는 할머니의 지적 한계를 견디기 힘들게 되었고, 그분의 청교도적 도덕에 대해서도 지나치다고 느끼기 시작했다"고 실토했습니다. 그럼에도 할머니는 러셀에게 가장 큰 영향을 끼친 분입니다. 할머니를 떠올리는 대목에서 러셀은 책 읽어주는 장면을 묘사합니다. 할머니는 주로 마리아 에지워스^Maria Edgeworth의 이야기를 러셀에게 읽어주시곤 했다고 합니다. 글을 잘 읽게 되면서부터는 러셀이 할머니에게 책을 읽어드렸습니다. 할머니와 함께 읽은 책이 셰익스피어, 밀턴, 드라이든, 쿠퍼, 톰슨, 제인 오스틴 등의 작품이었다니, 수준이 어떠했는지 짐작할 만합니다.

양친을 일찍 여의고 할머니 슬하에서 자란 소년이 얼마나 외로웠을지는 충분히 예상할 수 있습니다. 그런데도 러셀은 "유년기 초반 시절에는 행복했다"고 말합니다. 홉스봄과 별반 다를 바 없는 말이지 않은가요. 도대체 무엇이 그의 유년 시절을 초라하지 않고 오히려 풍요롭게 만들어놓았을까요.

어린 시절을 통틀어 내게 하루 중 가장 중요한 시간은 정원에서 혼자 보내는 시간이었으며 따라서 내 존재의 가장 강렬한 부분은 항시 고독했다. 나는 깊은 생각을 남들한테 잘 말하지 않았고, 간혹 말하더라도 곧 후회하곤 했다. (중략) 유년기를 거치면서 외로움도 커져갔고, 더불어 대화할 수 있는 사람을 행여 만나려나 기대하다 절망하는 일도 많아졌다. 완전히 실의에 빠진 나를 구해준 것은 자연과 책과 (좀 더 나중에는) 수학이었다.

두 사람이 유년기에 겪은 어려움을 이겨내는 공통분모에 '책읽기'가 있었다는 것은, 놀랍지만 당연한 일입니다. 물론, 사람은 지나간 옛일은 가능하면 아름답고 따뜻하고 화려한 듯 추억하는 경향이 있습니다. 주변에 자신의 유년 시절을 참혹하게 기억하는 사람을 찾아보기는 힘듭니다. 심지어 그 시절 전쟁을 겪었던 세대들도 이런저런 이유를 들어 포장하기 마련입니다. 그럼에도 두 사람의 증언을 듣다 보면, 고개를 절로 주억거리게 됩니다. 그들의 회상이 결코 과장이 아니라는 뜻입니다.

책읽기는 재미있습니다. 대체로 어린 시절에는 이야기책을 읽게 마련입니다. 이야기책은 재미있는 세계를 만들려 애씁니다. 재미있는 이야기는 흡인력이 세지요. 처음에는 책에 나온 주인공과 자신이 다른 이라 생각하지만, 빠져들다 보면 주인공과 읽는 이가 하나 되게 마련입니다. 몰입하다 보면 세상과 단절되고, 이야기라는 행복한 새로운 나라에 '입국'하게 됩니다. 그곳은 지금 살고 있는 곳과 다릅니다. 더 신나고 더 짜릿하고 더 행복한 곳입니다. 그곳은 지금의 형편과 다릅니다. 더 자랑스럽고 더 기쁘고 더 사랑스럽습니다. 그러니, 그곳에 있으면 세상의 상처는 쉽사리 잊게 되는 법입니다.

홉스봄과 러셀도 그러했습니다. 조실부모하고 겪었을 고통과 외로움이 어찌 없었겠습니까. 그러나 책을 읽었기에 그들은 비참한 현실에서 벗어나 전혀 다른 세계로 들어설 수 있었습니다. 책은 그들에게 보호막이었던 겁니다. 세상이 함부로 휘두르는 날카로운 발톱에 그 여리디여린 영혼이 할큄당하지 않게 지켜주었던 것입니다.

책읽기로 어린 시절의 고통과 좌절, 그리고 외로움을 이겨낸 사람들은 우리 주위에도 많습니다. 힘들고 열악한 환경임에도 그들은 꿈꾸었고, 그 꿈을 이루어냈습니다. 그 꿈의 도화선에 불을 붙인 게 책읽기였습니다. 그런 의미에서 보자면, 책읽기는 마치 양수로 가득 찬 자궁과 같습니다. 자궁은, 세상의 잔인함에 결코 새 생명을 노출시키지 않는 모성의 상징이 아니던가요. 홉스봄도 러셀도 그 자궁에서 자라났습니다. 비록 들어올 때는 상처투성이였으나, 나갈 때는 마침내 치유되는 곳. 힘들고 지칠 때면, 책이라는 자궁으로 회귀해보시길!

4.
자유인이
되기 위한
책읽기

　　　　　　　　　　　　　　　　얼마 전 기회가 있어 《리영희 저작집》(전12권, 한길사, 2006)을 뒤적거린 적이 있습니다. 뭐 눈에는 뭐만 보인다더니, 제게는 리영희 선생의 독서론만 눈에 띄더군요. 리영희 선생은, 우리 사회가 군사독재로 얼룩졌을 때 신문과 책을 통해 참된 것을 알리려 애쓰다 모진 고난을 겪으셨던 분입니다. 외신기자 생활을 하다 대학에서 학생들을 가르쳤지요. 권력자가 불편해할 글을 써서 직장에서 몇 차례 쫓겨나고 감옥에도 들어가셨던 분입니다. 1970∼1980년대에 대학을 다닌 사람들은 리영희 선생을 일러 '사상의 은사'라 일컬었습니다. 그분의 글을 읽으며 눈을 가리고 있던 비늘이 뜯겨 나가는 충격을 느꼈던 겁니다. 중국혁명과 베트남전쟁의 진실을 파헤친《우상과 이성》《전환시대의 논리》같은 책들이 유명합니다.

리영희 선생의 삶을 감히 한마디로 요약하자면, 충성과 복종을 강요한 타락한 권력의 허위의식에 맞선 날카로운 비판정신 자체라 할 수 있습니다. 실천하는 지식인의 대표 격입니다. 리영희 선생이 우상偶像에 도전하는 이성理性의 대변자가 된 데는 책읽기가 큰 힘이 되었답니다. 특별히 중국 현대소설의 아버지라 할 루쉰魯迅의 영향이 가장 컸다는군요.《리영희 저작집》에는 리영희 선생이 루쉰을 읽으며 비로소 배우고 실천한 것이 무엇인지 말하는 대목이 여러 차례 나옵니다. 그렇다면 한번 여쭈어보고 싶어지지요? 리영희 선생이 루쉰에게서 배운 것은 무엇입니까, 하고 말입니다. 이에 대해 답한 글이 있어 인용해봅니다.

루쉰의 작품이 중국인의 영원한 사랑을 받는 까닭은 그가 동시대의 대중을 멀리서 내려다보면서 외치는 것이 아니라, 민중과 함께 눈물을 흘렸기 때문이다. 그리고 당시 중국 농민을 감성적으로 미화하지 않고, 오히려 그들의 무지와 탐욕, 우직과 이기주의, 위선과 교활함, 이웃에 대한 냉혈적 무관심, 약육강식의 무자비함을 담담하게 그러나 냉혹하게 묘사했기 때문이다. 원인이 어디에 있는지도 모른 채 사회고와 인간고를 겪고 있었던 동시대인들을 루쉰은 너무나 사랑했던 것이다. 동포와 이웃에 대한 사랑이 바로 루쉰 사상의 전부다. (중략) 그러므로 지난 한 시대에 내가 이 사회와 지식인과 학생들에게 어떤 영향을 준 것이 있다면, 그것은 간접적으로 루쉰의 정신과 문장을 전달하는 것에 지나지 않는다. 나는 그 역할을 자처했고 그것에 만족한다.

—《스핑크스의 코》, 97~98쪽

우리는 자기가 속한 민족의 잘못을 들춰내 말하기를 꺼립니다. 만약 그러한 것을 언급할라 치면 매국노라는 욕을 듣기도 합니다. 그런데 루쉰의 미덕은, 어려운 형편에 놓인 같은 민족의 편을 드는 데 그치지 않고, 바로 그 사람들이 저지르는 잘못되고 부족한 점도 솔직하게 까발리는 데 있습니다. 아마 요즘 같으면 '악플'에 시달릴 만한 일이 될 수도 있겠지요. 그럼에도 루쉰은 소설과 평론을 통해 이런 일을 했고, 이것이 더 나은 사회를 만드는 힘이 되었다고 합니다.

지금이야 중국이 많이 발전했지만, 루쉰 시대에 중국은 비참한 상황에 놓여 있었죠. 동북아 지역을 호령하던 중국이 한낱 종이호랑이로 전락하고 말았지요. 아편전쟁에서는 영국에 져서 땅을 빼앗겼고, 청일전쟁에서는 일본에 패했습니다. 덩치만 크지 힘은 없는 바보 같은 신세가 되었던 셈이지요. 그런데 많은 사람은 옛날 잘나가던 시절만 생각하고 당시 중국이 겪고 있던 어려운 일에는 애써 눈을 감고 있었습니다. 영국이나 일본을 탓할 뿐, 자기반성이 없었던 거지요. 이때 따끔하게 일침을 놓은 것이 바로 루쉰입니다. 날씨가 아무리 추워도 건강하면 감기에 안 걸리는 법입니다. 우둔하고 미련하니 당했다고 한 것이지요. 루쉰의 소설 《아Q정전》이 바로 이러한 내용을 담고 있는 유명한 작품입니다. 리영희 선생은 루쉰한테 동감과 비판 정신을 함께 물려받았습니다. 남이 알까 무서운 우리의 잘못된 부분도 과감히 드러내고, 이것을 치료하려면 어떻게 해야 하는지 세상에 알리려 했습니다. 그러다 보니 온갖 고초를 다 겪었지만 말입니다.

책읽기로 변화하고 성장한 이에게는 특유의 책 읽는 법이 있게 마련입니다. 리영희 선생에게도 우리가 귀담아 들을 만한 독서론이 있습니다. 그것을 한마디로 정리하자면 '자유인이 되기 위한 책읽기'라 할 수 있습니다.

> 지금의 독서는 다르다. 그것은 한마디로 자유인을 목표로 하는 모두의 노력이다. 자유인이 되고자 하는 염원에서 출발하는 누구나의 제한 없는 자기창조의 노력이다. 조금 어렵게 표현하면, 사람은 독서를 통해서 물질적 조건과 사회적 제약에도 스스로 자유로운 결정을 할 수 있는 존재가 되고, 자유로운 존재로서의 자기에게 필요한 상황을 창조할 수 있는 능력을 획득할 수 있다.
>
> 자유인이란 무엇인가? 무지와 몽매와 미신의 굴레에서 자유로워진 인간이다. 고대 인간이 물질적 법칙과 현상의 원리를 깨우치는 긴 과정을 통해서 오늘의 물질적 자유인이 된 과정이다. 독서는 곧 과학이었고 지적 자유인의 식량이었다.
>
> —《새는 '좌·우'의 날개로 난다》, 475~476쪽

모르면 스스로 결정할 수 없습니다. 누군가에게 의지해야 하고, 그 말에만 따라 살게 되어 있습니다. 결국에는 다른 사람의 명령대로 살아가는 꼭두각시 같은 인생이 되고 맙니다. 이런 삶을 일러 자유인이

라 할 수는 없습니다. 스스로 결정해 살아가려면 두루 알아야 합니다. 누군가에게 의지하지 않고 홀로 판단할 수 있어야 합니다. 어떻게 해야 이런 삶을 살 수 있을까요? 책읽기가 바로 이런 삶을 가능하게 하지요. 개인뿐만이 아니라 인류의 역사를 돌아보아도 마찬가지입니다. 자연법칙을 알지 못할 적에 인간은 거기에 복종할 수밖에 없었습니다. 천둥과 번개가 치면 무서워 벌벌 떨던 옛사람을 생각해보면 무슨 뜻인지 이해할 수 있을 성싶습니다. 그러나 원리를 알면 전혀 다른 현상이 벌어지지요. 묶여 있는 것이 아니라 오히려 그 힘을 이용할 줄 알게 됩니다. 오늘날 인류가 엄청난 발전을 이룬 이유가 어디 있는지 알 수 있겠지요? 이쯤 되면 "진리가 너희를 자유케 하리라"는 성경 말씀이 자연 떠오르게 마련입니다.

책은 우리를 '모름'에서 '앎'으로 바꾸어줍니다. 그 앎이 우리를 성장하게 합니다. 알고 보면, 우리는 책이라는 거인의 무등을 타고 있는 난쟁이일 뿐이지요. 책이 없었다면, 오늘 우리가 알고 있는 것을 어찌 얻을 수 있었겠습니까. 읽어야 알고 알아야 성장한다는 것, 그것이 진보이고 발전이라는 것, 이때 비로소 우리가 자유인이 된다는 것을 잊지 말아야 합니다.

다음 단계로 리영희 선생이 강조한 것은 지성적 자유인이 되기 위한 책읽기입니다. 직접 한 말씀은 어려워서 인용하지는 않겠습니다만 상당히 중요한 지적입니다. 자유가 방종이 되지 않고, 남의 자유를 억압하지 않기 위해서는 지성으로 무장한 자유인이 되어야 합니다. 왜 자유로워야 하며 그 자유가 내 삶을 어떻게 발전시키고, 이런 것들이 어우러져 내가 속한 공동체나 인류 사회에 어떤 영향을 끼칠 수 있는지 고민하고 그 답을 내놓을 수 있어야 하지요. 하긴, 지성이라는 말 자체가 책읽기와 떼려야 뗄 수 없기도 합니다. 책 많이 읽고 깊이 이해해서 우리 사회에 뜻있는 발언을 하는 사람을 일러 지성인이라 하니까요. 그리고 지성인은 권력에서 자유로워져 비판적인 말도 할 줄 아는 용기를 갖추고 있게 마련이지요. 자유와 지성은 결국 같은 말이라는 뜻입니다.

세 번째 단계로, 리영희 선생은 전문성과 지성을 두루 아우르는 사람이 되기 위해 독서해야 한다고 힘주어 말합니다.

> 자유는 곧 지성이다. 원숙한 지성이 자유인을 만든다. 이상적인 지성적 삶(인생), 즉 자유인은, 현실적이고 구체적인 삶에서 특정 전문적 기능을 획득 발휘하면서 동시에 높은 수준의 인류보편 공통적 문화(즉 교양) 창조에 참여하거나 문화적 결과를 향유할 수 있어야 한다. 바로 이 같은 인생이고자 하는 것이 현대의 독서의 목적이라 할 수 있다.
>
> —《새는 '좌·우'의 날개로 난다》, 477쪽

반드시 새겨들어야 할 대목입니다. 왜 공부하나요? 당연히 자신의 꿈을 이루기 위해서입니다. 그 꿈은 대체로 직업으로 실현됩니다. 이를테면, 선생님이 되고 싶다, 의사가 되고 싶다, 변호사가 되고 싶다 등의 꿈을 품고 있다고 말하지요. 우리가 세상을 살아가며 가정을 이루고, 공동체에 이바지하기 위해서도 전문 영역에서 남보란 듯 큰 성취를 이루어야 하는 법입니다.

그렇지만 공부하는 이유가 여기에 그치면 아니 되지요. 하나 더 있습니다. 경제적으로 윤택한 생활을 하거나 사회적으로 높은 지위를 누리기 위해서만 아니라, 문화를 창조하거나 이해하고 즐기는 사람이 되기 위해서도 공부해야 합니다. 여기에서 말하는 문화란, 결국에는 더불어 살아가는 공동체를 이루기 위한 다양한 모색과 같은 말이기도 합니다. 우리가 진짜 자유인이 되기 위해서는 공부만 잘하는 '범생이'로 그쳐서는 안 되고 문화를 아는 '멋쟁이'가 되어야 합니다. 그러므로 이를 이루기 위해서라도 책을 읽어야 합니다.

리영희표 독서론에는 선생의 삶이 오롯이 새겨져 있습니다. 어찌 그리 하지 않을 수 있겠습니까. 삶의 무게가 배어 있지 않은 책읽기란 얼마나 의미 없던가요. 달리 말하자면, 치열한 삶에서 비롯하지 않은 독서론은 우리를 책의 세계로 이끌지 못합니다. 지성적 자유인으로 살아온 리영희 선생이기에 자유인이 되기 위해서 책을 읽어야 한다고 말할 수 있는 겁니다.

이제, 왜 책을 읽어야 하는지 누군가 묻는다면, 당당한 목소리로 말합시다. 자유인이 되기 위해서라고. 무지와 몽매, 억압에서 풀려난. 그리고 문화를 창조하고 누리는 교양 있는 자유인이 되기 위해서라고 말입니다. 루쉰처럼, 리영희처럼!

    몇 년 전 필자가 펴낸《책읽기의 달인, 호모 부커스》(그린비, 2008)에는 《《삼국지》 읽지 마라?》라는 글이 실려 있습니다. 청소년 시절에 꼭《삼국지》를 읽어야 한다는 강박증을 일으킬 정도로 너도나도《삼국지》 예찬론을 펼치는 현상에 딴죽을 걸고, 혹시 우리 사회가 지나치게 경쟁적이어서 이 작품을 좋아하는 것은 아니냐고 물어보기도 했습니다. 경쟁 그 자체를 나쁘다 할 수는 없지요. 오로지 경쟁 '만' 있는 것이 문제입니다. 배려하고 함께하는 것도 그 못지않게 가치 있다 생각합니다. 저는 가끔 강연하다 이런 질문을 던집니다. "동계올림픽에서 보았겠지만, 스피드 스케이팅 선수가 혼자 경기하지 않고 둘이 한 짝을 이루어 같이 뜁니다. 왜 그럴까요?"

그럼 금세 답변이 나옵니다. "경쟁을 통해 기록을 단축하려고요." "그러면 다시 묻겠습니다. 같이 뛰었기 때문에 좋은 결과가 나왔다면, 같이 뛴 사람도 중요한 역할을 한 것이겠네요." 그럼, 조금 뒤늦게 "그렇겠네요"라는 답변이 돌아옵니다. 아직, 기쁨을 나누는 일에 익숙하지 않아서 그럴 겁니다.

강연을 다니면, 《삼국지》 읽지 마라?〉에서 필자가 언급한 내용에 대해 물어보는 경우가 참 많았습니다. 중학생부터 성인까지 연령에 관계없이 두루 물어봅니다. 그때 제가 드렸던 답변을 풀어 이 자리에서 말씀드릴 테니 잘 들어보기 바랍니다.

물론 저는 그 글에서 《삼국지》를 읽지 말라고 과격하게 발언했습니다. 그렇다고 무조건 읽지 말자는 뜻은 아닙니다. 문제의식을 같이했으면 하는 마음에 던진 말이지요. 굳이 읽고 싶다면, 고우영의 만화 《삼국지》를 보는 것은 어떻겠냐고 제안했고, 《삼국지》만 읽지 말고 《서유기》도 읽어보자고 했습니다. 중요한 것은, "수단과 방법을 가리지 않고 승리하는 '병법'을 일러주는 《삼국지》는 무한경쟁의 시대를 사는 현대인들에게 많은 도움이 되었을 것"이라는 점입니다. 《삼국지》가 널리 읽히게 된 연유에는 시대정신이 깊숙히 개입해 있을 듯싶은데, 이 시대정신을 과연 긍정적으로만 볼 수 있느냐는 것입니다.

몇 해 전에 가까운 이들과 실크로드를 여행한 적이 있습니다. 아직도 그 풍경이 뇌리에 선연히 그려지는, 행복하고 깨달음 많은 여행이었습니다. 둔황 인근을 지날 적에 《서유기》에 나온 화염산을 보았습니다. 길라잡이가 과장스러운 말투로 얼마나 뜨거운지 설명했습니다. 그 말을 듣다 문득 들었던 생각이 있었습니다. '실크로드'라 하면, 보통 '비단길'이라고만 압니다. 중국에서 짠 비단이 서양까지 흘러들어간 길이라는 뜻이지요. 잘못된 말이 아닙니다. 맞는 말입니다. 그런데 한 가지를 놓치고 있다는 것을 그때 깨달았지요. 제가 여행한 서안에서 둔황까지의 여정은, 따지고 보면 숱한 스님들이 인도로 가서 불경을 공부하고 그것을 자신의 조국에 가져오기 위해 걸어간 길이기도 합니다. 《서유기》에 나오는 현장법사도 그러했고, 둔황에서 발견된 《왕오천축국전》을 쓴 신라의 혜초도 그러했습니다. 좀 쉽게 말하자면, 둔황에서 왼쪽으로 돌면 인도요, 오른쪽으로 틀면 로마에 가는 길로 접어드는 것이지요.

화염산을 지나며 제가 무릎을 치며 깨달았던 건, 삶은 그 무엇 하나로 이루어지지 않는다는 점이었습니다. 실크로드는 인간의 세속적 욕망을 상징합니다. 비단은 없어도 살고, 있으면 더 좋은 사치품에 해당합니다. 비단을 요구하는 시장 때문에 사람들은 그 먼 길을 떠났습니다. 험산험로를 거쳐야 했음에도 숱한 사람들이 비단을 들고 서쪽으로 갔기에 길이 열렸습니다. 어찌 가져가기만 했겠습니까. 가져온 것도 있으니, 보석 따위가 그것입니다. 이 길을 오락가락했던 사람들의 꿈은 더 나은 경제적 삶이었습니다. 이 비단을 팔면 더 많은 수익이 생겨 더 잘살 수 있을 거라 생각했기에 그토록 먼 길을 목숨을 걸고 다녔을 터입니다. 이게 잘못된 건가요? 이것을 무시할 수 있나요? 사람들은 실크로드를 일러 문명교류의 상징이라 합니다. 오히려 칭찬받고 있지요.

말하자면 이 실크로드는《삼국지》같은 정신이 만든 길이라 저는 봅니다. 살아남기 위해, 더 잘살기 위해 걸어간 인류의 욕망이 터놓은 길입니다. 훗날 어떻게 평가하든 사실은 돈 벌려는 욕심이 앞섰던 것이지요. 그 욕망이 얼마나 컸던지, 사막과 높은 산맥으로 가로막힌 곳에 사람과 짐승이 다닐 길을 열어놓았습니다. 사람이 살아가는 힘에는 욕망 충족을 위한 몸부림이 분명히 포함되어 있습니다. 이를 무시하거나 비난하는 것은 옳지 않습니다. 삶의 한 면으로 정당히 인정해야 한다고 생각합니다. 그러나 만약 실크로드가 한갓 장사꾼의 길이라면, 얼마나 초라해지던가요. 더 따뜻하고 더 배부르고 더 화려하게 입고 싶어 떠났던 사람들의 걸음이 다져놓은 길이라면, 어딘가 속물적이고 어딘가 천박해질 수도 있을 듯합니다.

실크로드는 말씀의 길이기도 합니다. 지금 이곳의 삶에 만족하지 않고 진정으로 중생이 구원받아 해탈의 경지에 오를 수 있는 길을 찾는 무리가 목숨을 걸고 걸었던 길입니다. 그 길은 구도의 길이었으니, 먼저 자신의 업을 자르고 깨달은 자가 되고자 했으며, 거기에 멈추지 아니하고 뭇 중생도 같은 경지에 이를 수 있도록 이끌어주려는 열망이 담긴 길입니다.

옛날 인도로 말씀을 구하러 갔던 무리는 많습니다. 애니메이션 탓에《서유기》가 마치 손오공이 주인공인 무협지처럼 인식되고 말았는데, 그렇지는 않습니다. 삼장법사가 당나라를 떠나 인도로 여행을 갔던 것도 중생을 구제할 경전을 구하기 위해서였습니다. 삼장법사 무리가 만나는 요괴들은, 그러므로 참된 것을 구하려는 사람이 맞닥뜨리는 자신의 욕망들이라 할 수 있습니다. 이것을 이겨내야 참에 이를 수 있는 법입니다. 아, 그러니 그들이 걸었던 길을 다음부터는 실크로드라고만 부르지 말고 말씀의 길이라고도 해야겠습니다. 그런 점에서 이 길을 '《서유기》의 길'이라 해도 괜찮을 듯합니다.

참으로, 우리에게 진정한 것, 참된 것, 변치 않는 것에 대한 열망이 없다면 얼마나 초라하겠습니까. 인류가 먹고 마시고 노는 것만 잘하는 종족이었다면 생태계에서 차지하는 위상은 상당히 낮았을 터입니다. 인류가 문명을 일구어내고 정신 영역을 가꾼 동력에는 말씀에 대한 열렬한 추구가 있었겠지요. 우쭐해지는 순간이 아닐 수 없습니다. 가슴이 뜨거워지는 순간이 아닐 수 없습니다. 그야말로 생식의 굴레에서 벗어나 더 높은 차원으로 승화하려는 날갯짓이 그 사막 한복판에 아스라한 길을 열었으니 말입니다.

지금 모순된 말을 했다고 생각하시나요? 실크로드를 만든 힘이 세속적 욕망이라 해놓고는, 그 길을 만든 또 다른 힘이 말씀에 대한 열망이라 했으니 말입니다. 저는 감히 모순이 아니라고 힘주어 말합니다. 이것이 바로 삶이라고 하면 너무 큰가요. 우리의 삶은 그 무엇 하나로 이루어지지 않습니다. 세속적 욕망만으로 사는 것도 옳은 삶은 아닙니다. 그렇게 된다면 우리는 짐승 같은 존재로 전락하고 맙니다. 그렇다고 말씀에 대한 열망만으로도 살 수 없습니다. 그 자리는 종교인이 서 있을 곳입니다. 모두 다 사찰이나 성당으로 갈 수는 없는 일이지요. 그 말씀을 배우고 익히며 실천하는 삶을 살기 위해서 애쓰는 것이 우리가 해야 할 일이지요.

그러니, 우리 삶은 《삼국지》의 삶과 《서유기》의 삶이 서로 만나는 지점에 있다 할 수 있습니다. 어느 한 길로만 가지 아니하고 두 길을 다 함께 걸으려 해야 합니다. 세상을 살아가면서 현실적 욕구를 충족하면서도 여기에만 빠지지 않고 진정한 것에 대한 열망에 충실해야 합니다. 어렵지요? 당연합니다. 많은 사람이 이 양극의 팽팽한 긴장을 이겨내지 못하고 어느 한 길로만 가는 이유가 여기에 있지요.

가만히 보니, 공자께서도 이런 고민을 하셨던 듯합니다. 온고이지신溫故而知新이라는 말에서 그 흔적을 느낄 수 있어요. 온고溫故는 옛것을 익힘을 가리키고, 지신知新은 새로운 것을 앎을 뜻합니다. 우리는 흔히 새로운 것만을 좋아합니다. 그렇다면 옛것을 버려도 되는 것일까요. 거꾸로도 문제입니다. 고리타분하게 옛것만이 진실하고 오늘 것은 다 가짜라고 한다면 이 얼마나 답답한 노릇인가요. 삶의 진리는 어디에 놓여 있을까요.

온고하면서도 지신하고, 지신하면서도 온고할 줄 알아야 합니다. 온고는 말씀의 길, 《서유기》의 길일 수 있고, 지신은 욕망의 길, 《삼국지》의 길일 수도 있습니다. 두 길 가운데 한 길을 버려서도 아니 되고, 팽팽하게 맞서 있는 두 길 사이에 있는 작은 길을 걸어가야 합니다. 그것을 일러 옛사람들은 중용이라 했지요.

과학책을 읽다가 생명의 비의가 담긴 DNA가 이중나선으로 이루어졌다는 글을 보았습니다. 그때 큰 깨달음을 얻었습니다. 이중나선은 서로 다른 물질이 엮여 있는 것을 말하잖습니까. 오호라, 생명도 서로 다른 길이 서로를 필요로 해야 가능하구나! 하나가 존재하려면 다른 쪽이 있어야만 하는구나! 《삼국지》만의 길로 가도 아니 되고, 《서유기》의 길로 가서도 아니 됩니다. 두 길이 합쳐지는 곳, 두 길이 맞서 새롭게 열어놓은 길을 찾아가야 합니다. 그때 우리는 성숙해서 성공한 삶, 성공해서 성숙한 삶을 살아가게 됩니다.

6.
위대한 인물의
탄생

　　　　　　　　　　언제부터인가 자서전을 '열독'해왔습니다. 한 사람의 내밀한 삶과 사상을, 그 사람이 직접 쓴 책을 통해 알고 싶다는 열망에 휩싸였지요. 곰곰이 생각하면, 그것은 열등감의 드러남이었을 성싶습니다. 그들처럼 살고 싶었으나 결국 그렇게 살아내지 못한 나 자신의 초라함을 보상하고 싶은 심정이 걸신들린 듯 자서전을 읽게 하지는 않았을까, 그런 생각을 해보았습니다. 그렇다고 나를 낮추어 보는 건 아닙니다. 이 열망은 어쩌면, 아직 살아보지 못한 내일에는 그렇게 살고 싶다는, 내 안의 숨은 열정이 드러난 것일 수도 있으니까요. 물론, 자서전은 산 대로 쓰기보다는, 살고 싶었던 대로 또는 남들이 기대하는 대로 쓰게 되는 왜곡과 과장의 함정이 숨어 있습니다. 그러나 이 왜곡과 과장이라는 함정에 너무 연연할 필요는 없습니다. 진실은 아무리 덮으려 해도 세상에 드러나는 법. 지은이가 파놓은 함정에 빠져보는 것도 즐거운 일이니까요. 단, 너무 의심 가거나 흥미로운 대목은 미루어놓지 말고 평전과 비교해보면 됩니다. 자서전은 살아 있을 적에 쓰지만, 평전은 주인공이 역사의 무대에서 사라진 다음 쓰게 마련입니다. 왜곡과 과장으로 감춘 수치는 곧 드러나게 되어 있습니다.

저는 늘 과학과는 너무 먼 사이였습니다. 우스갯소리로, 우리 교육 현실에서 누가 문과를 택한다면 수학이 싫어서라고들 합니다. 더욱이 저는 국문과를 지망했으니, 영어도 싫어한 축에 듭니다. 짓궂은 한 친구는, 대한민국에서 일찌감치 영어와 수학을 포기하고도 잘난 척하고 사는 놈은 저밖에 없다고 핀잔하곤 합니다. 맞는 말이긴 하나, 그런 말에도 별로 반응을 보이지 않는 것은 나라는 사람이 제 멋에, 잘난 대로 사는 전형적인 인물이어서입니다.

수학과 과학을 멀리한 제가 과학자 자서전도 열심히 읽고 있다는 것은 무슨 뜻일까요. 앞서 말한 열등감의 표시일 겁니다. 공부하다 보면 수학과 과학을 모르고서는 넘을 수 없는 정신의 어떤 고지가 있습니다. 기껏 팔부능선까지 올라왔는데, 수학을 몰라 더는 앎의 영역이 확장되지 않을 때 느끼는 곤혹스러움이란! 물론, 그럴 때는 글쓴이에게 욕을 바가지로 퍼붓지만, 그게 어찌 그의 잘못이던가요. 수학이야말로 어렵게 발견해낸 우주와 생명의 법칙을 가장 단순하면서도 아름답게 표현하는 방식이거늘. 그러니 과학자들에게 존경심을 품을 수밖에요.

　과학자들의 자서전을 읽으며, 저는 다른 무엇보다 제가 그토록 싫어한 과학에 그들이 흥미를 느낀 계기와 난제들을 풀어낼 수 있었던 천재성에 관심이 기울었습니다. 어차피 그들이 발견한 과학적 사실을 완전히 이해할 지식이 모자란 마당에 나 같은 얼치기 인문학도가 가장 잘 읽어낼 수 있는 부분이기도 했습니다. 서둘러 결론부터 짓자면, 참 대단한 사람들이라는 생각이 들더군요. 저는 죽었다 다시 깨어나도 그런 사람은 될 수 없을 성싶습니다. 그들의 자서전을 읽으며 이 우둔한 머리로도 한세상 살아온 자신이 대견스럽기까지 했습니다. 과장이 아니라, 정말입니다.

　입때껏 읽어온 과학자 자서전 가운데 저를 강하게 사로잡았던 세 권의 책이 있습니다. 바로 프리모 레비^{Primo Levi}의 《주기율표》(이현경 옮김, 돌베개, 2007), 랠프 레이턴이 엮은 리처드 파인만^{Richard Feynman}의 《파인만 씨, 농담도 잘하시네!》(김희봉 옮김, 사이언스북스, 2000), 에드워드 윌슨^{Edward Wilson}의 《자연주의자》(이병훈 옮김, 사이언스북스, 1996)입니다. 이 책들을 좋아하는 이유는 당연히 각각 다릅니다. 프리모 레비의 책은, 그가 보여준 역사와 현실에 대한 치열한 고민 덕에 매료당했죠. 살아남은 자의 슬픔이 얼마나 큰지, 그는 자살로 보여주지 않았던가요. 레비는 한 개인이 버티기에 너무 가혹한 역사의 소용돌이에 휘말려 과학자로서 성공적인 삶을 살지 못했을는지 모르지만, 작가로서 시대의 증언자로서는 그 누구보다 큰 역할을 해냈습니다.

　리처드 파인만은 노벨상을 받은 물리학자라는 업적에 걸맞지 않게

(?) 명랑, 통쾌, 유쾌한 과학자의 삶을 살았습니다. 우리 문화 풍토에서 쉽지 않은, 날렵하고 경쾌한 걸음을 걷는 젊은 과학자들은, 확언하건대 이 책을 읽고 영향 받았을 터입니다. 저는 이 책과 함께 그의 마지막 삶의 여정을 담은 《투바》(랠프 레이턴 지음, 안동완 옮김, 해나무, 2002)도 사랑합니다.

에드워드 윌슨의 자서전은, 그의 책들이 우리 지식 사회에 미친 영향을 참작하면, 뜻밖에 널리 알려지지 않았습니다. 여전히 그 영향력이 줄지 않은 사회생물학을 창시한 학자에게 어울리는 대우가 아닙니다. 기실, 사회생물학에 비판적인 저는, 그의 과학관이 어떤 삶을 바탕으로 세워졌는지 궁금해 이 책을 집어 들었더랬지요. 여전히 문제적인 부분에 대해 한 치의 양보도 없이 기존의 입장을 되풀이하고 있음에도, 과학과 생명에 대한 그의 열정은 높이 치고 있습니다.

책을 많이 읽다 보면 저절로 얻어지는 것이 있습니다. 쓴 사람이야 자기 삶과 생각을 늘어놓는 것이라 전혀 목적하지 않았을 겁니다. 그런데 읽는 사람이 이것저것 닥치는 대로 읽다 보면 놀랍게도 공통된 요소가 나타나고, 이것이 계기가 되어 새로운 깨달음을 얻게 되지요. 세 권의 자서전을 읽으면서도 그랬습니다. 처음에는 개별 저자의 삶에 벌어진 흥미로운 일화라 생각했는데, 나중에 보니 그것이 무엇인가를 시사하는 공통된 주제라는 느낌이 들었습니다. 이들의 책을 읽으며 제가 깨달은 주제는, 이름하여 '과학자는 어떻게 태어나는가'라 할 만했습니다.

레비는 화학자였습니다. 그의 자서전을 읽으며 전율할 듯한 감동을 받은 것은 다음과 같은 구절 때문입니다.

> 당시 우리는 우리가 화학자가 되리라는 사실을 의심하지 않았다. (중략) 내게 화학은 미래의 모든 가능성을 담은, 무한한 형태의 구름이었다. 이 구름은 내 미래를 번쩍이는 불꽃에 찢기는 검은 소용돌이로 에워쌌는데, 마치 시나이 산을 어둡게 둘러싼 구름과 비슷했다. 모세처럼 나도 그 구름 속에서 내 율법이, 내 내부와 내 주변, 세계의 질서가 나타나주길 기다렸다. 나는 책을 읽는 데 질리기 시작했다. 비록 무분별할 정도로 탐독을 계속하긴 했지만 말이다. 그래서 나는 최고의 진리에 도달하는 새로운 열쇠를 찾으려고 애썼다. 열쇠는 분명히 존재한다고 생각했고, 나 자신과 세계에 대한 어떤 거대한 음모 때문에 학교에서는 그것을 얻을 수 없을 거라고 확신했다.
>
> ─《주기율표》, 35쪽

아! 저는 이 구절을 어느 시보다 더 아름답게 읽어 내려갔습니다. 정말이지 한 명의 과학자가 어떻게 탄생하는지 이토록 훌륭하게 써놓은 글을 찾아보기란 쉽지 않습니다. 아니, 정말 이런 글을 과학자가 쓸 수 있는지부터 의심스러웠습니다. 그를 작가라고 부르는 것이 더 어울린다고 보는 이유가 여기에 있습니다. 화학이면 어떻고 물리면 어떻고 생물이면 어떠한가요. 중요한 것은 진리의 문을 여는 자물쇠를 찾고자 하는 열망입니다. 이 열망만 있다면, 그것이 무엇이든 마침내 이겨낼 수 있습니다. 공부하는 가운데 겪을 경제적 궁핍도, 학문적 성숙 과정에서 나타나는 지체현상도, 옳은 것을 그르다고 보는 대중적 편견도 다 적수가 되지 못합니다. 그러니, 과학하려는 자 있다면 이 정신을 물려받아야 할진저! 그러니, 이것이 어찌 과학자 되려는 이에게만 해당하겠습니까. 누군가 시인이 되려고 했다면, 철학자 되려고 했다면 같은 심정이었을 터. 세월의 더께가 두꺼워지며 잊어버렸다면 되찾아야 할 참된 것이 바로 이것일 터.

리처드 파인만은 광대의 얼굴을 한 천재 과학자입니다. 자서전은 그런 면모를 유쾌하게 보여줍니다. 재주 있는 연출자라면 꽤 지적인 시트콤을 제작할 수 있을 듯합니다. 그렇다고 그의 과학관을 무조건 수용해서는 안 됩니다. 《프리먼 다이슨, 20세기를 말하다》(김희봉 옮김, 사이언스북스, 2009)에서 파인만과의 감동적인 인연을 기록한 프리먼 다이슨이 "그의 과학의 본질은 보수적이었다"라고 한 바 있습니다. 특히 '맨해튼 프로젝트'에 참여한 과학자로서 과학과 사회의 관계에 대해 기록한 그의 단상과 강의록을 보면 무척 무책임하고 안이한 생각을 하고 있다는 것을 확인할 수 있습니다. 그렇다 해도 그에게서 과학자의 탄생을 엿보는 즐거움은 전혀 줄어들지 않는다는 것을 누구라도 인정할 수밖에 없습니다.

자서전을 읽다 보면 개체발생은 계통발생을 반복한다는 속설을 확인하게 됩니다. 과학을 좋아하는 이들은 공통적으로 교과서의 공식을 외우는 데 그치지 않고 반드시 실험으로 확인해보려는 열정이 있었다는 점입니다. 파인만은 어릴 적부터 실험했습니다. 본디 우쭐되는 성격인지라 동네 꼬마들을 모아놓고 마술쇼도 했죠. 화학의 원리를 원용

했던 것입니다. 친구도 한 수 거들어 아이들의 입을 쩍 벌어지게 했습니다. 대단원의 막은 꼭 이런 식으로 내렸습니다. 두 손을 몰래 물에 담갔다가 벤젠에 담급니다. 그다음 버너에 한 손을 대면, 손에 불이 붙지요. 비명을 지르며 눈이 휘둥그레질 아이들의 모습이 상상이 가고도 남습니다. 다른 손으로 불붙은 손을 치면, 양손에서 불이 치솟게 됩니다. 그다음은 어떻게 할까? 이 악동 사이비 과학자들은 양손을 휘저으며 "불이야! 불이야!" 하고 소리쳤답니다. 동네 꼬마들은 혼이 빠져 도망갔지요. 별것 아니었습니다. 벤젠은 빨리 타고, 물 때문에 열은 식어서 절대 손이 다칠 리 없다는 원리를 활용했던 것일 뿐입니다.

성인이 되어서도 개구쟁이 장난을 치다가 된통 당했습니다. 친구들이 믿지 않아 실험을 보여주기로 했습니다. 물론 이번이 처음은 아닙니다. 물구나무서서 오줌 누기도 해보았고, 콜라와 아스피린을 함께 먹으면 어떤 일이 벌어지는지 직접 생체실험도 해보았습니다. 의문이 들면, 망설일 필요가 없었습니다. 해보면 되는 것이니까요. 그래서 큰소리쳤습니다. "벤젠 가져와!"라고요. 그런데 웬일인가요? 이번에는 큰 화상을 입고 말았습니다. 원리가 바뀔 리도 없는데 어째 이런 일이? "어릴 적과 달리 손등에 털이 나서 심지처럼 불이 타는 동안 벤젠을 머금고 있었던 것"이었습니다.

주어진 것을 단순히 외우고 문제를 풀이하는 방식으로는 창의적인 과학자가 태어나지 않지요. 그 원리를 확인하는 실험정신이야말로 과학자가 되는 첫걸음입니다. 과학자는 교실에서 태어나는 것이 아니라 실험실에서 태어나는 법입니다. 학교에서 변변한 실험 한번 못 해보고

자란 우리 세대에게, 집에 실험실을 갖추고 자란 파인만은 부러움의 대상입니다. 그러나 믿나니, 실험하는 어린 과학도가 없다면 미래의 뛰어난 과학자 또한 기대할 수 없으리니.

월슨은 일종의 인간 승리의 반열에 오른 과학자입니다. 부모가 이혼해 아버지 밑에서 자라났는데, 여러 곳을 전전했습니다. 그 와중에 낚시를 하다 한쪽 눈을 실명하게 되었죠. 그는 자신의 삶이 결국 자연 관찰자로 성장하게끔 운명 지어졌다는 식으로 말하지만, 어찌 말 그대로 믿을 수 있겠습니까. 위기를 기회로 바꾸어가는 데 들였을 노고를 잊어서는 안 됩니다. 그의 어린 시절도 많은 것을 곱씹어보게 하는데, 스스로 일러 "한 사람의 자연 연구가가 어떻게 태어나는지를 생생하게 말해준다"고 평하고 있습니다.

> 떠돌이 생활을 했기 때문에 나는 자연을 나의 친구로 선택하게 되었다. 야외의 자연만이 내가 일관성 있게 인지할 수 있는 나의 세계의 일부가 되었기 때문이다. 나는 동물과 식물들에 의지했다. 인간관계는 어려웠다. 이사를 할 때마다 나는 대부분 소년들인 새로운 친구들과 어울려야 했다. (중략) 아름다운 환경 속에서 고독하게 자라는 것이 과학자, 적어도 야외 생물학자가 되게 하는 데 위험하기는 하나 좋은 방법…… (하략)
> ─《자연주의자》, 59~60쪽

과학자가 되려면 과학고를 가야 하고, 과학고를 가려면 예비 중학교 1학년부터 학원을 가야 하는 게 우리 현실입니다. 그런데, 정작 과학고를 나와서는 기초과학 분야로 진학하기보다는 의과대학에 가려 합니다. 이런 현실에서 우리는 생명과 환경의 가치를 힘주어 말하는 위대한 생물학자를 만날 수 있을까요? 도대체 우리는 무엇에 미쳐 과학자가 탄생하는 기본을 잃고 나서도 뻔뻔스럽게 과학입국을 떠벌리는 것일까요. 윌슨은 이런 말을 합니다.

> 한 사람의 자연 연구가를 만들어내는 데는 어떤 결정적인 시기에 일정한 체계적 지식보다는 직접 경험을 갖는 일이 중요하다. 어떤 학명이나 해부학적 지식을 아는 것보다 그런대로 누구한테도 가르침을 받은 적이 없는 야만인이 되는 것이 좋다. 오랫동안 그저 찾아다니고 꿈을 꾸는 시간을 갖는 것은 더더욱 좋다.
>
> ─《자연주의자》, 19쪽

이 말이야말로 무릇 모든 어린 영혼을 과학자로 만드는 최고의 힘이 무엇인지 말해줍니다. 우리 아이들을 야만인으로 키웁시다. 우주와 자연과 생명의 신비에 지적 흥미를 느끼고 이를 해결하기 위해 실험을 하고 관찰을 하고 수학을 배우고 책을 읽게 합시다. 억지로 외워서 훗날을 위해 해야 하는 공부가 아니라, 즐겁고 기쁘고 행복해서 해야 하는 것으로 만들어줍시다. 그리하면, 아! 우리에게도 천재적인 과학자가 나타날 터이니, 이 복을 왜 굳이 차버리고 있는 것일까요?

누가 위대한 과학자로 자라는 것일까요? 자서전을 읽으며 제가 깨달은 바를 정리하면 이렇습니다. 근원적인 것에 대한 동경심, 진리에 대한 끝없는 탐구열, 그 모든 것을 확인해보려는 왕성한 지적 호기심, 스스로 문제를 해결하려는 도전정신, 권위에 쉽게 복종하지 않는 독립정신, 무겁고 견고한 것을 비웃을 줄 아는 광대정신……. 과학자들의 자서전을 읽으며 흥분하고 즐거웠던 마음이 우리 교육현실을 되돌아보면 암담한 심정이 되고 맙니다. 이 먹구름은 도대체 언제나 걷힐까요.

2장

/

고전에서 배우는
책읽기 기술

책벌레들이 하는 농담 가운데 '고전을 읽으면 고전을 면치 못한다'는 말이 있습니다. 그만큼 이해하기 어렵고 오늘의 삶에 적응하기 난감하다는 뜻입니다. 하지만, 책을 읽어가다 보면 고전만큼 좋은 책이 없다는 사실을 알게 됩니다. 우리가 좋다고 말하는 책들이 고전을 주춧돌로 삼아 지어진 논리의 집이라는 사실을 깨닫게 되지요. 일상에서 경험으로도 고전의 가치를 깨우칠 때가 있습니다. 책이 엄청 많아 집이 무너지는 악몽을 꾼 적이 있습니다. 그럴 때는 욕심을 버리고 작은 도서관에 보낼 책을 솎아냅니다. 이걸 뺄까 저걸 보낼까 하다 보면 시간이 훌쩍 지나갑니다. 그러다 굳게 마음먹고 책을 종이 박스에 담는데, 끝까지 서가를 지키는 책은 역시 고전입니다. 집이 무너져도 절대 버릴 수 없는 책이 고전인 셈입니다. 그런데 그 고전을 읽다 보면 책읽기의 목적이나 방법을 일러주는 대목을 자주 만나게 됩니다. 답이 아니라 질문이 더 중요하다고, 당장의 이익보다 진정한 사람이 되는 길로 들어서야 한다고 일침을 놓습니다. 고전은 선학이 먼저 밟고 가서 닦아놓은 길입니다. 그 길을 걷다 보면 우리는 도를 깨닫게 되기 마련입니다. 고전, 그 위대한 길에 이제 망설이지 말고 도전해보세요.

1.
질문하는 법을 배우는
최고의 방법:
고전 읽기

괜히 말만 들어도 주눅이 드는 낱말이 있기 마련입니다. '고전'도 아마 그런 단어 가운데 하나일 거예요. 주변에서 꼭 읽어야 할 책이라 말하지만, 어딘가 낡아 보이고 어려워 보이지요. 옛사람들이 쓴 책이 고전이니까 그런 생각이 드는 것은 자연스러운 일일 수도 있습니다. 나온 지 얼마 안 돼 널리 읽히는 책을 얼른 보고 싶은 마음이 들 적이 많습니다. 무슨 내용인지 궁금하고, 읽은 이들과 이야기하고 싶기도 해서지요. 또한 요즘에 나온 책은 신나고 재미있는 내용을 다루고 있을 가능성이 큽니다. 아무래도 지금 이곳에서 일어난 일을 배경으로 하는 데다 읽는 이의 눈높이에 맞추려 애쓴 덕일 터입니다.

그렇다고 고전을 푸대접해서는 안 됩니다. 어떤 책을 가리켜 고전이라 할까요. 옛사람들이 쓴 책 모두를 고전古典이라 하지는 않습니다. 그것은 그냥 '헌책'이라는 뜻으로 고서古書라 부릅니다. 그 가운데 세월의 담금질을 이겨내고 지금껏 읽는 책을 가리켜 고전이라 합니다. 이상한 일이지요. 새로 나온 책이 넘쳐나는데도 사람들은 고전을 읽습니다. 왜 그럴까 곰곰이 생각해보면, 고전의 가치에 대해 많은 것을 알게 됩니다.

몇 년 전에 한 대학에서 특강을 한 적이 있습니다. 수업을 맡은 교수님이 특별히 불러서 왜 책을 읽어야 하는지 재미있게 풀어 설명해달라고 부탁하셨더랬죠. 재미있게 말하지는 못했지만, 진지하게는 말했던 듯싶습니다. 강연이 진행되면서 고개를 주억거리는 학생들이 늘어났으니까요. (물론, 그 가운데 몇 명은 졸았지만!) 강연이 끝나고 묻고 답하는 시간을 보냈습니다. 그때 한 학생이 용감하게 물었습니다. 고전의 고갱이만 따로 모아놓은 책이 즐비한데, 굳이 고전을 읽을 필요가 있겠느냐는 말이었습니다. 여기서 그 학생이 용감하다고 한 것은, 누구나 마음으로는 생각하면서 체면 때문에 말하지 못하는 것이 있는데, 솔직하게 이를 드러냈기 때문입니다. 고전이라면 아무래도 범접할 수 없는 그 무엇인 양 느끼는데, 굳이 읽지 않고 내용만 파악하면 되지 않냐고 감히 말하기는 쉽지 않지요. 잘못하면 무식하다며 창피를 당할 수도 있으니까 말입니다.

그때 저는, 이 학생이 아마 논술준비를 했을 거란 짐작이 들었습니다. 입시 준비 때문에 책을 충분히 읽지 못했을 가능성이 크지요. 그러다 수능이 끝나자 고전을 주제별로 묶어놓은 책을 읽었겠지요. 중요한 대목을 가려 뽑고 해설도 달았을 테니, 굳이 어려운 책을 다 읽어보지 않아도 된다고 느꼈을 법합니다. 그 질문에 저는 이런 식으로 답변해 주었습니다.

얼핏 들으면 학생의 얘기가 일면 맞는 듯싶습니다. 그렇지만 꼼꼼하게 따지면 여러 문제가 있는 생각입니다. 먼저 고전의 핵심만 모아놓은 부분을 읽으면 되지 않느냐는 질문은 오랫동안 답을 찾는 데만 익숙했던 습관의 결과물이라 볼 수 있지 않을까요. 주어진 질문에 다섯 가지 정도의 예가 나오고 그 가운데 반드시 답이 있는 것이 일반적인 시험문제이지요. 이런 꼴에 익숙해지다 보면, 답을 푸는 과정은 중요하지 않고 답을 맞히는 것이 가장 의미 있는 일이 됩니다.

문제는 책을 이런 식으로 읽어도 된다고 보는 자세이지요. 고전이란 어떤 문제에 대한 모범답안을 품은 책으로만 여기게 됩니다. 그러니까, 다른 것은 다 걷어내버리고, 답만 찾아 읽으면 되려니 하는 것이지요. 저는 이런 생각에 반대한다는 것을 분명히 밝힙니다. 놀랍게도, 고전은 답을 제시한 책이 아니라 물음을 던진 책이라고 보기 때문입니다.

무슨 소리냐고요? 예를 들어 설명해보겠습니다. 동양 고전 가운데 가장 유명한 책이 《논어論語》입니다. 흔히 사람들은 《논어》를 공자가 썼다고 말하는데, 정확하게 보면 틀린 말입니다. 《논어》는 공자의 말을 모아놓은 책이지요. 이 책은 많은 구절이 "자왈子曰"로 시작합니다. 우리말로 풀이하면, "공자께서 말씀하시되"가 됩니다. 그러면 《논어》는 공자님이 제자들한테 일방적으로 강의한 내용을 모아놓은 듯하지요. 그렇지 않습니다. 《논어》를 꼼꼼히 읽어보면, 제자들이 묻고, 공자가 그 질문에 대답하는 과정으로 이루어졌습니다. 뛰어난 질문을 던지면 공자가 크게 칭찬하는 대목도 나옵니다. 그러니까 '자왈'이라는 말은, "제자의 질문에 공자께서 답변하시되"라고 바꾸어 표현하는 것이 더 정확할 듯합니다.

《논어》를 제대로 이해하려면 누가 어느 상황에서 공자에게 질문을 던졌는지 잘 알아야 합니다. 제자의 성품이나 학문의 깊이에 따라 같은 질문이라도 답변이 달라졌기 때문입니다. 이런 상황으로 보건대 《논어》는 질문덩어리라 볼 수도 있겠다 싶어집니다. 만약 제자들의 날카로운 질문이 없었더라면, 공자의 답변을 들을 수도 없었겠지요. '줄탁동시啐啄同時'라는 말이 있습니다. 안에서 스스로 알을 깨고 나오려는 몸짓이 있어야 밖에서 어미 닭도 알을 쪼아준다는 뜻이지요. 질문해야 답변했던 데는 이런 깊은 뜻이 있는 듯싶습니다. 질문하려면 스스로 깊이 생각하고 오랫동안 그 주제를 고민해보아야 합니다. 다 오른 듯한데 힘이 부쳐 더 오르지 못하는 상황까지 온 것이지요. 그럴 때 스승이 손을 내려 잡아 올려주는 것. 그것이 바로 《논어》의 배경을 이루는 정신인 셈이지요.

동양만 그런 것이 아닙니다. 서양도 그렇습니다. 플라톤은 자신의 책에 나오는 주인공으로 스승인 소크라테스를 내세웠습니다. '대화록'이라 하여 많은 책을 남겼는데, 그 가운데 가장 유명한 것이 《국가》

입니다. 이《국가》도 꼼꼼히 보면 질문덩어리라는 사실을 알 수 있습니다.

물론《국가》만 특별한 것은 아닙니다. 소크라테스는 본디 질문하는 철학자로 유명합니다. 거리에서 유명인을 만나면 뒤쫓아가 그 사람이 전문으로 하는 일을 주제로 질문을 쏟아부었습니다. 시인을 만나면 시가 무엇이냐고 끈덕지게 물고 늘어졌고, 정치인을 만나면 정치가 무엇이냐고 야단스럽게 물어보았습니다. 시인이 더는 시가 무엇인지 모르겠다고 했을 때에야, 정치인이 정치가 무엇인지 모르겠다고 할 때에야 비로소 놓아주었습니다. 소크라테스가 사형선고를 받았다는 것은 잘 알고 있겠지요. 그렇다면 누가 소크라테스를 고발했느냐가 궁금한데, 권위 있는 사람들에게 끈질기게 질문을 던져 체면을 구기게 하는 소크라테스를 제거하기 위해서, 권력자들이 고소를 충동질했다고 보는 의견이 대세를 이룹니다.

방금 말한 것처럼《국가》라는 책은 질문으로 이루어졌습니다. 소크라테스가 피레우스에서 열린 축제를 구경하러 갔다가 케팔로스라는 노인을 만납니다. 질문쟁이 소크라테스가 노인에게 이런저런 질문을 던지지요. 처음에는 성실하게 답변하다 잘못하면 소크라테스에게 당할 것 같으니 마침 그쪽으로 오던 장남 폴레마르코스를 소개해주고는 줄행랑을 놓습니다.《국가》는 바로 이 두 사람이 올바른 것이 무엇이냐를 놓고 벌이는 치열한 논쟁을 기록한 책입니다. 소크라테스의 질문이 없었더라면, 서양 고전의 최고봉이라 하는《국가》는 쓰일 수 없었습니다.

옛날에만 그런 것이 아닙니다. 현대에 들어서도 마찬가지입니다. 독일 출신의 세계적인 사회학자 막스 베버Max Weber가 쓴 책 가운데 《프로테스탄트 윤리와 자본주의 정신》이 있습니다. 이 책은 어찌 보면 지은이 스스로 던진 단 한 줄의 질문과 이 문제를 해결하기 위해 애쓴 결과를 고스란히 담은 긴 답변서로 이루어졌습니다. 베버는 이런 식의 질문을 던졌습니다. 왜 자본주의 발전을 이룬 도시에는 청교도들이 모여 살았을까? 정말 놀라운 질문이었고, 이 질문을 해결하기 위해 애쓰면서 베버는 자본주의 정신이 자본주의 체제를 낳았다고 주장하기에 이르렀습니다. 베버가 이런 주장을 하기 전까지는 자본주의 체제가 자본주의 정신을 낳았다고 보는 마르크스의 이론이 더 퍼져 있었습니다. 그러니까 베버는 마르크스와 '맞짱'을 뜬 셈이고, 그 싸움을 통해 많은 지지자를 확보했다고 할 수 있습니다.

어찌 다른 나라에서 쓰인 고전만 그리하겠습니까. '몽골족의 말발굽에 치여 신음을 하던 고려의 민중에게 어떻게 하면 희망을 줄 수 있을까?'라는 고민을 품었기에 일연의 《삼국유사三國遺事》가 쓰였을 터입니다. '조선 후기 침체의 늪에 빠진 나라의 운명을 건져내기 위해 더 나은 세상은 어떤 것일까?'라는 질문을 던지지 않았더라면 박제가, 박지원, 정약용이 쓴 고전이 나올 리 없었을 것입니다.

이제 고전을 우리가 읽어야 할 이유가 드러난 셈인가요? 참고서를 보는 것은 답을 알기 위해서입니다. 그렇다면 고전을 읽어야 하는 이유는 무엇인가요? 맞습니다. 바로 질문을 하기 위해서입니다. 학교 교육에서는 답을 찾는 훈련을 참 많이 합니다. 그렇지만 질문하는 법을 배우지는 못합니다. 그렇다면 질문은 왜 중요할까요? 질문이 새로운 것을 만들어내기 때문입니다. 지금 있는 것으로 만족하지 않고, 그것을 넘어서 더 나은 무엇인가를 찾으려는 노력이 바로 질문으로 나타나는 법입니다. 더욱이 질문은 지적 호기심의 다른 말이기도 합니다. 질문을 던짐으로써 끝나는 게 아니라, 어떡하든 그 질문을 해결하기 위해 노력하게 됩니다. 고전에는 질문과 그것을 풀어가는 과정이 담겨 있습니다. 우리가 배워야 하는 것은 바로 이것들입니다. 그러니까 어떻게 질문하고, 어떻게 그것을 해결하는지 그 과정을 익히는 것이지요. 답이 아니라 과정을 중시하는 것이 고전 읽기의 참된 모습인 셈입니다.

질문을 했던 학생은 저의 긴 답변에 동의해주었습니다. 이 말이 어찌 이 학생에게만 들어맞겠습니까. 두루 통하는 이야기입니다. 고전동화나 문학작품부터 다시 읽어보세요. 이 작품에 들어 있는 질문은 무엇인지 찾아보세요. 그리고 그 질문을 어떻게 해결하는지도 눈여겨보세요. 그러다 자신감이 붙으면 철학 고전도 읽어보세요. 역시 같은 방법으로 말입니다. 높은 산에 올라야 아름다운 풍광을 즐길 수 있는 법입니다. 고전이라는 거인의 무등을 탈 때, 우리는 비로소 더 많은 것을 보게 됩니다.

2.
진정한 배움과
익힘의 길:
공자

　　　　　　　　　　청소년들이 모인 자리에 가서 공자
의 삶을 말해준 적이 있습니다. 반응이 어땠을 것 같나요. 한마디로,
썰렁했습니다. 일단 옛사람 이야기를 하면 흥미롭지 않은 모양이에요.
거기다 답답하고 고리타분하다는 뜻으로 쓰이는 '봉건적' '가부장적'
이라는 말에 딱 맞는 인물이 공자라고 여겨온 사회 분위기도 한몫하고
있는 듯합니다.

　공자가 비판받을 부분도 있습니다. 그의 말을 모아놓은《논어》를 보
더라도 오늘날 우리가 누리고 있는 자유와 민주의식에 비주어보면 많
이 모자라고 시대에 뒤처진 면이 있지요. 그렇다고 마냥 비판만 할 수
는 없습니다. 지금도 살아 움직여 우리를 일깨우는 참으로 훌륭한 말

이 수두룩하기 때문입니다. 그래서 고전이라고 하지요. 일정한 한계가 있지만, 그것을 넘어서 오늘의 우리에게도 여전히 유효한 그 무엇이 담긴 책이니까 말입니다.

《논어》는 제법 두꺼운 데다, 일관성 있고 체계 있게 쓰인 글이 아니어서 의외로 읽기 쉽지 않은 면이 있습니다. 물론, 누구나 읽어낼 수 있도록 잘 번역하고, 쉬우면서도 깊이 있게 해설한 책이 있다면 얼마든지 읽을 수 있으니, 기회 닿는 대로 한번 도전해보기 바랍니다. 이 자리에서는 《논어》 자체에 대한 이야기를 하려는 바는 아니고, 거기에 나온 한 구절을 바탕으로 왜 책을 읽어야 하는지 고민해보려고 합니다.

《논어》의 첫 구절은 "학이시습지불역열호學而時習之不亦說乎"이지요. 우리말로 풀이하면 "배우고 때에 맞게 익히면 기쁘지 아니하랴"가 됩니다. 많은 이가 이 구절을 《논어》의 고갱이라 여깁니다. 《논어》를 해설한 책을 여럿 읽어본 저도 이런 주장에 동의합니다. 배움과 익힘 그리고 기쁨이 《논어》를 관통하는 열쇳말이라는 뜻이지요.

그러니, 배움이 기쁨이 되기 위해서는 어찌 해야 하나 한번 같이 고민해보도록 합시다. 일단, 공자는 무엇을 배우고자 했을까요? 요즘 말로 하면 특목고나 유명 대학 가려고 공부했을까요. 그러니까, 소수의 엘리트층에 속하는 데 삶의 목표를 두고 현재의 시간을 바쳐가며 오로지 교과서와 학습참고서만을 읽었을까 하는 것이지요. 부정할 수만은 없습니다. 출신 성분이 보잘것없던 공자가 나중에 고위 공무원이 되는 것을 보면, 입신과 출세를 위한 공부를 등한히 했다고 말할 수는 없습니다.

더욱이 공자가 말한 군자君子가 전문가이면서도 도덕적 완성자를 뜻한다는 것을 기억할 필요가 있습니다. 문제는 전문가이기만 한 것이지, 전문가 되는 것을 비판하지는 않았다는 점입니다. 물론 춘추시대에 공무원이 되는 과정이나 출세하기 위해 치러야 했던 시험이 있는지, 그때 교재는 무엇인지는 잘 모르겠습니다만, 어찌하였든 현실 욕구에 충실한 공부를 등한히 했다고 할 수는 없을 터입니다.

공자는 어떤 공부를 했을까요. 배병삼 교수가 쓴 《논어, 사람의 길을 열다》(사계절, 2005)에 보면 그 내용이 나옵니다. 소육예小六藝라 하여 예禮, 예절와 악樂, 노래와 춤, 활 쏘기射, 마차 몰기御, 글쓰기書, 셈하기數를 배운 것이지요. 오늘날로 치면 여섯 개 과목을 충실히 배웠고, 이것은 공자만 그런 것이 아니라 그 시절에 일반적으로 이런 과목을 중심으로 공부했다 보면 될 성싶습니다. 배 교수는 소육예를 다음처럼 분류해 이해하기 쉽게 설명합니다.

> 예와 악은 사람과의 관계 맺기에 요구되는 것이고, 활 쏘기와 마차 몰기는 국토방위에 필요한 기술이며, 글쓰기와 셈하기는 관리나 지식인으로서 업무를 처리하는 데 쓰이는 것이니, 모두 고대에 지식인이자 무예를 겸비한 성인 남자로서 갖추어야 할 기본적 기예들이다.
>
> —《논어, 사람의 길을 열다》, 32쪽

그런데 공자의 위대성은 소육예를 공부한 데만 머물지 않은 데 있습니다. 그는 더 나아가 대육예大六藝를 공부했습니다. 현실에서 요구하는 공부에 그치지 않고 더 나아가 참된 사람이 되는 길을 가르쳐준 고전을 배웠던 겁니다. 그렇다면 대육예를 익히는 데 쓰였던 교재는 무엇일까요. 배 교수는 "첫째, 중국 고대의 시집인 《시경詩經》, 둘째, 중국 고대의 정치와 역사를 서술한 《서경書經》, 셋째, 국가와 계급 간에 지켜야 할 예의범절을 규정한 《예기禮記》, 넷째, 음악에 대한 이론서인 《악기樂記》, 다섯째, 점치는 책인 《역경易經》, 그리고 공자의 조국인 노나라 역사책인 《춘추春秋》"라 말했습니다. 요즘 말로 하면, 문학과 역사 그리고 윤리와 예술 과목을 중점으로 공부했다 여기면 되겠군요.

세상을 살아가기 위해 필요한 지식과 기술을 어린 시절에 배워야 함은 당연합니다. 그리고 얼마나 성취했는지 측정하는 제도가 필요한 것도 사실입니다. 문제는 이것만 위주로 공부하고 그것이 공부의 전부인 양 여기며 한번 실패하면 다시는 일어설 수 없게 만드는 제도에 있지요. 공부하는 것은 전문가가 되기 위해서만은 아닙니다. 공자도 글쓰기와 셈하기를 공부했지만, 거기에 머물지 않고 예와 악을 배우려고 애를 썼습니다. 한쪽으로 치우치지 아니하고, 삶의 균형을 잡기 위해 시간을 내어 열심히 공부했던 셈입니다. 공자가 무엇으로 공부했겠습니까? 그렇지요, 앞사람들이 남긴 위대한 책을 텍스트 삼아 '열공'했습니다. 앞에서 군자가 전문가만 뜻하는 것이 아니라고 했잖아요. 참된 사람이라는 뜻도 품고 있으니, 공자 공부의 목적은 오늘과는 달랐던 것이지요.

이 점이 중요합니다. 왜 공부를 해야 하는가에 대한 고민 없이 무작정 공부만 해서는 안 되지요. 누구에게나 꿈은 있는 법입니다. 그런데 꿈이 이루어진다 해서 우리가 참된 사람이 되는 것은 아니지요. 공자가 《논어》에서 말하는 공부는 바로 여기에 무게중심이 놓여 있습니다. 둘 다 이루기 위해 공부해야 한다고 말하고 있습니다. 어느 것 하나를 무시하거나 놓치면 아니 된다는 뜻도 품고 있습니다. 그런 면에서 우리는 독서를 통한 교육을 등한하고 있는 셈이지요. 큰 문제가 아닐 수 없습니다.

더 큰 문제는 익힘에 있습니다. 학교 공부하랴 학원 공부하랴 다람쥐 쳇바퀴 돌듯 살아가며 공부를 하니, 배운 것을 자기 것으로 만드는 과정이 생략되어 있지. '공부의 신'들이 하는 말 가운데 공통점이 예습과 복습의 중요성입니다. 그럼에도 지금의 교육 현실에서 복습이 힘들다는 것은 모두 잘 압니다. 자꾸 자기 주도적 학습을 해야 한다고들 말하는 것도 익힘의 문제와 긴밀히 관계가 있습니다. 책읽기도 마찬가지입니다. 의무감 때문에 진지하게 읽어보지 않는 것도 문제이지만, 읽은 것을 다시 살펴보는 익힘이 없으면 그 책읽기는 별 도움이 안 될 가능성이 큽니다.

책을 읽긴 읽었는데 무슨 내용이었는지 잘 기억나지 않는다는 말을 종종 듣습니다. 나이 지긋하게 든 어른들만 하는 말일까요? 아닙니다. 젊은 세대도 자주 하는 말이지요. 익힘이 없기 때문에 기억도 잘 나지 않는 데다, 그러다 보니 책읽기를 통해 나를 변화시키는 경험을 하기 어려워지는 법입니다. 그렇다면, 책읽기의 익힘으로는 무엇이 가장 좋을까요? 역시 독후감을 써보고 토론해보는 것이 제일 좋습니다.

익힘은 실천의 문제이기도 합니다. 머리로만 알지 말고, 직접 몸으로 해보아야 됩니다. 참된 사람이 되는 길이 무엇인지, 아무리 읽어서 안들 무슨 소용이 있나요. 비록 작은 일이지만, 가능한 것부터 실천해나가며 자신을 성찰하고 고쳐나가려 해야 비로소 그 길에 이를 수 있습니다. 흔히 길은 처음부터 닦여 있는 걸로 알지만, 가고 나야 비로소 열리는 법이지요. 참된 것에 이르는 길은 눈앞에 펼쳐져서 가기만 하면 되는 것이 아니라, 우리가 갈 때 비로소 열린다는 점을 잊지 말아야 합니다.

학업을 위한 공부이든 참된 사람이 되고 더 나은 세상을 꿈꾸기 위해 책을 읽는 것이든, 그것이 기쁨이 되지 않고서는 아무런 의미가 없습니다. 그렇다면 우리는 어떠한지요? 정말 기쁨 속에서 공부하고 책을 읽고 있습니까? 아니라면, 반성하고 그럴 수 있는 방법이 무엇인지 알아보아야 합니다. 여러분은 그 답을 알고 있나요? 저는 《논어》에 나오는 세 번째 구절, 그러니까 "남이 알아주지 않아도 성나지 않으면 군자"라는 말에서 깨달을 바가 많다고 봅니다. 남이 시켜서가 아니라 나 스스로 선택한 길을 가는 사람은 누가 알아주길 바라지 않습니다. 성낼 일이 없는 것이지요. 공부를 하거나 책을 읽거나 내가 선택하고 결정한 것이라야 기쁨이 됩니다. 사회에서 가라고 해 억지로 선택했다면 짐이 되고 말겠지요. 그 길은 가시밭길일 터이고, 남들이 알아주지 않을까 봐 안달을 부릴 가능성이 큽니다.

동양철학은 흔히 앞부분이 중요하다고 합니다. 《논어》도 역시 핵심을 앞에 두고 있습니다. 배우고, 익히는 것의 가치를 강조하고, 세상의 평판에 휘둘리지 마라 했습니다. 공자의 사상과 삶이 증명하듯, 현실

욕구에만 매달리지 말고, 진정한 가치를 추구하려 애써야 합니다. 그때 비로소 자신의 한계를 넘어설 수 있습니다. 그 모든 것을 가능케 하는 핵심이 책읽기라는 점도 기억해둡시다.

곰곰이 생각해보면, 옛사람들이야
말로 책읽기의 달인이라 할 수 있습니다. 지금이야 공부라 하면, 젊은
세대의 경우 《맨투맨기본영어》나 《개념원리수학》을 열심히 붙들고 푸
는 것을 뜻합니다. 소설책이나 인문서를 읽으면 공부 좀 하라는 타박
을 듣기 일쑤지요. 청소년 시절 책을 읽다가 '공부 안 하고 딴짓한다'
고 어른들에게 혼났던 기억을 떠올리는 성인을 간혹 만납니다. 그 탓
에 책을 멀리했다며 푸념을 늘어놓으니, 오늘날 우리에게 책읽기는 공
부와 다른 것을 뜻하는 게 되었습니다. 그렇지만 옛사람들에게 공부는
곧 책읽기였지 않은가요. 선인들이 남긴 글을 소리 내어 읽으며 그 뜻
을 새기려 애썼습니다. 책도 귀한 시절이라 베껴 쓰는 경우도 자주 있

었을 터입니다. 책이 넘쳐나도 읽지 않는 오늘의 세태와는 분명히 다르지요.

그러다 보니, 옛사람들의 글에는 유독 독서론을 주제로 삼은 것이 많습니다. 자식들에게 보낸 편지나 후학들에게 일종의 공부론을 말한 책들은, 왜 책을 읽어야 하고 어떻게 읽어야 하는지를 반드시 귀띔해 주곤 합니다. 물론, 옛사람들이 책을 열심히 읽은 데는, 과거시험을 통해 출세하고자 하는 현실적 요구도 있었습니다. 마치 요즘 젊은이들이 전공을 불문하고 고시며 자격증에 매달리는 것과 유사합니다. 성리학을 정치철학으로 내세우고 국가를 경영했던 조선은, 플라톤 식으로 말하자면, 철인정치를 현실화했던 나라입니다. 때로는 그것이 너무 과해 국가 발전을 가로막았다거나, 이론논쟁이 알고 보면 현실정치의 지형도에 큰 영향을 받았다는 것은 부정할 수 없는 부작용입니다.

그럼에도 옛사람들의 독서론은 여전히 그 가치가 퇴색하지 않고 빛을 발합니다. 일례로 이율곡이 쓴 《격몽요결擊蒙要訣》(이민수 옮김, 을유문화사, 2003)을 들 수 있습니다. '격몽'은 몽매한 이들을 가르친다는 뜻이요, '요결'은 비결이란 뜻입니다. 그러니 이 책은 학문의 세계에 입문하려는 이들에게 선학이 건네주는 일종의 '내비게이션'이라 보면 됩니다. 이 책의 네 번째 장이 독서에 관한 장인바, 동양의 전통적인 독서론에 힘입은 내용과 율곡 특유의 '추천도서목록'을 엿볼 수 있습니다.

율곡은 왜 책을 읽어야 하는가부터 말해줍니다. 이 대목은 주자의 독서론과 일치하는데, "성현들의 마음 쓴 자취와 착한 일을 본다는 것과 악한 일을 경계하는 것이 모두 이 글 속에 있기 때문"이라고 말합니다. 그러면서 정독할 것을 권하지요. 요즘은 세상이 변해 책을 빨리 읽고 원하는 정보만 골라 읽는 독서법이 유행합니다. 실용적인 목적이나 전문가의 독서법으로는 의미가 있으나, 책읽기의 본디 가치를 훼손한다는 점에서는 비판받을 여지가 있습니다. 그런 점에서 율곡이 권하는 다음과 같은 독서법은 곱씹어볼 만한 가치가 있습니다.

> 대체로 글을 읽는 자는 반드시 단정하게 손을 마주 잡고 반듯하게 앉아서 공손히 책을 펴놓고 마음을 오로지 하고 뜻을 모아 정밀하게 생각하고, 오래 읽어 그 행할 일을 깊이 생각해야 한다. 이렇게 해서 그 글의 의미와 뜻을 깊이 터득하고 글 구절마다 반드시 자기가 실천할 방법을 구해본다.
>
> —《격몽요결》, 63~64쪽

어쩌면 이런 이야기를 시대착오적이라 성토할 사람이 있을지도 모르겠습니다. 모든 것이 속도전으로 치닫고 있는 이 시대에 한가한 이야기로 비칠 수도 있으니 말입니다. 더욱이 책을 대하는 태도가 너무 엄숙하고, 깨달은 바를 실천해보란 말이 외려 책을 멀리하게 할 수도 있습니다. 그렇지만, 책을 읽는 본디 자세가 어떠해야 하는지를 율곡은 정확하게 꿰뚫어보고 있습니다. 옛사람들은 자기가 마땅히 해야 할 바가 무엇인지를 깨닫기 위해 책을 읽었습니다. 단순히 정보와 교양을 쌓으려고 책을 읽었던 것이 아닙니다. 참사람의 길을 찾는 나침반이 바로 책이었지요. 조심할 것은, 여기서 말하는 책은 시쳇말로 하면 고전의 반열에 오르는 것만을 뜻한다는 점입니다. 처세나 실용서, 함량 미달의 대중소설은 이 범위에 들지 않습니다. 그러니 책 읽는 사람의 자세가 치열할 수밖에! 세상사에 지치고 상처받은 현대인이 불경을 읽거나 성경을 읽는다면 어떤 자세일지 상상해보기 바랍니다. 위로받고 구원받고 싶은 사람의 간절한 마음을 떠올리면 율곡의 말을 충분히 이해할 수 있을 터입니다.

율곡은 〈독서〉 장에서 동양의 고전을 어떤 순서로 읽으면 좋은지 말해주었습니다. 먼저 《소학小學》을 읽고 다음에 《대학大學》을 읽으랍니다. 그리고 《논어》와 《맹자孟子》를 읽은 다음 《중용中庸》을 읽으라 했습니다. 다음 순서로 《시경》과 《예경禮經》 그리고 《서경》과 《역경》을 읽어보고, 마지막으로 《춘추春秋》를 읽어보라고 권합니다. 그리고 덧붙이기를, 이들 책을 읽고 나서는 《근사록近思錄》 《가례嘉禮》 《심경心經》 《이정선서二程全書》 《주자대전朱子大全》 《어류語類》 등과 그 밖의 책을 읽으라 했고, 힘이 남으면 역사서를 보라 했습니다.

왜 이런 순으로 읽어야 하는지는 《격몽요결》에 밝혀놓지 않았습니다. 단지 각 책에서 무엇을 배우고 힘써야 하는지만 짤막하게 언급해놓았습니다. 그런데 경험으로 보건대, 이 순서가 맞춤하다는 생각이 드네요. 개인적으로 동양철학의 고전들을 읽어보았는데, 사전에 이 같은 정보를 알지 못해 낭패를 본 적이 있습니다. 시행착오를 겪고 나서 율곡의 글을 보았는데, 상당히 설득력이 높다는 점을 인정하지 않을 수 없었습니다. 지식보다 지혜가 더 필요하다는 사실에 많은 사람들이 동의하고 있습니다. 동양철학에 부쩍 관심이 높아진 이유입니다. 그렇다면 율곡이 말해준 순서대로 책을 읽어보기를 권합니다. 이 정도의 커리큘럼이라면 동양철학의 정수를 제대로 이해할 수 있는 데다 체계적으로 습득할 수 있는 미덕도 있다고 판단되어서 하는 말입니다. 율곡은 빼어난 철학 교사인데다 도서평론가이기도 했던 셈입니다.

옛사람들은 앎과 함의 일치를 위해 애를 썼지요. 읽기만 해서야 무슨 소용 있고 깨닫는 데 그쳐서야 어찌하겠느냐는 뜻입니다. 책을 한낱 정보의 덩어리로 여기고, 당장 어떤 현실적인 요구를 충족시켜주어야 한다고 여기는 세태와는 전혀 다른 자세입니다. 참사람이 되기 위해 책을 읽었다면, 그래서 알고 깨달은 바가 있다면, 이를 이루기 위해 힘써야 하는 것이 당연하지요. 안이해지고 나태해지고 무심해진 우리의 정수리에 율곡은 다음 같은 죽비를 내리칩니다.

> 입으로만 글을 읽을 뿐 자기 마음으로는 이를 본받지 않고, 또 몸으로 행하지 않는다면 책은 책대로 있고 나는 나대로 따로 있을 뿐이니 무슨 유익함이 있겠는가?
>
> —《격몽요결》, 64쪽

4.
공부는
죽을 때까지 하는 것:
〈학기〉

얼마 전 김용옥 선생이 우리말로 옮기고 해설한 《대학·학기 한글 역주》(통나무, 2009)를 읽었습니다. 〈대학〉은 전문을 다 읽어보고 해설한 책도 여럿 보았는데, 〈학기學記〉가 있는 줄은 이 책을 통해 알았습니다. 본디 〈대학〉이나 〈중용〉은 별도로 나와 있던 책이 아니라 《예기》에 속해 있던 글입니다. 그런데 그 내용이 아주 좋고 중요해서 별도의 책으로 구분했고, 주자가 사서 가운데 한 권으로 지정하는 바람에 유명해진 것이지요. 〈학기〉도 《예기》의 한 편인데, 〈대학〉을 잘 이해하려면 꼭 읽어보아야 한다면서 김용옥 선생이 〈대학〉 편에 실어놓은 것입니다. 책읽기의 기쁨이 여기에 있지요. 모르는 것을 알고, 그것을 깊이 있게 이해하는 과정에서 새로운 깨달음을 얻는 과정 자체가 얼마나 큰 즐거움인지 모른답니다.

〈학기〉를 읽다가 함께 이야기를 나누었으면 좋겠다 싶은 부분을 세 군데 발견했습니다. 김용옥 선생이 우리말로 옮긴 부분을 인용하고 거기에 저의 생각을 덧붙여보겠습니다.

먼저 제2장 '교학상장敎學相長'에 나오는 구절입니다.

아무리 훌륭한 옥이라도 쪼지 않으면 그릇을 이루지 못한다. 아무리 훌륭한 사람이라도 배우지 않으면 도를 알지 못한다. 그러므로 옛 성군들은 나라를 세워 백성의 지도자 노릇을 하려면 반드시 가르치고 배우는 교육을 으뜸가는 과제로 삼았다. 《서경》〈열명說命〉에 이르기를 "사람은 모름지기 처음부터 끝까지 일생 동안 배우기를 힘써야 한다"라고 했는데, 이 말씀은 바로 성군들이 나라를 세움에 교육을 우선으로 생각했다는 것을 천명한 말씀일 것이다.

비록 아름다운 요리가 앞에 놓여 있다 할지라도 그것을 먹어보지 않으면 그 맛을 알 길이 없다. 비록 지극한 도리가 앞에 놓여 있다 할지라도 그 것을 배워보지 않으면 그 위대함을 알 길이 없다.

—《대학·학기 한글 역주》, 232쪽

왜 공부하는 것일까요, 그리고 공부를 한다는 것은 무엇을 뜻할까요. 옛사람들은 이 문제를 참으로 집요하게 고민했던 듯싶어요. 여러 경전을 읽어보면 공통점으로 공부에 대한 이야기가 나오거든요. 〈학기〉는 옥에 비유해 이를 이야기하네요. 아무리 훌륭한 옥을 원석으로 구했더라도 갈고 닦지 않으면 필요한 것으로 만들지 못하는 것은 당연합니다. 타고난 품성이나 머리가 아무리 훌륭하고 좋더라도 배우지 않으면 소용없다는 뜻입니다. 물론, 천재는 있을 겁니다. 같은 시간을 공부하더라도 더 잘 이해하고 더 잘 푸는 친구는 늘 있으니까요. 그런데 한번 생각해보아야 합니다. 그 친구는 공부를 전혀 하지 않고도 그런 경지에 오르던가요? 아마 아닐 터입니다. 공부는 같이 했는데, 성과가 다르다는 점에 주목해야 합니다. 안 하고도 천재라는 소리를 들을 사람은 없습니다. 천재는 타고난 것보다 노력하여 된다는 말들도 많이 합니다. 주변에 보면, 머리 좋다고 너무 까불다 오히려 큰 성취를 이루지 못하는 경우도 왕왕 있습니다. 공부해야 비로소 아는 법입니다.

그런데 그 공부를 대학입시 볼 때까지만 하라는 식으로 말하는가요? 아니지요. 평생 해야 한다고 말하고 있습니다. 대학 신입생들을 보고 있노라면 어떤 때는 절로 한숨을 쉬게 됩니다. 마치 대학에 들어오면 모든 것이 이루어진 양 착각해 좋은 시절을 허송세월로 보내기 때문입니다. 공부는 한때 반짝 하고 마는 것이 아닙니다. 옛글에 나온 말을 바꾸면, 죽을 때까지 하는 것이 공부입니다. 그런 점에서 요즘 사람들은 옛사람만치 못하다는 말을 들어도 할 말 없을 듯합니다.

하나 더 생각할 것이 있습니다. 공부하는 목적이 출세하는 데 있지 않고, 도道를 배우는 데 있다는 것입니다. 도가 무엇일까요? 가끔 길을 가다 보면 낯선 이가 슬쩍 다가와 은밀하게 "도를 아시나요?"라고 말을 건네는 사람들이 있는데, 그런 도라고 생각하지는 마세요. 여기서 말하는 도는, 쉽게 생각하면 길을 가리킵니다. 인간으로서 가야 할 길이 무엇인지 고민하고 성찰해야 한다는 말입니다. 이럴 때는 과정이 강조되지요. 참된 그 무엇이라면, 우리가 마침내 이르러야 할 목적지라는 뜻을 담고 있지요. 둘 다 도의 뜻풀이라 보면 됩니다. 옛사람들이 책을 읽고 토론하고 글을 쓴 목적은 길을 알기 위해서였습니다.

두 번째로 살펴볼 것은 제6장 '탄교지불형^{歎敎之不刑}'입니다. 여기에는 이런 내용이 나옵니다.

> 상술한 바 정도의 교육과는 달리 요즈음의 교육이라는 것은 교사가 단지 앞에 놓인 교과서를 읊조릴 뿐, 쓸데없이 어려운 질문을 잔뜩 늘어놓아 자신의 박학만을 과시하며 그 가르치는 말이 산만하기 그지없다. 진도만을 서두르며 학생이 편안하게 이해하는 것을 고려치 아니하며, 학생으로 하여금 본심으로부터 학문을 좋아하도록 이끌어주지 않으며, 가르침에 학생 스스로 가지고 있는 개성을 다 발현할 수 있도록 만들어주지도 않는다. 이와 같이 가르치는 방법이 틀려먹었으니 당연히 학생들이 학문을 추구하는 방법도 틀려먹을 수밖에 없다. 이렇게 되면 학생들이 그 학문 자체를 싫어하게 되며 교사를 미워하게 되고, 배우는 것이 어렵게만 느껴져 고통을 받아 그 학문이 자신의 생애에 큰 이득이 된다는 것을 깨달을 길이 없다. 비록 학업을 다 마치고 졸업은 하였지마는, 학교를 떠나자마자 곧바로 학문에서 마음이 떠나버린다. 요즘 교육이 공^功이 드러나지 않음이 바로 이 때문이 아니겠는가?
>
> ─《대학·학기 한글 역주》, 243~244쪽

마치 옛사람이 타임머신을 타고 과거에서 현실로 와 오늘 우리 학교의 수업 현장을 지켜보고 쓴 글 같지 않나요. 뜨끔하실 선생님들도 있을 수 있지만, 배우는 사람 처지에서도 되돌아볼 것이 있습니다. 두루 많은 분야의 책을 꾸준히 읽어야 하는 법인데, 많은 학생이 교과서와 참고서만을 보고 있는 것이 우리의 현실입니다. 공부의 목적이 어디 있는가에 따라 우리가 볼 책은 이렇게 달라집니다. 길을 찾기 위해, 그리고 그 길을 걸어 궁극에 참된 사람이 되려는 열망 없이 공부할 적에 우리 책상에는 입시나 처세와 관련된 책만 켜켜이 쌓여 있게 될 것이 분명합니다.

이 대목에 이르러 우리 앞에 놓여 있어야 할 책이 무엇인지 금세 알수 있지요. 고통받는 사람의 처지를 이해하도록 이끄는 소설이나, 언어 감수성을 세련되게 해주는 시, 우리가 이루어야 할 바람직한 공동체에 대해 고민하게 하는 사회과학책, 더 깊고 더 넓게 그리고 더 논쟁적으로 사유하는 힘을 길러주는 철학책이겠지요.

다음에는 우리가 본심으로 학문을 좋아하는지 되돌아보아야 합니다. 우리 민족이 살아온 역사를 통해 앞으로 어떻게 살아가야 할지를 고민해야 하는데, 단지 시험점수 높이려는 생각만으로 역사를 공부한다면, 이를 두고 어찌 학문을 좋아한다고 할 수 있겠습니까. 남들은 골치 아프다고 억지로 하는 수학을, 즐겁고 기쁘게 공부해서 우주의 비밀을 간결하면서도 명쾌하게 풀어내겠다는 의지가 있는 사람이야말로 학문을 좋아하는 이의 본모습이겠지요.

학문이 자기 삶에 큰 도움이 된다는 대목도 주목해야 합니다. 우리는 누구나 다 꼭 이루고 싶은 꿈이 있습니다. 그 꿈을 실현하려면, 깊이 있는 공부를 해야 하는 것이 현실입니다. 꿈이 간절하니, 열심히 하는 게 마땅하지요. 내가 하고 싶고, 이를 위해 공부했으니, 그 공부한 것이 삶에 큰 도움이 되는 것은 당연한 일입니다. 사회의 한 구성원으로 자기 몫을 하게 된다는 뜻입니다. 거기다 길을 알기 위해 공부해온 사람은 사회적으로 널리 인정받게 될 터입니다. 고위 공직자를 임명하는 과정에서 청문회를 엽니다. 그 사람의 자질이나 도덕성이 그 자리에 오를 만한가를 검증하는 자리지요. 일련의 과정에서 도덕적인 문제가 불거져 결국 망신만 당하고 자리에 오르지 못하는 사람을 숱하게 봅니다. 길을 찾는 공부를 하지 않아서죠. 그런 면에서 보더라도 진정한 공부가 삶에 도움이 된다는 말이 얼마나 적절한지 알게 됩니다.

끝으로 제10장 '학자사실學者四失'에 나오는 구절을 인용합니다. 배우려는 사람들이 저지르는 실수를 네 가지 지적하고 있는데, 자기가 해당하는 항목이 있지는 않은지 한번 살펴보고 고쳐나가기 바랍니다.

> 어떤 학생은 너무 많이 배우려고 이것저것 나대다가 산만해진다. 어떤 학생은 너무 적게 배우려고만 하여 자신의 능력을 계발하지 않는다. 어떤 학생은 쉬운 것만을 좋아하여 포괄적인 지식에 도달하지 못한다. 어떤 학생은 너무 좁은 범위에 지식을 한정시켜 편협하게 되고 만다.
> —《대학·학기 한글 역주》, 252쪽

5.
효도와 우애에
바탕을 둔 독서법:
다산

옛사람들이 자식들에게 보낸 편지를 보면, 책 열심히 읽으라는 말이 많이 나옵니다. 어느 자리에선가 이런 말을 했더니, 하나같이 당연한 것 아니겠느냐는 반응을 보이더군요. 어느 아비가 자식한테 잘 먹고 잘 놀라는 식의 편지를 보내겠느냐는 것입니다. 하긴, 맞는 말입니다. 요즘에는 부모 자식 간에 편지 주고받는 일도 드문 일이 되었습니다. 핸드폰 문자에 이메일에, 어디 편지 쓸 일 있나요. 하나, 옛날에는 편지 말고 기별할 수단이 별로 없었을 터. 마음속 깊은 곳에 두었던, 하고 싶은 말을 써서 보냈을 테니, 다른 데 정신 팔지 말고 이즈음 말로 하지면 '열공'하라는 말을 하였을 것은 뻔한 이치입니다.

다산 정약용이 자식들에게 보낸 편지에도 책 읽으라는 내용이 많더군요. 그런데 다른 이들의 편지와 사뭇 다른 것은, 비장감마저 서려 있다는 점입니다. 1802년 12월 22일 강진에서 보낸 편지에 보면, "폐족廢族으로서 잘 처신하는 방법은 오직 독서하는 한 가지 방법밖에 없다"라고 했습니다. 잘 알다시피 다산은 정조의 총애를 받는 관료였지요. 하지만, 정조가 죽고 난 다음 탄압을 받았습니다. 1801년 신유사옥辛酉邪獄의 희생양이 되어 유배를 떠나야만 했습니다. 나라를 위해 더 큰 꿈을 꿀 수 없는 상황에 놓인 것만으로도 억울한데, 자식들의 앞날마저 막은 꼴이라 부모 된 자로서 억장이 무너졌을 터입니다. 좌절의 늪에 빠진 아들들에게 다산이 할 수 있는 말은 위기를 기회 삼아 책을 더 열심히 읽으라는 것뿐이었죠. 다산은 그 이유를 이렇게 적었습니다.

> 독서라는 것은 사람에게 있어서 가장 중요하고 깨끗한 일일 뿐만 아니라 (중략) 중년에 재난을 만난 너희들 같은 젊은이들만이 진정한 독서를 하기에 가장 좋은 것이다. 그네들이 책을 읽을 수 없다는 것이 아니라 뜻도 의미도 모르면서 그냥 책만 읽는다고 해서 책을 읽는다고 하는 것이 아니기 때문이다.
>
> —《다산문학선집》, 301쪽

오늘의 눈으로 보면 비판받아 마땅한 내용도 들어 있습니다. 아무리 머리 좋아도 지방에서 공부하거나 어른들이 관직에 나간 경험이 없는 집안의 자제는 제대로 책을 이해하지 못할 것이라는 말은 옳지 않습니다. 그렇지만 아버지를 유배 보낸 자식들에게 지금의 상황이 책읽기 좋다고 말하는 심정을 너그럽게 이해할 수도 있겠지요.

책읽기를 강조한 마당에 책을 어떻게 읽어야 하는지 말하지 않을 리 없습니다. 다산이야말로 유배생활 동안 엄청난 양의 책을 읽고 불후의 명저를 쏟아낸 인물이지 않습니까. 그런 점에서 다산이야말로 가장 믿을 만한 독서법 강사라 할 만합니다.

다산은 독서를 하려면 반드시 바탕을 먼저 세워야 한다고 힘주어 말했습니다. "배움에 뜻을 두지 않고는 능히 독서를 할 수" 없는 법. 배움에 뜻을 두었다면 바탕을 세워야 하는데, 그것이 무엇인가 하면, 바로 효도와 우애라고 합니다. 책을 읽는 목적은 다양합니다. 참된 것을 깨닫기 위해서일 수 있고, 입신양명하려고 읽을 수도 있습니다. 이를 다산은 부정하지 않습니다. 다른 편지에서 "오직 독서 한 가지 일만이 위로는 족히 성현을 뒤쫓아 나란히 할 수 있고, 아래로는 길이 뭇 백성을 일깨워줄 수가 있다"라고 말한 바 있습니다. 그럼에도 그 무엇보다 효도와 우애에 바탕을 두면 학문이 무젖는다고 한 것은 깊이 생각해볼 만합니다.

다산은 책 읽는 순서를 분야별로 묶어 세 단계로 나누었습니다. 맨 먼저 경학(사서오경을 연구하는 학문) 공부를 하여 바탕을 다지라 하였고, 다음에는 역사책을 섭렵하라 했습니다. "옛 정치의 득실과 잘 다스려진 이유와 어지러웠던 이유"를 살펴보라는 뜻입니다. 그러고서 실용학문에 관심을 기울이라 했으니, "마음에 항상 만백성에게 혜택을 주어야겠다는 생각과 만물을 자라게 해야겠다는 뜻을 가지고 있은 뒤라

야만 바야흐로 참다운 독서를 한 군자라 할 수 있겠"기 때문입니다.

조선시대의 추천도서목록이 오늘에도 그대로 적용될 수 있는지의 여부는 논란이 될 만합니다. 그럼에도 공부의 시작이 어디고, 그 목표치가 무엇인지 명확히 했다는 점에서 배울 바는 많습니다. 더욱이 실용학문의 가치가 지나치게 높이 평가받는 시대에 오히려 철학 같은 인문학의 가치를 되새겨보는 데는 다산의 말이 큰 자극제가 됩니다.

옛사람들은 앞 세대 학자들이 쌓아놓은 학문적 결과물을 깨우쳐가는 것이 곧 공부였습니다. 요즘 말로 하자면 고전 읽기가 공부의 전부였던 셈입니다. 그러니 책을 읽는 자세도 달랐습니다. 아들 학유에게는 이렇게 편지를 썼네요.

> 내가 몇 년 전부터 독서에 대하여 깨달은 바가 무척 많은데 마구잡이로 그냥 읽어 내리기만 하는 것은 하루에 천 번 백 번을 읽어도 오히려 읽지 않는 것과 다를 바가 없다. 무릇 독서할 때 도중에 의미를 모르는 글자를 만날 때마다 널리 고찰하고 세밀하게 연구하여 그 근본 뿌리를 파헤쳐 글 전체를 이해할 수 있어야 한다. 날마다 이런 식으로 책을 읽는다면, 한 가지 책을 읽더라도 수백 가지의 책을 엿보는 것이다. 이렇게 읽어야 읽은 책의 의리를 훤히 꿰뚫어 알 수 있게 되는 것이니, 이 점을 꼭 알아야 한다.
>
> ─《다산문학선집》, 315~316쪽

책을 대충, 건성으로 읽어서는 안 된다는 준엄한 꾸지람입니다. 이 구절 뒤에 보면, 다산이 《사기史記》의 〈자객열전〉을 읽으면서 '기조취도旣租就道'라는 말이 무슨 뜻인지 몰라 이를 스스로 알아내는 과정이 자세히 묘사되어 있습니다. 대학자로 성장할 수밖에 없는 이유가 어디에 있는지 눈치채게 하는 대목이지요. 이쯤해서 반성해야 합니다. '혹시 나는 책을 마치 인스턴트 음식 먹듯 대한 것은 아닐까' 하고 말입니다. 급하게 서둘러 읽어야 하는 책도 있게 마련입니다. 전문가라면 그런 독서법으로도 책의 내용을 잘 간파할 수도 있습니다. 그러나 최고의 학자라 할 다산이 그런 독서법보다는 긴장하고 공을 들이고 최선을 다해 읽으라고 한 점을 기억해둡시다.

많은 후학이 다산의 생산성에 혀를 내두릅니다. 어찌 그리 많은 책을 썼나 하면서 말이지요. 여기에 관련된 전문적인 연구서로는 정민 교수의 《다산선생 지식경영법》(김영사, 2006)이 있으니, 참고하기를 바랍니다. 간략하게 그 비밀을 잠깐 소개하니, 반산 정수칠에게 보낸 편지에 이렇게 쓰여 있군요. "강구하고 고찰하여 정밀한 뜻을 얻고, 떠오른 것을 그때그때 메모하여 기록해야만 실제로 소득이 있게 된다. 그저 소리 내서 읽기만 해서는 또한 아무 얻는 것이 없다." 그냥 읽지만 말고, 주제나 목적에 따라 다양하게 분류해 독서록을 써보라는 말입니다.

옛사람들이 일러준 방식이라 하면 고리타분하다 생각하기 일쑤입니다. 하지만 한 시대를 치열하게 살아간 사람들이 남긴 말은 잠언에 가깝습니다. 말 한마디에 피와 땀이 서려 있어서이지요. 책을 왜 읽어야 하는지 어떻게 읽어야 하는지 아직 종잡지 못하는 사람이라면, 다산의 말에 귀 기울여보시길. '독서혁명'의 즐거움을 만끽할 겁니다.

3장
/
글쓰기가 쉬워지는
효과적인 독서법

글 잘 쓰는 사람들의 공통점이 무엇인지 알고 계십니까? 그렇습니다. 책을 많이 읽고 잘 읽는 사람들입니다. 읽지 않고 쓸 수는 없는 노릇입니다. 지은이들은 자신이 어떤 책을 바탕으로 자기만의 성채를 쌓았는지, 주로 책 뒤에 일일이 밝혀놓습니다. 흔히 '참고문헌'이라 표기하지요. 그렇다면 읽는 요령을 잘 터득하면 누구나 글을 잘 쓰게 되는 거 아닐까요. 저는 그렇다고 믿습니다. 잘 읽으면 잘 쓰게 마련입니다. 물론, 저절로 그리 되는 건 아닙니다. 요령을 알고 애를 써야 합니다. 그래서 어떻게 해야 읽은 힘을 바탕으로 글을 잘 쓰게 될까를 함께 고민해보려 합니다. 어찌 보면 이 요령이라는 건 간단합니다. 책을 읽고 토론하고 이를 바탕으로 독후감이나 서평을 써보자는 겁니다. 그러다 보면 다른 글을 쓰는 능력도 키우게 되고, 이 능력이 더 확장되면 당연히 한 권의 책까지 쓸 수 있겠지요. 책을 읽자고만 하는데, 발상을 전환해 책을 써보았으면 합니다. 이렇게 하다 보면 여러분도 어느새 제대로 읽고 토론 잘하고 글 잘 쓰는 사람이 되어 있을 터입니다.

> # 1.
> ## 재미와 감동,
> ## 풍요로운 삶을 위한
> ## 독서

　　　　　　　　　　　책 읽는 일을 업으로 삼다 보니, 강
연을 자주 다니게 됩니다. 말 그대로 팔십대 노인부터 십대 어린이까
지 두루 만나게 되니 즐겁고 감사한 일입니다. 물론, 강연 마치고 돌아
오며 마음이 무거웠던 기억도 있습니다. 특히, 본인은 원하지 않았는
데 학교에서 들으라고 해서 억지로 강연장에 왔던 학생들이 강연 내내
떠들거나 졸 때 큰 상처를 입곤 합니다. 왜 그럴까, 결국은 듣는 사람
한테 도움이 되라고 학교에서 배려하는 것인데, 귀한 시간을 왜 이리
헛되게 쓰나 하는 안타까운 마음이 듭니다. 반면, 제 입에서 나오는 말
을 한마디라도 더 자세히 들으려 애쓰는 초롱초롱한 눈동자를 만날 적
에는 힘도 얻고 기분도 좋아지곤 합니다.

저는 강연보다는 질문과 답변 시간을 좋아합니다. 말하는 사람 처지에서 보자면, 강연이야 이미 준비한 것을 말하는 것이라 새로울 바가 없습니다. 벌써 글로 써본 것, 다른 데서 말한 것을 적절히 이야기하면 되니까요. 그렇지만 질문 시간은 다릅니다. 강연자의 말에 대해 이해하지 못한 것을 묻기도 하고, 비판하기 위해 질문하는 경우도 있으니 매번 새롭습니다. 그래서 질문 시간에 강연자는 절로 바짝 긴장되게 마련입니다. 언제, 어디서 저를 당황케 할 질문이 나올지 모르니까요. 이런 경험을 하게 되면, 강연을 준비할 때 마음가짐이 달라집니다. 긴장하고 더 공부하고 더 준비하는 법이지요. 그러니까, 청자의 질문은 결국 강연자를 성장하게 도와줍니다. 강연할 때마다 느끼는 것인데, '가르치면서 배운다는 말이 꼭 맞는구나' 하는 겁니다.

과연 누가 책 읽는 사람이 될까요? 이 문제에 저는 관심이 많습니다. 우리 사회가 책 읽는 공동체가 되려면 시민 한 사람 한 사람이 책 읽는 이가 되어야 합니다. 그러니 내로라하는 책벌레들이 어떤 계기로 책읽기를 습관화했는지 살펴보면, 책을 안 읽는 사람을 책 읽는 사람으로 바꾸는 데 도움이 될 것이라 여겼습니다. 이런저런 책을 읽으며 내린 결론은 한 가지입니다. 자신에게 부족한 점이 있다는 것을 깨닫고 이를 채우려고 노력하는 사람들이 책을 읽더라는 것입니다.

책 읽는 사람으로 변화하고 성장하는 첫걸음은 성찰과 각성에 있습니다. 뜻밖에 많은 사람이 자기 자신이 뛰어나다고 여깁니다. 우쭐대고 자랑하고 거만합니다. 알고 보면 별 볼일 없고 비어 있고 상처투성이이면서 말입니다. 다 제 잘난 체만 하며 살아가지요. 그런데 훗날 큰

일을 해내는 사람들은 어느 순간 자신에게 부족한 점이 있음을 인정합니다. 무엇이 부족할까요? 부모가 안 계셔서 사랑을 받지 못한 이도 있습니다. 능력은 있는데 경제적 뒷받침이 되지 않아 희망이 없는 이도 있습니다. 두루 만족할 만한 조건을 갖추었는데 미래에 대한 꿈이 없는 사람도 있습니다. 여러분은 어떤가요? 사랑에 실패해 큰 고통을 겪고 있거나, 친구와 불화를 일으켜 마음이 편치 않은 일도 있습니다. 열 길 물속은 알아도 한 길 사람 속은 모른다는 말이 있잖아요. 겉으로는 멀쩡해 보여도 안으로는 자신의 부족 때문에 고민하는 사람들이 많을 겁니다.

그런데 여기서 중요한 것이 있습니다. 인정한다는 사실입니다. 내 삶에 부족한 것이 있으나 이를 숨기고 무시하려 한다면 발전이 있을 수 없습니다. 훗날 큰일을 해낸 사람들은 바로 그것을 인정했더라고 방금 말씀드렸지요. 성찰과 각성이라는 말은 그래서 썼습니다. 무엇인가 문제가 있고 해결이 되지 않으니 고민해보았겠지요. 만족하거나 고민하지 않은 상태에서 벗어나 새로운 차원으로 들어선 것입니다. 거기서 깊이 고민하다 자신의 삶에 무엇이 비어 있는지를 스스로 깨달았던 겁니다. 그다음에는? 성찰과 각성이 이루어지면 당연히 이를 해결하기 위해 노력하게 되어 있습니다. 훌륭한 사람들의 삶을 살펴보면, 대체로 이런 길을 걸어가곤 합니다.

성찰을 통해 내가 부족한 것이 무엇인지 깨달았다면, 책을 읽어 이를 메워나가야 합니다. 책읽기는 그러니까 의미 있는 실천입니다. 만약 이성친구와 사귀다 헤어져 마음의 상처를 입었다면, 이를 치유해주고 진정한 사랑은 무엇인지 고민하게 하는 책을 읽어보면 됩니다. 공부는 하라고 성화인데, 왜 공부해야 하는지 모른다면 삶의 목표를 일찌감치 정하고 이를 이루기 위해 애쓴 사람들의 이야기를 읽어보면 좋습니다. 문제는 내가 부족한 것이 있다고 생각하느냐 아니면 부족한 것이 없다고 느끼느냐입니다. 다음에는 그 부족한 것을 책읽기로 채우려고 애쓰느냐 마느냐 하는 것입니다. 성찰하고 각성해서 실천하면 누구나 다 책벌레로 성장할 수 있습니다.

다른 무엇보다 남들에게 알려질까 두려워 가려놓은 자신의 부족한 점을 메우기 위해 책을 읽어보기를 권합니다. 나를 위로하고 격려하고 자신감과 충족감을 안겨주는 책이 가장 좋은 책입니다. 주변 사람이 그런 책을 왜 보느냐고 타박해도 신경쓰지 마세요. 왜냐고요? 여러분이 무엇이 부족하다고 느끼는지 그들은 알 리 없기 때문입니다. 대신, 그게 무엇이 되었건 부족한 부분을 채워주기 위해 읽는 책이라면 '열독'해야 마땅합니다. 건성으로, 대충 보아서는 아무 소용이 없습니다.

그러면 학교, 독서단체, 오피니언 리더 등 사회에서 권한 도서들을 읽을 필요는 없는 건가요? 그럴 리가요. 얼마나 좋은 책이면 여러분에게 꼭 읽어보라고 간곡히 권하겠습니까. 연령대에 따라 꼭 읽어야만 책들이 있습니다. 예컨대 《소공자》나 《소공녀》는 어릴 적에 보아야 합니다. 아무리 명작일지언정 어른이 되어서 읽기에는 맞지 않는 면이 있습니다. 《삼국지》나 《서유기》도 어렸을 때 보는 게 더 재미있습니다. 특히 인생에서 몇 번이고 반복해서 읽는 책은 어릴 적 이야기입니다. 어른이 되면 아무래도 어렸을 때보다 흥미가 떨어지게 마련입니다. 읽어보라고 하는 책을 읽어놓으면 나중에 좋은 효과를 봅니다. 마치 거름을 주는 것과 같지요. 지금 당장 효과는 나타나지 않더라도 나중에 탐스러운 열매를 맺게 됩니다. 무슨 열매냐고요? 감수성이 예민하면서도 논리적으로 사유할 수 있는 사람으로 어느덧 성장해 있는 것이지요.

아무리 몸에 좋은 약이라도 지금 앓는 병에 맞지 않으면 소용이 없습니다. 아무리 책읽기가 중요하고 이러저러한 책을 읽으라고 권해도 마음이 움직이지 않고 재미도 없고 감동도 들지 않는다면 의미 없습니다. 어떻게 하면 책의 세계에 가까워지면서도 재미와 감동을 느낄 수 있을까요? 그리고 지금은 재미와 감동만 느끼지만 나중에는 가치 있는 책까지 읽을 수 있을까요?

이에 대한 답변을 이제껏 다소 길게 말씀드렸습니다. 먼저 내 삶에서 부족한 부분이 무엇인지 고민해보고 이를 채우기 위해 책을 읽어나가라는 겁니다. 친구나 지인의 도움을 받으면 좋을 텐데, 혹 자신만의 비밀이 새어나갈까 염려된다면 인터넷 사이트나 독서단체 등을 잘 활용하면 됩니다. 이 과정을 통해 책이 내 삶에 어떤 충만감을 안겨준다면, 이제 사회가 권하는 책에 도전해보길 바랍니다. 어느 사회에나 다음 세대에게 물려주고 싶은 가치와 윤리가 있기 마련입니다. 물론, 재미가 덜하고 조금 어려울 수 있으나, 도전해보면 그만한 보람이 반드시 보상으로 주어진답니다.

무엇을 읽어야 하나요? 결국 나를 읽어야 하고, 사회를 읽으면 된다는 말을 한 거군요. 나는 지금 무엇이 부족한가? 우리가 건강한 시민이 되기 위해서는 무엇을 알아야 하는가? 이를 고민하면 답이 나온다는 말이기도 합니다.

춘천에서 살던 때의 일입니다. 아버지는 성남의 한 공장에 가 계셨고, 어머니도 아버지 뒷바라지를 하기 위해 그곳으로 가셨더랬지요. 곧 이사를 가 합쳐야 하니 미리 해놓을 일이 많으셨을 터입니다. 일요일, 텅 빈 집 안에 혼자 있자니 심심해서 만화방에 갔더랬습니다. 기억나기를, 만화방에서 열람하기보다 대여를 하면 돈이 더 들었던 것 같은데, 그날은 어쩐 일인지 만화책을 한아름 안고 와 집에 틀어박혀 읽었습니다. 어린 나이에 집에 혼자 있자니 적적했던 모양입니다. 모름지기 만화책은 흥미롭고 기발하고 재미있기 마련입니다. 시간 가는 줄 모르고 몰입해서 읽었을 겁니다. 한 무더기 빌려오기는 했지만, 금세 다 읽어버린지라 몇 번이고 읽었을 겁니다. 그러다 잠이 들었던 게지요.

찬 기운이 느껴져 화들짝 놀라 일어나보니, 날이 환하게 밝아 있었습니다. 순간 '이크, 큰일 났다' 싶었습니다. 빌려온 날 돌려주면 과금이 붙지 않지만, 하루라도 늦으면 연체료를 내야 했기 때문입니다. 아침에 부지런히 달려가 주면 주인이 연체료를 받지 않을 수도 있으려니 해서 만화방으로 달려갔습니다. 숨넘어가듯 달려가 책을 넘겨주니 주인이 의아해했습니다. 그리 급하게 올 이유가 없어서였지요. 하루를 꼬박 넘긴 것이 아니라, 그날 늦은 오후에 깨어났던 겁니다. 아침 녘과 이제 곧 해가 질 오후를 구별하지 못해 일어난 우스운 일이었습니다.

만화방, 하면 생각나는 어린 시절의 이야깃거리입니다. 어찌 이것뿐이겠습니까. 할 이야기가 너무 많지요. 제가 자랄 적에는 텔레비전이 아직 널리 보급되지 않았습니다. 그것도 흑백텔레비전이었는데 말입니다. 그런데 만화방에 열 번 가면 한 시간쯤 텔레비전에서 보여주는 만화영화를 볼 수 있도록 해주었습니다. 이거야말로 도랑 치다 가재 잡는 격인지라, 만화방을 뻔질나게 드나들었습니다. 학교 운동장에서 공을 차다가도 들렀고, 도서관에서 세계 명작동화를 읽다가도 들렀고, 시험공부하다가도 부모님 몰래 들르기도 했습니다. 만화방이 없었더라면 내 유년 시절은 잿빛으로 기억되고 말았을 겁니다.

그러니 제가 만화 예찬론자인 것은 당연한 일입니다. 살아오면서, 특히 어린 시절에 그 어떤 것을 보면서 행복하고 신나고 위로를 받고 격려를 받으며 희망을 품은 적이 있다면, 그것에 대한 애정이 얼마나 클지 여러분도 충분히 알고 계시지요. 그런 제게 과연 만화책을 읽어도 좋으냐고 물어보는 분들이 종종 있습니다. 학부모님들도 선생님들도 그러십니다. "우리 아이가 만화책을 좋아하는데, 이를 어쩌면 좋지요?"라고 말입니다. 그러면 제가 어떻게 답할 듯한가요? 뻔하지요. "괜찮습니다. 걱정하지 마십시오. 저도 만화광이었습니다. 만화가 나쁘다는 생각은 편견입니다. 만화야말로 상상력의 보고입니다." 이런 식으로 설명합니다. 그러면 반신반의라는 말이 딱 맞는 상황이 벌어지곤 합니다. 전문가라는 사람이 저렇게까지 말하는 걸로 보아서는 괜찮을 듯도 싶은데, 과연 우리 아이에게도 같은 효과가 있을까 여전히 의심이 가시지 않는 표정입니다.

만약, 청소년이 만화책을 읽어도 되냐고 제게 물으면, 부모님이나 선생님들께 말씀드린 대로, 저는 분명히 괜찮다고 대답할 겁니다. 만화도 분명히 책입니다. 더욱이 만화는 글로만 이루어진 책과 달리 그림이 있습니다. 둘이 잘 조화를 이루어야 하는 데다 그 둘이 합쳐져 읽는 이를 사로잡는 뛰어난 이야기를 만들어냅니다. 뛰어난 만화는 그 어떤 것과 비교할 수 없을 정도로 자기만의 예술세계를 펼쳐 보이기 마련입니다.

그런데도 어른들은 왜 만화를 부정적인 시각으로 볼까요? 어른들이 아이였을 때 부모님이 만화를 공부 방해꾼으로 여겨서 그랬을 겁니다. 예나 지금이나 우리나라 부모님은 자녀가 학교 공부만 열심히 하는 것을 제일로 쳤지요. 그런데 아이가 공부는 안 하고 만화책에 집중해 있으면 부아가 났을 겁니다. 학교 공부보다 만화책 보는 게 백배천배 재밌는 건 우리 모두 인정하는 바이지요? 그러니, 어렸을 때 만화책 보다가 혼난 기억이 있으니 만화에 대해 좋지 않은 인상을 품고 있을 가능성이 크지요.

옛날에는 영상매체가 널리 퍼지지 않았더랬습니다. 그러다 보니 만화에 나오는 폭력적이거나 선정적인 장면에 대해 엄하게 대응했습니다. 가장 흔하게 접하는 시각매체가 만화이다 보니 영향력이 크다고 보아서 더 까탈스럽게 대했던 겁니다. 특히, 어린이들이 보는 책에 그런 장면이 나오는 것은 굉장히 해롭다는 생각이 널리 공감을 얻고 있었지요. 거기에다 만화는 일종의 하위 장르 취급을 받아 안 보아도 되는 매체 취급을 받았습니다. 요즘이야 만화가들이 명사 대접을 받고 이름난 출판사들이 너도나도 만화책을 내려고 하는 세태를 보면, 참 세상이 많이 달라졌구나 하는 생각이 들 정도입니다.

제가 만화책을 좋아하는 이유는, 그것이 비록 그림으로 보여주기는 하지만 영화와 달리 상상력을 자극해서입니다. 저는 그것을 일러 '칸과 칸 사이에 있는 상상력'이라 말합니다. 영화는 움직임을 다 보여주어야 하지만, 만화는 다 보여주는 척하면서 사실은 다 보여주지 않습니다. 기실, 다 보여줄 수도 없지요. 그러다 보니, 한 칸에서 다음 칸으로 넘어갈 때 상상력에 기대는 건너뛰기가 있고, 이 작은 건너뛰기가 모여 큰 상상의 비약을 이루어냅니다. 그리고 만약 영화로 찍어야 한다면 엄청난 돈이 들어 포기해야 할 대목도 만화는 과감히 그려낼 수 있습니다. 화성으로 가는 이야기를 영화로 꾸민다면, 정말 화성까지 가지는 않지만 간 것처럼 보이기 위해 정성스럽게 세트를 만들어야 할 터입니다. 이미 있는 시설을 쓰더라도 그 비용이 어마어마할 것은 누구나 알 수 있지요. 만화는 그리기만 하면 됩니다. 만화가의 품이 많이 들겠지만, 좋은 만화를 그리기 위해 이를 마다할 작가는 없겠지요.

만화는 문학보다도 더 파격적이고 기발하고 의외성 높은 내용을 다루는 경우가 많습니다. 물론, 모든 만화가 그렇다는 것이 아니라, 그런 만화도 많다는 뜻으로 새겨들으면 좋겠습니다. 만화의 장점은 또 있습니다. 같은 내용이라도 글로 쓰려면 상당히 많은 분량을 필요로 하는데다, 정작 읽어봐야 무슨 말인지 모를 수 있는 것도, 만화는 단 한 컷의 그림으로 쉽게 내용을 전달한 예가 허다합니다. 이럴 때 만화는 그야말로 진가를 발휘하지요.

만약, 그동안 만화책 읽는 것 때문에 주변에서 핀잔을 들었던 경험이 있어 주눅 들었다면, 이제 당당하게 만화책도 읽을 만한 것임을 주장하기 바랍니다. 만화책은 책도 아니라고 하는 말은 편견이며, 만화책이 얼마나 우리를 기쁘고 즐겁게 해주는지를 몰라서 하는 생각이라 여깁시다. 숨어서 보지 말고 책상에 올려놓고 보고, 좋은 만화책이라면 친구들에게 권하기도 하세요. 그런데 말입니다, 오로지 재미있고 재치 있고 웃긴 것만 읽지 말았으면 합니다. 그런 만화책을 보는 것 자체가 문제는 아닙니다. 그런데 그런 만화만 보려고 하는 것도 편견입니다. '만화는 으레 그런 거지'라는 생각이 만화의 다양한 가능성을 죽이기 때문입니다.

만화책 가운데는 우리의 아픈 현실을 감동 깊게 그려낸 작품들이 여럿 있습니다. 그동안 잘 알려지지 않았거나 왜곡되었던 역사를 제대로 알려주는 작품들도 있습니다. 어려운 고전을 풀어내 알기 쉽게 전달하는 만화책도 있습니다. 나중에 드라마나 영화가 될 정도로 이야기가 탁월한 만화도 있습니다. 이처럼 뜻깊은 만화책이 많은데 오로지 즐기려고만 보아서는 안 되겠지요.

또 하나 있습니다. 청소년에게 해당하는 말입니다. 어른들이 만화책 보는 것을 우려하는 이유는, 오로지 만화책만 좋아하고 만화책만 볼까 봐 그렇습니다. 만화책 보는 것이 나쁠 리 없습니다. 그러나 만화책 '만' 보면 걱정하지 않을 수 없습니다. 만화책은 밤새 읽으면서 어른들이 꼭 읽었으면 하는 책은 보지 않거나, 학교 공부를 아예 작파해버린다면 큰 문제입니다. 우리가 배워야 할 새로운 지식과 교양은 대체로 언어로 이루어져 있고 그림은 보조적인 역할을 하는 경우가 많습니다. 그런데 만화는 아무래도 그림 위주이지요. 지나치게 만화만 읽으면 글 중심의 내용을 받아들이는 데 어려움을 겪을 수도 있습니다. 만화가 상상력의 한계를 넘어 다양한 영역을 다루지만, 모든 것을 다 말하지는 않습니다. 그리고 우리 주변에는 글 중심으로 이루어진 빛나는 책들이 많습니다. 만화책만 본다는 것은, 이런 책들을 등한히 할 가능성이 크다는 뜻입니다. 읽고 고민할 책이 수두룩한데, 이를 읽지 않는다면 걱정하지 않을 어른이나 선생님이 어디 있을까요?

만화방을 뻔질나게 드나들던 저도 중학교에 올라가면서 만화책보다는 소설을 주로 읽게 되었습니다. 그러다가도 주변에서 좋은 만화라 권하면 게걸스럽게 읽어치웠습니다. 어른이 된 지금도 좋은 만화는 신나게 읽고 있습니다. 만화책이라면 무조건 사갈시하거나, 쓸데없다고 여기는 편견은 잘못입니다. 아직 책읽기에 재미를 붙이지 못한 이이라면, 만화책부터 시작하면 좋습니다. 책을 읽으며 그 이야기의 세계에 흠뻑 빠져보는 것은 중요한 경험입니다. 만화책을 즐겨 보고 있다면, 주변의 비난에 아랑곳하지 말고 계속 보십시오. 그러나 주의할 점은 있다고 했지요. 두루 좋은 만화라 추천하는 것을 보기, 만화만 보지 않기. 이것만 지킨다면 만화책은 독서의 적이 아니라 좋은 친구가 될 수 있답니다. 늙은 만화광이 만화만 좋아하는 분들에게 꼭 하고 싶었던 말입니다.

　　　　　　　　　　오래전 일본어 공부할 때 이야기입
니다. 직장생활을 하면서 일본어 학원에 다니며 열심히 공부했습니다.
우리말과 어순이 비슷해 처음에는 재미있고 쉬웠습니다. 물론 어순이
비슷하다는 것은 상대적으로 시작하기가 편하다는 말이지, 익히려고
노력하지 않아도 된다는 말은 아닙니다. 특히 읽는 데 그치지 않고 말
을 하려면 한자를 일본식으로 발음할 줄 알아야 하는데, 이는 다른 외
국어 공부하는 것과 똑같은 공을 들여야 합니다. 세상에 거저먹는 일
은 없더군요. 어찌하였든 3개월 코스를 다 마치고 일본어 선생님이 궁
금한 것 있으면 질문하라 말씀하기에 한마디 했습니다.
　　그런데 선생님께서는 제 질문을 받자 너무 어이없어했습니다. 그

나이 먹도록 그것도 모르고 있느냐 하는 표정이었지요. 제가 물어본 것은 '지금 일본어 사전을 사는 것이 좋겠냐'는 내용이었습니다. 정말 어처구니없는 질문이라고요? 오해하지 마십시오. 그때까지 교재에 나온 일본어 낱말은 다 해설서에 설명이 실려 있고, 저는 웬만한 낱말은 한자를 보고도 이해할 수 있는 상황이었습니다. 공부를 좀 더 한 다음 두꺼운 일한사전을 사는 것이 좋은지, 아니면 지금 수준에 맞는 얄팍한 사전을 사는 것이 좋은지 궁금하다는 뜻이었습니다.

제 질문의 의도가 어쨌건 간에 중요한 것은, 선생님께서는 남의 나라 말을 배우는 데 가장 필요한 건 사전이라 확신하고 있었던 것입니다. 그때 선생님이 하신 말씀이 그야말로 명언이었는데, "어느 선생님이든 늘 참고하는 책이 바로 사전입니다"라 하셨습니다. 그 말을 듣는 순간, 저는 무릎을 치며 큰 깨달음을 얻었습니다. 그게 어찌 일본어를 배울 때만 해당하겠습니까. 무릇 새로운 지식과 교양을 깨우칠 때 반드시 옆에 두고 수시로 참고해야 할 책이 바로 사전입니다.

사전 중의 사전은, 당연히 국어사전입니다. 우리가 책을 읽어나가다 덜컥 발목이 걸려 제자리걸음을 하게 되는 경우는 대체로 모르는 낱말을 만났을 적입니다. 낱말은 문장을 이루는 기본 구성요소입니다. 낱말이 모여 문장이 되는 법이지요. 그런데 낱말이 뜻하는 바를 모르고서는 그 문장을 이해할 수 없고, 문장이 무슨 말인지 모른다면 문장이 모여 이루어진 단락의 주제도 도통 알 수 없을 가능성이 큽니다. 이럴 때 우리가 서둘러 해야 할 일이 국어사전을 뒤적여보는 일입니다.

제가 존경하는 어른이 한 분 계십니다. 서울에서 태어나 줄곧 살아오셨는데 1960년대부터 기자생활을 하셨고 우리말에 대한 이해가 상당히 깊은 분입니다. 우리말 어법에 맞게 말하지 못하거나 글을 잘못 쓰면, 혼쭐을 내셨습니다. 새로운 세대가 우리말을 잘 알아야 하고 또 잘 써야 한다는 뜨거운 마음을 늘 품고 계셨습니다. 그 어른이 젊은 사람들이 쓴 글을 보시다가도 이상하다 싶으면 만사 제쳐두고 국어사전부터 찾아보는 모습을 보며 무진장 감동했던 기억이 아직도 생생합니다.

우리는 우리말을 잘 알고 있고, 잘 쓰고 있나요? 얼마 전에 그 어른을 뵈었는데, 텔레비전에 나오는 잘못된 표기법을 지적하시며 걱정하는 말씀을 들었습니다. 요즘 텔레비전에는 과거와 달리 연예 프로그램에 자막이 많이 나오잖아요. 여기에 틀린 표현이 자주 나온다는 말씀이지요. 자막이 아니라 프로그램 이름이 잘못된 것도 있습니다. 대표적인 게 바로 〈무릎팍도사〉입니다. 인기인의 고민을 들어보고 도사가 이를 해결해준다는 꼴을 갖춘 프로그램입니다. 이 도사를 '무릎팍도사'라 하는데, 오랫동안 방영해온 프로그램 이름이어서 눈에 아주 자주 띕니다. 그런데 놀라운 것은 이 낱말의 표기가 잘못되었는데 아무도 지적하지 않고 있다는 겁니다. 당장 국어사전을 찾아보면 알겠지만, '무르팍'이 맞는 표기입니다. 그 어른께서 이 점을 들어 말하자 같은 자리에 있던 사람들이 아차, 싶은 표정을 지었습니다. 눈여겨보지 않았기 때문이지요.

우리말의 달인이 옆에 끼고 보는 책이 바로 국어사전입니다. 달리 말하면, 국어사전을 늘 가까이했기에 우리말의 달인이 되었다 할 수 있겠지요. 책을 읽는다는 것은 우리말의 어휘력을 높인다는 뜻이기도 합니다. 흔히 쓰지 않는 낱말도 책을 통해 익혀 우리말 실력을 키워나가는 것이지요. 그런데 책을 읽다가 어려운 낱말이 나왔는데도 이를 사전을 통해 확인하지 않는다면 우리말 능력이 키워질 리 없습니다. 가끔, 사람들이 영어 공부를 하느라 애쓰는 모습을 보며 안타까울 때가 있습니다. 우리나라 사람이면서도 우리말을 영어처럼 정말 열심히 공부한 적이 있을까요. 영어는 철자를 익히느라 연습장에 몇 번이고 써보며 외웁니다. 그리고 정확한 발음을 익히려 소리를 듣고 따라 하기도 합니다. 더 가관인 것은, 영어 철자를 틀리면 부끄러워하면서 우리말을 잘못 쓰는 것은 별로 신경 쓰지 않는다는 사실입니다. 물론 외국어를 열심히 공부해야지요. 더 넓은 뜻을 펼치기 위해서는 말이지요. 하지만, 그에 앞서 우리말부터 열심히 하는 자세가 필요합니다. 영어의 달인이 늘 하는 말 있잖아요. 우리말을 잘해야 영어도 잘한다는. 국어사전도 부지런히 뒤져 뜻도 알고, 쓰임새도 잘 알아두도록 합시다. 그러다 보면 우리도 어느새 우리말을 잘하는 사람이 되어 있고 어려운 책도 잘 이해할 수 있는 사람이 되어 있을 겁니다.

다음으로 가까이할 만한 사전으로는 백과사전을 들 수 있습니다. 백과사전은 그야말로 세상의 모든 지식을 모아놓은 거대한 창고 같습니다. 그 많은 항목을 일일이 공부해야 알 수 있다면, 죽어도 해낼 수 없을 겁니다. 백과사전을 보면, 지식의 은하계 같다는 인상이 들지요. 기죽을 필요 없습니다. 시간을 정해놓고 짬짬이 읽어나가면 됩니다. 낙숫물이 바위를 뚫는 법입니다. 불가능할 듯하지만 어느새 다 읽게 되고, 그러면 세상에 대한 지식이 한층 넓어지고 깊어졌다는 사실을 알게 될 거예요.

제가 좋아하는 과학자 가운데 리처드 파인만이 있습니다. 1965년 양자전기역학이론을 개발한 공로로 노벨물리학상을 공동수상한 바 있는 유명한 물리학자이지요. 이 학자의 삶을 기록한 흥미로운 책《파인만!》(랠프 레이터 엮음, 김희봉·홍승우 옮김, 사이언스북스, 2008)에, 유년 시절을 회고한 장면에서 백과사전 이야기가 나옵니다. 아버지가 상당히 괴짜이셨던 모양인데, 글쎄 어린 파인만에게 백과사전을 읽어주었다는군요. 그 대목을 인용해보겠습니다.

> 우리 집에는《브리태니커 백과사전》이 있었다. 내가 어렸을 때 아버지께서는 나를 무릎에 앉히고《브리태니커 백과사전》을 읽어주시고는 하셨다. 예를 들어 공룡에 관한 내용 중 티라노사우루스 렉스라는 공룡에 관한 항목에는 '이 공룡은 키가 7~8미터이며 머리 둘레가 2미터 정도이다'라는 식으로 설명되어 있었다……
> 공룡처럼 큰 동물들이 살았는데 언젠가는 모두 죽어버렸고 그 동물들이 어떻게 멸종되었는지를 아무도 모른다는 것은 생각만 해도 신기하고 흥미로웠다.
>
> —《파인만!》, 25~26쪽

이 내용의 본디 핵심은 아버지가 백과사전을 읽어주시며 그 내용을 쉽게 이해할 수 있도록 재미있게 풀어 설명해주었다는 것입니다. 하지만, 그 대목을 빼고 읽어도 어린 파인만에게 백과사전이 얼마나 큰 영향을 주었는지 눈치챌 수 있습니다. 무언가를 신기해하고 흥미로워하면, 더 알고 싶어 하는 욕심을 부추기기 마련입니다. 아버지가 어린 파인만에게 백과사전을 읽어주지 않았다면, 좀 과장일 수도 있지만, 파인만은 과학자로 성장하지 못했을 수도 있었을 듯싶습니다. 어린 시절부터 왕성한 지적 호기심이 있지 않았다면, 훌륭한 물리학자가 될 리없을 테니까 하는 소리입니다.

제 주변에 있는 과학자들도 어릴 적부터 백과사전을 읽어왔다는 이야기를 종종 합니다. 해당 항목에 대해 권위 있는 학자들이 설명한 내용을 보며 새로운 지식을 깨우쳤고, 그 가운데 더 알고 싶은 부분이 있다면 다른 책을 찾아 읽었을 가능성이 큽니다. 그 과학자들은 그야말로 황홀한 지식의 은하계를 여행했던 셈이지요.

책을 잘 읽기 위해, 그리고 무슨 책을 읽어야 하는지를 알기 위해서도 사전은 늘 곁에 두고 찾아보아야 합니다. 특히 요즘에는 두꺼운 종이책으로 된 사전을 이용하기보다는 전자사전이나 인터넷을 통해 이용하는 경우를 봅니다. 그만큼 이용하기 편해졌다는 뜻이겠지요. 그럼에도 사전의 중요성을 깊이 이해하고 적극적으로 사용하려는 이들은 보기 어렵네요. 지금 알고 있으면 좋은 것을 나중에 알고 후회하지 않았으면 좋겠습니다.

지금껏 국어사전과 백과사전만 이야기했는데, 지식이 쌓일수록 더 다양한 사전들을 만나게 되고, 이를 활용해야 책을 더 잘 이해할 수 있는 법입니다. 당장 철학사전, 역사사전, 용어사전, 교양사전을 살펴볼

날이 옵니다. 제 서재에는 사전만 따로 모아놓은 곳이 있는데, 어림잡아도 50권을 넘는 듯합니다. 책을 읽기 전에 해당 항목을 미리 살펴보기도 하고, 책을 읽다가 궁금해지면 펼쳐보기도 합니다. 가장 가까운 곳에서 가장 어려울 때 큰 도움이 되는 진정한 친구가 사전인 모양입니다.

농담 삼아 하는 말이지만, 사전은 어쩌면 개똥 같은 것인지 모릅니다. 그만큼 가치가 없다는 뜻이 아닙니다. 속담에 "개똥도 약에 쓰려면 없다"는 말이 있잖아요. 사전이 약이 될 날이 있는데, 지금부터 그 중요성을 알고 찾아보지 않으면 나중에 곤란을 겪을 일이 있다는 뜻이지요. 그렇다고 너무 긴장해서 사전을 보지는 마세요. 즐겁고 재미있고 우연성을 즐기는 마음으로 읽어나가면 됩니다. 멋진 지식과 교양의 여행을 떠날 이들이여, 사전은 그 여행의 여권과 같다는 점을 잊지 마시길!

4.
판타지,
재미를 넘어
비판적 읽기로

판타지 문학은 전 세계인들이 무척 좋아하는 문학 갈래죠. 좋아하는 판타지 작품을 꼽으라면 당연히 '해리 포터 시리즈'를 손꼽을 사람이 많을 겁니다. 전 세계에 걸쳐 이처럼 사랑받은 문학작품도 흔하지 않을 거예요. 2008년 여름에는 하버드 대학이 작가 조앤 롤링^{Joan K. Rowling}을 초청해 졸업식 축사를 부탁했더군요. 한번 상상해보세요. 어릴 적 무척 좋아했던 작품의 작가가 찾아와 졸업을 축하해주면 얼마나 기분 좋을지 말이에요. 제 딸아이도 '초딩'이었을 적부터 해리 포터 시리즈를 무진장 좋아했어요. 중학생이 되어서는 영어로 읽어보겠다고 설치기까지 했고, 해리 포터 영화가 개봉되는 족족 서둘러 보려고 했지요. 옆에서 지켜보며 흐뭇하기도 했고, 격정스럽기도 했어요. 어떤 작품이든 굉장히 좋아하고 흠뻑 빠져드는 것은 뜻있는 일입니다. 책을 활주로 삼아 훌쩍 날아올라 마음껏 상상의 비행을 할 수 있으니까요. 하지만 책 내용을 잘 이해하고 깊이 생각하면서 읽는 것도 중요한 법이에요. 푹 빠져 있다 한 발짝 물러서서 살펴보는 자세도 필요하다는 거지요.

해리 포터 시리즈 내용은 잘 알 터이니 여기서 제가 새삼 정리할 필요는 없겠지요. 판타지 작품이란, 현실을 벗어나 상상으로만 지은 세계에서 펼쳐지는 모험이야기를 말하지요. 저는 판타지 작품의 특징을 가장 잘 보여주는 장면이 빗자루를 타고 날아다니는 것이라고 봅니다. 중력의 법칙이라는 게 있잖아요. 그래서 우리가 날지 못하지요. 비행기는 인간들이 날고 싶은 욕망을 채우기 위해 노력한 결과 발명되었지요. 그런데 비행기가 없는 시대를 배경으로 한 판타지 소설을 보면, 마법의 빗자루만 타면 훨훨 잘 날아다니지요. 판타지 문학이 얼마나 현실의 법칙에서 자유로운지 또렷이 보여주는 사례입니다. 그런데 상상의 세계에서는 이런 것들이 한방에 다 무너지지요. 마법과 환상이 실현되는 곳을 그려내니 말입니다.

만약 현실이 재미있고 신나고 즐겁기만 하다면 우리는 굳이 판타지 문학을 읽지 않을지도 모릅니다. 그 반대이니까 '열독'하는 것이지요. 그런 점에서 보자면, 현실과 환상은 동전의 양면인지도 모릅니다. 현실에 만족하지 않기에 환상에 환호하지만, 그런 현실이 없다면 환상을 좋아하지 않을 수도 있으니까요. 거꾸로 환상에 젖어 즐거워하고 기뻐하다 보니 현실을 그럭저럭 견딜 만하다고 생각하는 면도 있습니다.

현실이 답답한 지하방이라면 환상은 거기에 달아놓은 환풍구가 되는 셈이지요.

다시, 해리 포터 이야기로 돌아가지요. 앞에 제가 딸아이가 해리 포터 시리즈를 탐독할 적에 걱정스러운 면이 있다고 했지요. 그 이유를 좀 더 말해볼게요. 책을 읽다 보니 롤링은 해리 포터를 선택받은 아이로 정해놓았더군요. 이마에 있는 벼락 마크가 그 증거입니다. 해리 포터가 마법학교에서 뛰어난 실력을 나타내고, 가장 어린 나이에 수색꾼이 된 것도 선택받은 아이였기에 가능했더군요. 갖가지 위기를 이겨내고 마법사의 돌을 지켜낸 것도 같은 이유이지요. 바로 이 탓에 저는 적잖게 걱정했던 겁니다. 선택받은 사람만이 영웅적인 삶을 살 수 있다는 생각을 은연중에 깔고 있다면, 이는 위험한 발상입니다. 선택받았다는 말은 타고났다는 뜻이고, 이 때문에 자신의 삶을 스스로 일구어나가겠다는 의지를 꺾어버릴 수도 있기 때문입니다.

말을 이렇게 바꿔 해보면 무슨 뜻인지 금세 눈치챌 수 있을 거예요. 아무개는 왜 공부를 잘해? 응, 걔는 공부 잘하는 것을 타고났대. 선택받은 아이지. 정말 이렇게 말할 수 있다면, 밤새워 공부한다는 게 무슨 의미가 있을는지요. 과학적으로도 지능이 높은 사람은 있습니다. 좋은 머리를 타고난 것이지요. 그렇다고 해서 노력도 하지 않았는데 뛰어난 실력을 보여주는 사람은 없습니다. 남들보다 조금 더 빨리 성취할 수는 있겠지요. 하지만, 머리가 뛰어나다고 해서 꼭 성공하리라는 보장도 없습니다. 머리만 믿다가 방심해 일등 자리를 놓친 예는 얼마든지 있지요.

혹 해리 포터 시리즈를 읽으면서 나는 이마에 벼락 표지가 없나 싶어 거울을 보거나 손으로 이마를 더듬어보지는 않았는지요? 혹 나에게는 벼락 표지가 없다 싶어 실망하지는 않았나요. 제가 힘주어 말하고 싶은 것은, 그럴 필요가 없다는 겁니다. 타고났든 타고나지 않았든, 그것은 중요하지 않습니다. 물론 한발 앞섰다고 할 수도 있고, 한발 뒤졌다고 할 수도 있습니다. 그렇지만 삶은 100미터 달리기가 아닙니다. 42.195킬로미터를 달려야 하는 마라톤과 같습니다. 출발선에서 잠시 뒤처졌다고 해서 끝까지 따라붙지 못하란 법은 없습니다. 포기하지 않고 꾸준히 달리다 보면 앞설 기회가 오게 마련입니다.

저는 지금 해리 포터 시리즈를 무조건 재미있게만 읽지 말고 비판하며 읽자는 말을 에둘러 한 셈입니다. 그 가운데 타고난 것에 대한 작가의 긍정적 설정을 다른 시각에서 비판하고 있지요. 책은 본디 이렇게 읽는 겁니다. 작가가 무슨 말을 어떻게 했는지 꼼꼼하게 읽어보는 게 우선되어야 합니다. 하지만, 거기에 멈추어서는 안 됩니다. 문제를 찾아내고 시비를 걸며 작가에 도전해보는 것도 중요합니다. 타고난 것을 일러 '운명'이라고 합니다. 이 말은 모든 것이 이미 결정된 듯 세상을 바라보게 합니다. 아무리 노력해도 소용없는 듯 들립니다. 이런 생각에 사로잡히면 큰 문제입니다. 모든 문제를 운명 탓으로 돌리게 되고, 내가 맞닥뜨린 일을 스스로 해결하겠다고 마음먹지 않을 가능성이 크기 때문입니다. 물론, 타고난 것이 유리한 면도 있습니다. 키 큰 사람이 농구 선수가 되면 성공할 가능성이 크겠지요. 그러나 그게 다는 아닙니다.

타고난 것, 또는 운명에 대한 이야기가 나오면 저는 늘 윷놀이에 빗대어 말을 합니다. 윷놀이를 할 때는 순서가 있지요. 먼저 윷을 던집니다. 던지기 전까지 무엇이 나올지는 아무도 모릅니다. 모나 윷이 나오면 더없이 좋지만, 도나 개도 나올 수 있습니다. 우리가 어떻게 할 수 없는 부분이지요. 말하자면 타고나는 것이나 운명이라 할 수 있습니다. 처음에는 모나 윷이 나오면 무조건 좋아하고 도나 개가 나오면 실망합니다. 요새는 '백도'가 있어 무조건 한 칸 뒤로 물러나는 방식도 있습니다. 여하튼 시간이 지나다 보면, 말을 어떻게 부리냐에 따라 윷놀이 결과가 달라진다는 것을 알 수 있습니다. 업고 갈지 그냥 갈지에서 시작해 돌아갈지 지름길로 갈지 다 따지면서 윷을 놉니다. 말을 부리는 것은 말하자면 지혜의 영역입니다. 설혹 운명의 결과가 잘못 나오더라도 지혜를 모으면 이를 이겨낼 수 있다는 뜻입니다. 해리 포터 시리즈를 읽으며 운명에 대해서만 생각했다면, 이제 지혜의 가치도 한 번 되돌아보길 바랍니다. 이제 끝으로 판타지 문학작품을 바라보는 시각에 대해 말하겠습니다. 얼마 전 신문기사를 한 편 읽었는데 이런 내용의 글이 있더군요.

대학생들의 독서가 교양서적보다는 판타지나 일본 소설 등 가벼운 책 쪽에 기우는 것으로 나타났다.

대학생들이 도서관에서 빌려간 책 목록을 확인해보니, 판타지나 일본 소설이 상당히 많더라는 사실이었습니다. 이 현상을 사회에서 좋게 보지 않는다는 점은 여러분도 잘 알겠지요? 왜 그럴까요? 먼저 차분히 지식을 쌓고 세상을 깊이 보는 지혜를 길러주는 교양서적을 너무 안 읽어서입니다. 그다음으로는 판타지를 가벼운 책으로만 보는 편견 때문에 걱정하는 면이 있습니다. 해리 포터 시리즈라든지 《반지의 제왕》이 과연 가벼운가요? 전 아니라고 봅니다. 상당히 뜻깊고 여러모로 생각할 거리를 던져준다고 여기고 있습니다. 그렇다면, 이렇게 물어볼 필요가 있습니다. 모든 판타지 소설이 다 좋을까? 사회는 바로 이 점을 걱정하는 겁니다. 판타지만을 좋아하면 문제된다는 겁니다.

저도 여러 권의 판타지를 읽어보았습니다. 그중에는, 왜 이런 작품을 돈 쓰고 시간 들이면서 읽을까 하는 생각이 드는 작품도 있었어요. 판타지 소설에는 몇 가지 공식이 있는데, 이를 갖추고만 있으면 잘 팔린다고 하더군요. 우리나라 작품이건 외국 작품이건 마찬가지였습니다. 이런 점에는 문제가 있지요. 롤링이나 톨킨이나 르귄의 작품들은 정말 노벨상을 주어도 아깝지 않다고 생각합니다. 우리 작품으로 김진경이 쓴 《고양이 학교》도 상당히 뛰어난 작품으로 인정받고 있습니다. 이런 유의 작품도 골고루 열심히 읽는다면 문제될 리 없는데, 판타지만을 무조건 좋아하며 읽는 것은 정말 심각한 문제이지요.

사실, 훌륭한 작품은 판타지, 그러니까 환상을 품고 있습니다. 문학작품은 사실 자체가 아니라 작가의 상상의 결과물이니까요. 판타지 문학은 그 가운데 환상을 더 유별나게 강조한 작품이라 할 수 있습니다. 그러니까 판타지 소설이 문학인 이상, 좋은 문학작품의 특성을 끌어안고 있어야 합니다. 판타지라 무작정 좋아하는 것이 아니라, 좋은 판타지 문학작품을 가려 읽는 능력을 키워야 합니다. 그렇다면 어떻게 해야 좋은 판타지 작품을 고를 수 있는지 궁금하지요. 답은 간단합니다. 문학작품을 꾸준히 읽어나가면, 나름대로 작품을 고를 수 있는 힘과 눈이 생긴답니다. 서서히 나무의 나이테가 늘어가듯, 꾸준히 읽다 보면 여러분의 안목도 어느새 자라 있을 겁니다.

5.
수준에 맞게
체계적으로 읽을 것

　　책 읽는 시민들을 만나 이야기를
나누다 보면, 어려운 책 읽는 요령을 물어올 때가 종종 있습니다. 책을
읽다가 중도에 덮은 적이 한두 번이 아닌데, 이런 일이 자꾸 반복되면
아무래도 책을 멀리하게 된다고 걱정합니다. 이런 질문을 받으면, 제
가 되묻는 것이 있습니다. 책 전문가라 말하는 나 같은 사람에게도 어
려운 책이 있을까요, 없을까요? 그러면 한결같이 '없어요!'라고 답합
니다. 높이 평가해주어 고맙지만, 기실 저도 어려운 책이 있노라고 말
하면 다들 눈이 휘둥그레집니다. 설마 그럴 리가? 하는 표정입니다.

　아무리 책 전문가라 해도 어찌 어려운 책이 없겠습니까. 처음에는
무슨 말인지 알겠는데, 읽다 보면 아리송해지고 헷갈리는 책이 있습니

다. 시간은 없고 할 일은 많은데, 그런 책을 읽고 있노라면 화도 나지요. 그런 책을 만나면, 물론 처음에는 지은이를 원망합니다. 좀 쉽게 쓰지 뭘 이렇게 어렵게 썼나,라고 말입니다. 그러다 시간이 지나면 자신을 책망합니다. 그토록 오랫동안 책을 읽어왔건만 어떻게 아직도 이해 못하는 책이 있는가, 아직 멀었도다, 하며 말입니다.

누구에게나 처음부터 쉽게 이해되지 않고 공을 들여야 겨우 알 수 있는 책은 있는 법입니다. 그러니, 여러분이 책을 읽다가 어려운 대목을 만나 고생하는 것은 당연한 일입니다. 많이 배우고 엄청 읽었는데도 어려운 책이 있는데, 아직 아는 것보다 모르는 것이 많은 초보자에게는 잘 알아듣지 못하는 말이 그득한 책은 당연히 있는 법입니다. 그러니 책을 읽다가 어렵다고 해서 너무 자신을 책망하지는 말기를 바랍니다.

그러면 어떻게 해야 할까요? 어려운 책은 있게 마련인데, 읽다 말아도 되는 건지 아니면 다 읽어야 하는 건지 고민되지요. 일단, 이 문제에 대한 답을 드리기 전에, 일부러 어려운 책을 읽으려고 애쓰지는 말라고 권하고 싶습니다. 가능하면 지금 눈높이에 맞는 책을 읽어나가는 게 좋습니다. 초등학교 때를 떠올리면 무슨 말인지 알 수 있을 거예요. 어린이 책들은 크게 세 가지로 나뉘잖아요. 저학년용, 중학년용, 고학년용으로. 그때 학년이 낮으면 저학년용 책을 읽었을 터이고, 고학년이 되었더라도 책을 이해하기 어려우면 중학년용 책을 읽었겠지요. 너무 무리해서 어려운 책에 무조건 도전해서 좌절하지 말고, 자신의 수준에 맞는 책을 찾아 읽는 것이 좋을 듯합니다.

물론, 일반인의 책에는 이해도에 따라 책을 나눈 표시가 없습니다. 그러니, 스스로 찾아 읽기는 어려운 것이 현실입니다. 그렇지만 조금만 노력하면 좋은 정보를 구할 수 있습니다. 언론이나 독서단체가 발표한 도서목록이 수두룩합니다. 무작정 닥치는 대로 읽기보다는, 이런 자료를 구해 무엇부터 읽고 차츰 어떤 책을 읽어나갈지를 정해놓으면 좋겠지요.

그렇다고 꼭 권장도서 목록에 나온 책만 보라는 뜻은 아닙니다. 친구 가운데 책 많이 읽는 친구가 있다면, 지금 나에게 필요한 책이 무엇인지 물어보는 것도 좋은 방법입니다. 아무래도 고민하는 것이나 생각하는 것이 비슷할 수밖에 없으니 도움이 될 터입니다. 아니면, 가장 재미있다고 말하는 책을 무작정 읽는 것도 좋은 방법입니다. 책과 친해지는 것이 제일 중요한 문제이거든요. 조심할 것은, 재미만 있는 책만 읽어나가면 안 된다는 겁니다. 재미만 있는 책을 읽다가, 재미도 있는 책을 읽어야 하고, 그러다 재미없는 책도 읽을 줄 알아야 합니다.

이렇듯, 수준에 맞게 체계를 갖춰 읽어나가면, 남들이 어렵다고 하는 책도 잘 이해할 수 있습니다. 단계별 독서가 보여주는 힘이지요. 그렇지만, 언젠가는 어려운 책을 만나고 맙니다. 특히 인문학 책을 읽다 보면 이해하기 어려운 대목을 마주치는 일이 많습니다. 여기서 힘주어 말하고 싶은 것이 있습니다. 어려운 책을 일부러 읽을 필요는 없지만, 어려운 책도 읽어내야 한다는 겁니다. 가만히 생각해봅시다. 우리가 무언가를 공부해나간다는 것은, 늘 내 수준보다 조금 어려운 것을 깨우치는 것을 뜻합니다. 수학을 예로 들어볼까요. 교과서에 나온 기본

문제는 배우고 있는 바를 가장 잘 이해할 수 있도록 도와주게 구성되어 있습니다. 풀어보면 무슨 말인지 알게 되어 있지요. 그런데 만약 우리 공부가 여기서 멈춘다면, 실력이 늘어날 수 있을까요. 그렇지 않지요. 기본을 닦은 다음, 응용문제에 도전해보아야 합니다. 잘 풀리면 신나지만, 안 풀어지면 요리조리 궁리하면서 다시 도전하기 마련이지요. 이런 과정에서 조금씩 실력이 늘어나게 마련입니다.

　책읽기도 마찬가지입니다. 쉽고 재미있는 책을 읽었다면, 거기서 만족하고 멈출 것이 아니라, 더 성장하기 위해 도전해야 합니다. 그러니, 체계적으로 계획을 세우고 책을 읽어나가다 어려운 책을 만나면 '아 이제 응용문제를 풀 단계가 되었구나'라고 생각하고 한번 도전해보았으면 좋겠습니다. 책을 읽는 것은 앎의 영역을 늘려간다는 뜻입니다. 지금 알고 있는 것에 만족하지 않고 더 많이, 더 깊이 알려고 하는 열망이 담겨 있지요. 그러니, 마땅히 개척자 정신이 필요합니다. 지금 쳐져 있는 앎의 울타리를 박차고 나와 더 넓은 앎의 땅을 차지해야 합니다. 땅 부자는 사회문제가 되지만, 앎의 땅 부자가 되려는 마음은 칭찬받아 마땅한 법입니다.

　이제 어려운 책 읽는 요령을 말할 때가 된 것 같습니다. 마치 제가 무슨 만병통치약이라도 쥐고 있는 듯 느껴지나요? 그건 절대 아니니, 너무 큰 기대는 하지 마세요. 오래도록 책 읽으며 겪었던 것을 중심으로 해서 도움말을 주려 하니까요.

　일단, 책읽기가 새삼스러운 것이 아니라, 학창 시절에 하던 언어 영역이나 외국어 영역 공부와 그리 다르지 않다는 생각을 할 필요가 있습니다. 그렇다고 시험문제 풀듯이 책을 읽으라는 뜻은 전혀 아니니 오해하지는 말기를! 그럼에도 상당히 유사한 면이 있으니 잘 들어보기 바랍니다. 언어 영역을 공부하고 문제를 풀면서 우리는 기본적으로 낱말의 뜻이 무엇인지 살펴봅니다. 그리고 지시대명사가 무엇을 가리키는지도 알아보지요. 거기다 단락별 소주제가 무엇인지 알아보고, 이들이 모여 전체 주제는 무엇이 되는지도 살펴봅니다. 더불어 전체 주제를 뒷받침하는 논리적 근거는 무엇인지 예의주시하게 마련입니다. 책도 이런 식으로 읽어나가면 됩니다. 단, 언어 영역에 나오는 지문은 짧아 이해하기 쉽지만, 책은 두꺼운지라 몇 곱절 노력을 더해야 한다는 차이가 있습니다.

자, 그러면 생각해봅시다. 지문을 읽다 어려우면 가장 먼저 무엇을 했나요. 전자사전을 뒤적여 국어사전이나 옥편으로 낱말 뜻을 알아보았을 겁니다. 책이 어려운 이유 가운데 하나는 낱말 뜻을 잘 몰라서입니다. 일상에서 쓰는 낱말이 아니거나 쓰더라도 더 깊은 뜻이 있는지라 문맥을 이해하기 어렵게 되지요. 바로 이 점을 주목하자는 것이지요. 책을 읽다 무슨 말인지 모르는 낱말이 나오면 국어사전, 옥편, 철학사전 등을 뒤적여 그 뜻을 써놓는 겁니다. 아 참, 철학사전은 전자사전에 없지요. 시중에 볼만한 철학사전이 몇 권 있으니, 꼭 준비해놓기 바랍니다.

한번 자세히 찾아놓으면 뒤에 같은 낱말이 나올 때 편하니 성실하게 작업해야겠지요. 마치 외국어 영역 공부하는 것처럼 말입니다. 그런데 이것만으로 해결되지 않는 경우가 왕왕 있습니다. 사전에 나오지 않는 뜻으로 그 낱말을 쓰는 일이 있기 때문입니다. 사전에 없다고 해서 잘못된 것은 아닙니다. 일반 사전에 나오는 뜻 이상을 말하고자 하는 것이니까요. 그래서 철학사전을 뒤적여보지만, 사전에 나오는 풀이가 더 어려워 당황한 적도 있을 터입니다. 그렇더라도 포기하지 말고 계속해나가야 합니다. 특히, 친절한 지은이나 옮긴이는 책 앞이나 끝에 용어풀이를 실어놓기도 합니다. 책을 서둘러 읽으려고만 하지 말고, 이런 것이 있는지 확인하고, 있다면 잘 읽어놓는 것이 좋습니다.

책을 읽으며 모르는 낱말에 표시하고 뜻풀이를 하면서 읽노라면, 두 가지 문제가 생깁니다. 책의 큰 뜻을 자꾸 놓치는 것이 그 하나고, 책 읽는 속도가 떨어지는 것이 두 번째입니다. 이러면, 더욱이 책읽기를 포기하기 싫은 마음이 들지요. 저는 그것을 악마의 소리라고 말하고는 합니다. 어려운 책이야, 그만 읽어, 차라리 텔레비전을 보는 게 나을 거야,라고 속삭이는! 이겨내야 합니다. 어려운 책을 읽는 방법 가운데 가장 중요한 것은, 끝까지 읽어보는 것입니다. 내용을 잊어버리는 것을 막기 위해서는 장별로 요약을 해놓으면 좋습니다. 이것이 귀찮으면 핵심 내용이 있는 부분에 표시를 하거나, 밑줄을 그어놓으면 됩니다. 책 읽는 속도는 굳이 빠르게 할 필요 없습니다. 속독을 해야 할 이유가 없거든요. 천천히 느긋한 마음으로 읽어나가야 합니다.

책은 영화와 다릅니다. 왜, 그런 말이 있잖아요. '영화는 5분 안에 승부를 걸어야 한다'라고. 처음 몇 분 동안 정신이 쏙 빠질 정도로 현란하고 웅장하고 빠르게 내용을 전개해야 관객들이 몰려들기 마련입니다. 그러나 책은 그렇지 않습니다. 마치 집을 짓는 과정과 같습니다. 근거를 들어 차분히 설득해나가는 과정으로 이루어져 있습니다. 벽돌을 하나씩 쌓아나가는 것처럼요. 처음에는 어떤 꼴이 될지 짐작하기 어렵습니다. 그러나 시간이 지나면 대충 알게 되지요. 책도 마찬가지입니다. 앞에서는 몰랐던 내용일지라도 자꾸 설명해주니까 뒤에 가면 알게 되는 경우가 있습니다. 불친절하게 툭 던져놓았던 어려운 말을 중간쯤 가서 자세히 풀이해주는 경우도 있습니다. 본론에 해당하는 이야기는 너무 어려워서 무슨 말인지 잘 모르겠지만, 결론에 정리한 말을 보니 대충 짐작하는 경우도 있습니다. 여러모로, 중도에 포기하기보다 끝까지 읽어놓는 것이 좋습니다.

어렵사리 다 읽었다면 보람을 느낄 겁니다. 큰일을 해냈다는 포만감이 드는 거지요. 이런 감정은 책을 읽는 데 상당히 큰 도움이 됩니다. 다음에 또 어려운 책을 만나더라도 똑같은 요령으로 해내면 되니까요. 그러나 여기서 끝난 게 아닙니다. 낱말 뜻풀이했고, 주제문 찾아놓았고, 주장과 근거를 알아놓았으니, 이런 것들을 죽 읽어보아야겠지요. 그러다 보면 조금씩 책을 더 이해하게 된다는 것을 알게 됩니다. 다시, 여기서 끝난 것은 아닙니다. 그 책을 다시 한 번 읽어보는 것입니다. 처음과는 사뭇 다르겠지요. 더 많이 이해하고 더 깊이 알게 되는 것들이 늘어날 터입니다.

그래도 아마 다 이해하지는 못했을 겁니다. 그렇다고 또 읽으라고는 권하고 싶지는 않습니다. 그것보다는 그 책을 풀이하거나 설명한 책을 읽어보는 것이 낫습니다. 도대체 다른 사람은 어떻게 알고 있는지 비교하며 읽는 것이지요. 그리고 도움말 하나 더. 인문학 책은 꽤 논리적인 체계로 이루어져 있으니만치, 읽는 중간마다 목차를 확인하는 것이 좋습니다. 논의의 위상이 어디에 놓여 있는지 알게 되어 뜻밖에 도움이 많이 됩니다.

　오래전 영어를 공부할 적에 보면, 기본을 보고 나서 핵심을 공부하고, 그리고 마지막으로 종합을 떼지요. 만약 핵심이 어렵다고 기본만 보면, 실력이 늘어나지 않을 것은 뻔합니다. 그래서 찾아보고 외워보고 비교해보면서 공부했지요. 책읽기도 이에 버금갈 정도로 노력해야 실력이 늘어납니다. 어렵다고 해서 지레 포기하면 기본에 머무는 것이 되고 맙니다. 핵심, 종합에 해당하는 책도 읽을 수 있도록 애를 써야 하는 법입니다.

6.
함께 읽고
토론하기

        책을 읽기는 하는데, 제대로 읽고 있는 것인지 궁금해하는 이들이 많습니다. 예를 들자면 빨리 읽어야 하는지 천천히 읽어야 하는지부터, 메모를 하고 줄을 그어야 하는 건지 아니면 깨끗하게 보아야 하는지까지, 알고 싶어 하는 것이 참으로 많습니다. 당연한 말이겠지만 정답은 없습니다. 상황에 따라 책 읽는 방법은 다르게 마련이어서 그렇지요. 이 자리에서 일일이 그 방법을 다 들어 설명할 수는 없겠지요. 그래서 개인적으로 '강추'하고 싶은 독서법을 소개하려 합니다.

  책을 정확히 이해하고 책의 내용을 비판적으로 고민해보려면 독서 토론이 가장 좋습니다. 책을 읽으면서 같이 말하고 싶은 것을 뽑아내고 이를 주제로 함께 이야기해보는 형식이지요. 독서토론의 장점은 여럿이지만, 토론을 하기 위해 책을 읽다 보면 준비하는 자세가 달라질 수밖에 없다는 점도 들어갑니다. 무슨 말인지 모르겠다고요? 토론하려고 책을 읽는다는 것은, 시간 보내기 위해 읽을 때나 숙제를 위해 읽을 때나 교양을 쌓기 위해 읽을 때와는 다른 독서법이 필요하다는 말입니다.

독서토론을 하려면 당연히 책을 잘 읽어야 합니다. 그런데 토론을 하려면 여기서 그쳐서는 안 되고, 논제를 뽑아야 합니다. 토론회마다 다르기는 하나, 대체로 토론거리는 읽는 사람이 뽑고 이를 한데 모아 사회자가 최종으로 토론할 거리를 결정해 동아리 회원들에게 미리 알려줘 준비하도록 하는 게 널리 쓰이는 방법입니다. 책을 이해하는 데 급급하지 않고 함께 고민할 거리를 찾아야 하는 게 독서토론을 위해 요구되는 가장 중요한 요소입니다. 그러니 책 읽는 방법이 달라질 수밖에요.

우선 책을 천천히 읽어야 합니다. 빨리 읽어치우면 무슨 내용인지 파악하기 힘든 데다, 지은이가 무엇을 주장했고 이를 뒷받침하는 근거로 무엇을 내세웠는지 아리송해집니다. 그러니 곱씹듯 읽어가며 그것을 잘 밝혀내야 합니다. 이러다 보니 책에 줄을 긋고 메모하는 일은 당연하지요. 중요하다 싶은 부분에 표시하고, 비슷한 내용을 달리 이야기한 곳은 어디에 있는지 써놓기도 합니다. 특히 책을 많이 읽어왔다면, 지은이의 생각과 비슷한 책의 내용을 옮겨놓기도 합니다. 거꾸로 지은이의 생각을 비판하는 데 도움이 되는 다른 책의 내용을 적어놓기도 해야 하지요. 말하자면, 책이 좀 지저분해져야 한다는 뜻입니다.

여기서 그치지 않습니다. 아무래도 토론을 하려면 책 내용을 잘 기억해야 하는데, 이를 위해서도 틈틈이 작업해놓아야 합니다. 아마 책을 다 읽고 나서 허탈했던 적이 있을 터입니다. 책을 덮고 나자마자 책 내용이 하나도 떠오르지 않았던 적이 있기 때문이지요. 그렇다고 머리 나쁘다고 자학하지는 마세요. 읽는 환경이 워낙 달라져서 그렇습니다. 전통적으로 책은 무엇에도 방해받지 않는 곳에서 읽어왔습니다. 조용한 방에서 클래식을 틀어놓고 홀로 책 읽는 풍경을 떠올리면 됩니다. 하지만 지금은 그럴 수가 없습니다. 핸드폰은 수시로 울리지요, 문자로 답신해주어야 하지요, 라디오에서는 연예인들의 시시껄렁한 농담이 흘러나오지요, 인터넷으로 자꾸 눈길이 가지요, 사실 정신이 없습니다. 그러니 집중력이 떨어질 수밖에요.

핸드폰 끄고 라디오 안 듣고 인터넷 보지 않을 수 있으면 가장 좋으나, 이를 바랄 수는 없겠지요. 아마 그러려니 책을 안 읽고 말겠다는 사람들도 있을 터입니다. 그래도 읽을 때는 다른 것 다 제쳐놓고 읽는 데만 집중하는 것이 가장 좋습니다. 최소한 한 시간 단위로 집중할 수 있어야 하지요. 그러고서 장별로 책 내용을 요약해두면 정말 좋습니다. 지은이가 그 부분에서 무슨 말을 했는지 다시 살펴보고 이를 자기 식으로 정리해두는 것이지요. 말하자면, 나무를 보는 겁니다. 그런데 여기서 그치면 안 됩니다. 부분별로 요약했다면, 이를 모아서 책 전체의 내용을 요약해두어야 합니다. 말하자면, 이번에는 숲을 보자는 것이지요.

부분별로 요약하면서 함께 해둘 것이 있습니다. 토론거리를 적어두는 것입니다. 이를 위해서는 책을 읽는 태도가 바뀌어야 합니다. 무조건 이해만 하려고 덤벼들지 말고, 요모조모 따져보아야 합니다. 지은이가 하고자 하는 말은 무엇인가, 뒷받침하는 근거는 충분한가, 그 가운데 비판할 만한 것은 없는가, 지은이의 주장을 놓고 찬반토론을 하면 어떨까, 이런 문제를 우리의 삶에 적용하면 어떤 문제가 발생할까 등속을 고민해보아야 하지요. 만약 문학작품을 읽고 토론한다면, 작품의 복선이 어떻게 주제의식을 강화하는가, 상징은 어떤 의미인가, 주제는 무엇인가 등속을 놓고 토론거리를 만들어보아야 합니다.

유념할 것은, 부분별로 토론거리를 준비해놓더라도 책을 다 읽고 나면 정작 토론할 만한 주제는 따로 작성해야 할 때가 잦다는 겁니다. 어떤 부분을 읽고 있을 때 중요하게 느껴져 토론하고 싶은 내용이 있었는데, 막상 다 읽고 나면 더 중요해 보이는 토론거리가 따로 생각나기도 합니다. 부분별 토론거리를 놓고 다시 고민해서 책 전체를 아우르는 문제의식을 바탕으로 토론거리를 만들어야 합니다.

독서토론에서 주의할 점은 아무 책이나 토론할 만한 책이라 여겨서는 안 된다는 점입니다. 한마디로 말하면 쟁점이 있는 책을 골라야 토론이 잘됩니다. 누구나 다 동의할 만한 내용을 담고 있으면 토론하기가 무척 어려운 데다, 개인적인 이야기로 시간을 보내기 일쑤입니다. 꼭 찬반으로 나뉜다는 점에서 쟁점이 있다기보다는 서로 다른 생각이 자연스럽게 튀어나올 수 있는 문제 작품이나 책을 골라야 합니다. 평소 책을 많이 읽어야 가능한 일이기는 합니다만, 함께 고민하고 주변에 도움을 구하면 책 고르는 데 그리 어려움이 없을 터입니다.

그리고 독서토론에는 반드시 사회자가 필요합니다. 토론 주제를 간단히 설명해주고, 참여자들이 자유로우면서도 논리적으로 토론을 할 수 있도록 이끌어주어야 합니다. 사회자는 다른 무엇보다 독서토론이 산만하게 잡다한 이야기로 흩어지지 않게 주도해야 합니다. 사회자가 지목한 사람만 발언해야 하며, 발언자의 말이 끝날 때까지 다른 사람이 끼어들지 않도록 해야 합니다. 그리고 주장만 하는 사람에게는 근거가 무엇인지 물어서 이를 밝히도록 이끌어야 합니다. 가장 중요한 것은, 논쟁을 하면서 감정싸움이 일어나지 않도록 잘 조율해나가야 한다는 사실입니다. 아무래도 처음에는 자기 의견이 반박당하면 기분이 상하기 쉽습니다. 이러한 부분을 잘 다독여주고 논쟁과 인신공격의 차이를 이해할 수 있도록 해주어야 합니다.

토론에 참여하는 이들의 태도도 중요합니다. 토론은 주장만 하는 데 목적이 있지 않습니다. 근거를 들어 주장을 뒷받침해야 합니다. 더욱이 토론은 나와 생각이 다른 사람이 어떤 근거를 들어 그렇게 주장하는지 배우는 데 더 큰 목적이 있습니다. 상대방의 말을 자르면서까지 자기만을 주장하려 하지 말고, 남의 말을 잘 들어야 한다는 얘기가 그래서 나오는 겁니다. 더욱이 논쟁은 토론에서 중요한 부분이고 권장하는 대목인데, 잘못 알아서 이기려고 덤벼들어서는 안 됩니다. 감정을 조절하고 예의를 갖춰 말을 하고 들어주어야 합니다. 토론은 참여자 모두가 서로에게 훌륭한 선생님입니다. 아직 생각하지 못한 것을 일러주거나 부족하거나 모자란 부분을 지적해주기 때문이지요.

독서토론의 미덕은 책 내용을 이해하는 데 그치지 않고 그것이 우리 삶에 어떤 의미가 있는지를 살펴보게 하는 데도 있습니다. 말하자면, 장대높이뛰기와 비슷합니다. 책이라는 장대를 들고 뛰어 힘차게 박차 올라 인식의 지평을 한 단계 더 넘어서는 것이지요. 책이 없고서는 불가능하나, 책에 갇히지 않고 새로운 것을 함께 토론할 때 얻을 수 있는 커다란 기쁨입니다. 혼자서는 절대 해낼 수 없는 일이지요. 여럿이 하니까 가능한 일입니다. 책읽기가 우리를 성장시켜주는 이유도 여기서 찾을 수 있습니다.

그동안 책을 혼자서만 읽어왔나요? 나쁠 리 없습니다. 그런데 함께 토론하는 모임을 만들거나 이미 활동하고 있는 모임에 한번 들어가보세요. 더불어 읽고 토론하는 새로운 세계를 접할 수 있을 거예요. 책을 헐레벌떡 읽어왔나요? 그럼 독서토론을 해보세요. 책 읽는 습관이 고쳐질 겁니다. 아무래도 토론을 위해 지금과는 달리 책을 읽게 되니까요. 물론, 독서토론만이 올바른 독서법을 일러주고 모든 책을 토론해야 한다는 뜻은 아닙니다. 그러나 토론을 위해 책을 읽으면 좋은 변화를 경험하게 됩니다. 그리고 이제 곧 알게 되겠지만 토론 결과를 바탕으로 한다면 독후감이나 서평 쓰기도 훨씬 수월해집니다. 읽기와 쓰기를 이어주는 징검다리가 바로 독서토론이랍니다.

7.
글쓰기가 쉬워지는
독서법

일찍이 《책읽기의 달인, 호모 부커스》란 책을 펴내며 쓰기 위한 읽기를 주창한 적이 있습니다. 독서론의 마지막을 장식한 글이었는데, 오로지 읽기에만 가치를 두지 말고, 읽기의 목적을 쓰기에 둔다면 상당히 좋은 성과가 있을 거라 했습니다. 그렇게 말한 것은 우리나라 독서운동이 실패했다고 보았기 때문입니다. 오랫동안 교육 차원에서나 사회 차원에서 다양한 독서운동이 펼쳐졌습니다. 한동안 성과를 보이나 싶기도 했으나, 최근 각종 자료에서 볼 수 있듯 독서하는 인구는 현격히 줄어들었습니다. 그 이유가 뭘까요? 한입으로 입시제도의 문제점을 들겠지요. 대학에 들어가는 데 책읽기가 도움이 되기는커녕 외려 방해가 된다는 생각이 퍼져 있습니다.

논술시험이 있어 숨통이 트이는가 했더니, 이제 대부분 대학에서 논술을 평가하지 않습니다. 제도 차원에서 책 읽을 이유가 없어졌습니다. 내신과 수능 중심으로 대학입시가 치러지면서 다시 교과서와 참고서 중심으로 공부하면 된다고 합니다. 사교육에 점점 더 의존하면서 책 읽는 청소년이 사라졌습니다. 교육과정에서 초등학교를 제외하면 책 읽을 시간이 그리 많지 않은 게 현실입니다.

스마트폰이 일상화하면서 책 읽는 사람이 줄어들더군요. 말이 폰이지, 실상 손안에 있는 컴퓨터이지 않습니까. 거기에다 인터넷까지 되니, 정말 다양한 매체가 전화기에 가득 들어차 있는 셈입니다. 대중교통을 이용할 적에 보면 스마트폰으로 카톡을 하거나 페이스북을 하거나 드라마 보는 이들이 자주 눈에 띕니다. 그나마 책읽기 좋은 시간과 공간을 스마트폰에 빼앗겨버린 것이죠. 처음에는 전자책 형태로 독서 인구가 유지되지 않겠느냐는 낙관론도 있었습니다. 하지만 기대만큼 늘어나지 않았지요. 스마트폰은 멀티미디어를 이용하기 좋은 매체입니다. 쉽게 전자책 인구를 늘리기는 어려울 겁니다. 이런 현상은 우리만 겪고 있는 게 아닙니다. 강한 독서력으로 유명한 일본이나 프랑스도 우리보다는 속도가 느리지만 독서 인구가 줄고 있고, 그 이유로 스마트폰의 확산을 들고 있습니다.

저녁이 없는 삶도 독서를 방해합니다. 우리나라 노동시간은 부끄럽게도 세계에서 제일 긴 편에 들잖아요. 잦은 야근 그리고 빠지기 쉽지 않은 회식 문화로 자기만의 시간을 보내기 어렵습니다. 그러다 보니 책 읽을 여유가 없지요. 물론 노동시간이 준다고 책 읽는 시간이 늘어난다는 보장은 없습니다. 영화 같은 다른 문화매체를 즐기거나 아웃도어를 더 좋아할 수도 있겠지요. 그럼에도 삶의 여유가 없는 현실에서 책 읽는 사람이 늘어나길 바라기는 난망한 일이라 봅니다.

그런데 저는 이런 일반적인 지적 말고 다른 이유도 있다고 봅니다. 오랫동안 우리는 읽기만을 강조해왔습니다. 워낙 안 읽었고 읽을 여유도 주지 않았고 읽을 수도 없었기 때문입니다. 이런 노력의 가치를 깎아내릴 이유는 하나도 없습니다. 하지만, 읽기만 강조하다 보니 중요한 것을 놓치고 말았습니다. 사람은 수동적인 행위를 할 적보다 능동적인 행위를 할 때 더 즐거워하고 더 집중한다는 점입니다. 기실 읽기는 아무래도 수동적 행위입니다. 지은이가 마련해놓은 논리의 줄기를 따라 읽어가며 이해의 폭을 넓혀야 합니다. 작가가 감춰놓은 복선을 들춰내어 주제와 상징을 해석해나가야 합니다. 그리고 지식과 감성의 수준을 높이려고 읽는 책은 대체로 수준이 높습니다. 여러모로 힘든 게 사실이지요. 이러다 보니 책읽기에서 멀어지는 면도 있었지 않았나 합니다.

저는 관점을 바꿔보자고 제안합니다. 글쓰기는 자신의 사유를 논리 체계를 갖춰 다른 사람에게 전달하는 행위입니다. 쓰기를 익히는 과정은 읽기 못지않게 어렵고 쉽게 늘지 않을 수도 있습니다. 그래도 읽는 이에 그치지 않고, 그것을 통해 얻은 힘을 바탕으로 해 쓰는 사람이 됩시다. 특히 읽기가 의미의 수용이라면, 쓰기는 의미의 창조입니다. 쓰기는 능동적인 행위이잖아요. 남에게 설득당하기보다 남을 설득하려는 일이니까요. 무슨 일이든지 능동성을 띤 행위는 좀 더 기쁘고 행복하기 마련입니다. 그 어떤 희열보다 창조적 행위를 능동적으로 했을 때의 기쁨이 제일입니다. 바로 이 점을 주목하자는 겁니다. '읽자'를 강조하기보다 '쓰자'를 강조해보자는 거죠. 수동보다는 능동을, 수용 보다는 창조에 방점을 찍자는 말입니다.

　그러면 쓰기가 읽기와 무슨 관련이 있을까요? 두말할 필요도 없지요. 남의 글을 제대로 읽지 않고 어찌 글을 쓸 수 있겠습니까. 글 잘 쓰는 사람의 공통점은 다독가라는 사실입니다. 책벌레로 성장하다 어느 순간 지은이로 탈바꿈하는 법이지요. 뭇 작가나 저자는 자기만의 영웅이 있게 마련입니다. 오늘의 나를 가능케 한 거인들이지요. 성장과정에서만 책이 필요하지는 않지요. 잘 쓴 인문책 뒤에 있는 참고문헌을 보세요. 일반인이라면 평생 읽어도 못 읽을 책을 참고해서 써내잖아요. 제대로 쓰려면 제대로 읽어야 하지요. 그리고 잘 읽으면 잘 쓰게 마련입니다. 그러니, 발상을 전환하자는 거예요. 쓰려고 읽자!고 말입니다.

　먼저, 쓰려고 읽으면 어떤 좋은 점이 있는지 귀띔해드리지요. 일단, 쓰려고 마음먹고 읽으면, 읽는 자세가 달라집니다. 우리가 책을 읽는 이유는 다양합니다. 심심해서, 그냥 시간이 남아서, 막 즐기고 싶어서 등등……. 이럴 때는 굳이 긴장하고 읽지 않아도 됩니다. 엎어져서 읽어도 되고 자빠져서 읽어도 됩니다. 집중하기보다는 짬날 때 읽어도 됩니다. 굳이 밑줄을 긋거나 메모하며 읽을 필요가 없습니다. 순간에 몰입해 흥미를 느끼면 됩니다. 이런 독서법도 충분히 의미가 있습니다. 책 읽어 행복하고 즐겁고 보람있다면 그것으로 된 거지요.

하지만 쓰려고 읽으면 읽는 태도가 달라집니다. 책 읽고 쓰기에 가장 널리 알려진 방법인 독후감을 쓴다고 쳐보지요. 기본적으로 읽어나가면서 중요한 부분에 밑줄을 긋고, 지은이의 생각과 같거나 다른 부분마다 메모를 해둘 터입니다. 읽다가 이해가 안 가는 부분은 표시해두고 관련자료를 찾아보자고 해놓기 마련이고, 논리적 허점이 발견되면 이를 적시해놓겠지요. 그리고 읽어나가면서 논리나 구성의 매듭마다 요약을 해놓고, 이를 바탕으로 전체를 요약해놓아야 합니다. 특히 독후감은 개인의 감정을 더 내세울 수 있으니, 책을 읽으며 떠올랐던 기억이나 단상을 적어놓아야 합니다. 다 읽었다면 거기에 그치지 말고 이리저리 줄 긋거나 메모한 사항을 전반적으로 검토하며 어떤 식으로 독후감을 쓸까 구상할 터입니다.

이 과정에서 우리는 놀라운 경험을 하곤 합니다. 읽느라고 급급했는데, 이런 것들을 참고하며 다시 검토해보면 책을 더 정확히 이해하는 데까지 이르게 됩니다. 그리고 독후감을 구상하고 쓰는 과정에서 미처 생각하지 못한 것들이 떠올라 글을 더 풍요롭게 하는 경험도 하게 되지요. 쓰려고 읽지 않았더라면 결코 경험하지 못했을 일을 직접 겪어보게 되는 셈입니다.

더욱이 책을 읽고 글을 쓰면, 그 책의 내용을 오랫동안 기억하는 부수 효과도 나타납니다. 물론, 무슨 시험 보려고 책 내용을 기억하자는 건 아닙니다. 그렇지만 집중해서 읽은 덕에, 그리고 철저히 분석하면서 읽은 덕에, 거기에다 글을 쓴 덕에, 나중에 비슷한 주제를 다룬 다른 책을 읽을 때나 더 어려운 책을 읽을 적에 그 책을 이해하는 데 상당히 큰 도움이 됩니다.

어찌 여기서만 그치겠습니까. 쓰기 위해 읽는다면, 그 책을 쓴 사람의 논리구조, 논증방법 그리고 수사학까지 관심을 두게 마련입니다. 왜 그러느냐고요? 자신도 그렇게 쓰고 싶은 마음이 들기 때문에 그렇지요. 흔히 프로들은 써야 할 것을 쓰지만, 아마추어는 쓰고 싶은 것만을 쓴다고 합니다. 프로들은 철저하게 전략적인 사고를 바탕으로 글을 쓰고, 논리적으로 흠이 적은 글을 쓰려고 애쓰게 마련이지요. 그런데 아마추어는 마치 수다쟁이처럼 자기 말을 마구 떠벌리듯 글을 씁니다. 누가 이런 글을 읽어주겠어요? 그러니, 잘 쓰는 사람의 글을 탐미하듯 읽어가며 그 방식을 본뜨려고 하다 보면 좋은 글을 쓰게 마련이지요. 또 하나, 은유를 잘 사용하는 글은 전반적으로 감성을 자극하여 글에 대한 집중도를 높입니다. 어떤 은유를 어느 때 썼는지 눈여겨보았다 글을 쓰면 많은 도움이 됩니다. 혹시, 표절을 하라는 말로 이해하면 안 됩니다. 혼자 읽는 글은 표절을 하더라도 문제될 게 없지만, 공개되는 글은 절대 그러면 안 됩니다. 요즘은 블로그나 페이스북에 글을 올리는 사람이 많으니, 이 점을 조심해야 합니다. 아무튼 개체는 종種의 진화 과정을 반복한다고 하잖아요. 잘 쓰는 사람의 글을 탐독하다 보면 잘 쓰는 사람으로 성장하는 법이지요. 쓰려고 읽으면 잘 읽게 되어 있습니다. 제대로 읽게 되면 잘 쓰게 되어 있습니다. 잘 쓰면 책을 더 읽으려 합니다. 이런 선순환의 구조를 상상하며, 읽는 데만 그치지 말고 쓰기 위해 읽으려 하자는 겁니다.

특별히 독서토론의 결과를 바탕으로 글을 써봤으면 합니다. 일반인이 글을 잘 못 쓰는 이유는 글의 졸가리를 잘 잡지 못해서입니다. 그런데 여러 사람과 토론을 하다 보면 자신의 생각이 정리되고, 이 과정에서 주장과 근거를 뚜렷이 정리하게 됩니다. 나중에 보게 되겠지만, 이 결과를 바탕으로 개요를 짜면 글쓰기가 훨씬 수월해지지요. 기실 읽고, 말하고, 쓰기가 연계돼 있으면, 이 세 가지를 다 잘하게 되어 있답니다.

이제 2부에서는 글쓰기와 관련된 이야기를 하려 합니다. 책을 읽고 이를 바탕으로 쓸 수 있는 글은 대체로 독후감과 서평입니다. 독후감에 대해선 학교에서 말하는 것과는 다르게 설명했습니다. 숙제로 하는 독후감이 아니라, 책을 읽고 느낀 소감 그리고 글쓰기 능력을 키우는 데 초점을 맞췄습니다. 서평은 책을 평가해야 한다는 부담을 안고 있습니다. 독후감에는 일인칭적 관점이 강하게 배어 있다면, 서평은 삼인칭적 관점이 더 강조됩니다. 앞의 것은 주관적, 뒤의 것은 객관적이라 할 수 있겠죠. 서평을 설명하면서는 일반적인 수준까지만 다루었습니다. 비판적인 서평은 학술 영역이라 뺐습니다. 그렇다고 비판적인 서평이 중요하지 않다는 뜻은 아니니 참고해주십시오. 이 정도의 글을 쓰다 보면 전문적인 주제를 다룬 책들을 읽고 한 권의 책을 써내는 역량을 충분히 키울 수 있다고 믿습니다.

그런데 어떤 갈래의 글이든 글쓰기의 기본을 모르고서는 쓰기 어렵습니다. 그래서 제가 대학에서 강의했던 단락 중심의 글쓰기에 대한 요령을 먼저 설명하려 합니다. 알고 보면 별거 아니지만, 알고 나면 글쓰기에 보탬이 되는 이야기들입니다. 예문도 실었으니, 두루 읽어보시면 도움이 될 겁니다. 이제 읽기에만 그치지 말고, 쓰기 위해 읽는 사람이 되기 위한 여행을 떠나보도록 하지요. 당신도 이제 의미의 수용자에서 의미의 창조자로 성장할 수 있을 겁니다.

제2부

어떻게
쓸 것인가

—제대로 쓰는 법

1장

/

글쓰기의 기본, 단락 중심의 글쓰기를 익히자

글 잘 쓰는 비결이 있느냐는 질문을 가끔 받습니다. 그럴 적마다 솔직히 당혹스럽습니다. 글을 쓰고 있지만 비결은 없거든요. 글 쓰는 데 어찌 왕도가 있겠습니까. 요리조리 고민해보고 글쓰기 책을 두루 살펴보아도 결론은 익히 들어온 이야기입니다. 많이 읽고 많이 쓰고 많이 생각하라! 실망스러운가요. 하지만 어찌겠습니까. 변함없는 진리인 것을. 그래도 좀 더 글쓰기를 쉽게 생각하고 도전해볼 만하게 하는 요령은 있습니다. 이름하여 '단락 중심의 글쓰기'입니다. 흔히 글쓰기는 지식, 구성, 문장력으로 이루어진다 하는데, 그 가운데 구성하는 힘을 길러 자신이 생각한 바를 논리적으로 전달하는 훈련을 하는 방식입니다. 좋은 글은 화려한 수사로 범벅이 된 글이 아니라, 읽는 이와 소통하고 읽는 이를 설득할 수 있는 글입니다. 그러려면 주장을 확실히 내세우고 이를 뒷받침하는 근거를 제대로 대면 됩니다. 어찌 보면, 누구나 다 할 수 있는 것이 글쓰기인데, 이 기본적인 요령을 몰라 어려워하는지 모르겠습니다. 이제, 글쓰기의 기본을 닦는 짧은 여행을 떠나봅시다.

책을 읽고 글을 쓰는 법이라 해 글
쓰기의 일반 원칙에서 벗어나지 않습니다. 오히려 글쓰기 일반, 그러
니까 기본에 충실해야 하는 법입니다. 이 말을 하니 얼핏 떠오르는 운
동선수가 있습니다. 야구 선수 이승엽입니다. 일본에서 활동할 적에
부침을 겪었지요. 어느 해 시즌 초반에 야구 해설가 한 분이 인상 깊은
말을 했어요. 이승엽 선수 종아리 두께를 보니 이번 시즌에는 활약상
을 기대할 만하다는 투로 예측하더군요. 그때 저는 무릎을 쳤습니다.
아, 체력이라는 기본을 잘 닦아야 야구도 잘하는구나, 하고 말입니다.
글쓰기도 마찬가지입니다. 글쓰기에 요구되는 기본을 잘 익혀놓아야
다양한 갈래의 글을 잘 쓸 수 있습니다. 글쓰기에 무슨 대단한 비법이

나 왕도가 있는 것은 아닙니다. 그러나 익혀두어야 할 기본이 있다면 반드시 짚고 넘어가야 하지요. 그래야 정작 잘 쓰고 싶은 갈래의 글에서 목적을 이룰 수 있으니까요.

글의 기본 단위는 낱말입니다. 이 낱말이 모여 문장이 됩니다. 여기까지는 한낱 상식입니다. 중요한 것은 그다음입니다. 문장이 모여 단락을 이루는데, 여기에는 강력한 원칙이 있습니다. 그 단락의 핵심 주제를 중심으로 문장이 모여든다는 점입니다. 책상에 쇳가루와 톱밥을 섞어 뿌려놓았다고 쳐보세요. 여기에 아주 강력한 자장을 자랑하는 자석을 놓았다면, 그야말로 옥석이 가려지는 현상이 벌어지겠지요. 자석으로 쇳가루만 달라붙을 터입니다. 단락이란 그래야 합니다. 아무 뜻 없이 문장을 나열해 한 묶음으로 해놓은 것이 단락이 아닙니다. 그 단락에서 말하고자 하는 바가 무엇인지 뚜렷하게 드러나야 하고, 이를 뒷받침하는 문장만으로 모여야 합니다. 이런 글은 결코 느슨하지 않습니다. 팽팽하게 긴장한 기운을 느끼게 해줍니다. 하나의 중심생각을 핵으로 모아 단락을 이룬 것을 단락의 통일성이라 말합니다.

단락과 단락이 모여 한 편의 글을 이룹니다. 그렇다면 단락끼리 관계는 어떤 걸까요? 하나의 주제로 통일된 단락이 무작위로 모인다면 그 글은 도통 무슨 내용인지 모를 터입니다. 문장이 단락의 주제를 뒷받침한다면, 당연히 단락은 전체 글의 주제를 뒷받침해야 합니다. 그러니까 단락은 글 전체의 주제를 향해 집중해야 합니다. 각기 다른 자기만의 주제가 있는 단락이 글 전체 주제를 뒷받침해주기 위해서는 단락끼리 연계되어 있어야 합니다. 흩어져 있는 것이 아니라 뭉쳐 있어야 하는 법이지요. 이를 단락의 연계성이라 합니다.

　한 편의 글은 단락의 통일성을 씨줄로, 단락의 연계성을 날줄로 엮은 비단이라 보시면 됩니다. 느슨하고 허술한 것이 아니라 팽팽하고 짱짱한 것을 떠올리면 됩니다. 그동안 혹여라도 글쓰기가 어려웠다면, 아마도 단락 중심으로 생각하지 않아서일 겁니다. 초보자들이 하는 말을 들어보면, 낱말을 잘 몰라 글을 못 쓴다고 하거나, 생각은 있는데 이를 글로 옮기는 일이 너무 어렵다고 합니다. 이를 두루 이겨내는 좋은 방법은 단락 중심으로 생각해보는 거예요. 이 내용을 좀 더 쉽게 풀기 위해 다음에 가상 대담 한 편을 실어놓겠습니다.《유혹하는 글쓰기》(김진준 옮김, 김영사, 2002)의 저자 스티븐 킹과 가상으로 대화를 나눈 척한 글인데, 단락 중심의 글쓰기가 무엇인지, 그리고 초보자가 궁금해할 글쓰기의 기본이 무엇인지 이해하는 데 도움이 되었으면 합니다.

　글쓰기 초보자들을 보면, 수사학에 열등감이 있는 점이 가장 안타깝습니다. 평소 흠모하던 작가처럼 글을 써야 한다는 강박이 있고, 이 때문에 아예 글쓰기를 포기하거나 말하고자 하는 주제의식은 드러나지 않는데 화려한 문장만 갖다 붙이는 글이 많지요. 이래서는 좋은 글을 쓸 수 없습니다. 물론, 좋은 글에는 결국 읽는 이의 마음을 사로잡는 유려하고 화려한 문장이 있게 마련입니다. 그런데 이것만이 글쓰기의 고갱이인 양 여기면 사실 글을 쓰기가 어렵습니다.

　요즘에는 볼링장이 많이 줄어들었는데, 한동안 여기저기 볼링장이 문을 열던 때가 있었습니다. 갑자기 볼링 치는 사람이 늘어나다 보니,

흥미로운 일이 자주 벌어졌지요. 인터넷이 자리 잡기 전이라 기초를 익히지도 않고 볼링을 치는 경우가 많았던 겁니다. 핀을 향해 공을 던졌는데 공이 옆으로 빠져버릴 때가 제일 재미있지요. 충분히 기본을 익히지 않은 상태에서 본 대로 따라 하다 벌어진 일이라 보면 됩니다. 수사학에 너무 신경 쓰는 것과 비슷하지요. 그런데 라인에 서 보면 공을 던질 만한 부분에 화살표가 그려져 있다는 점을 알게 됩니다. 메인 스팟main spot이라 하는데, 핀이 있는 곳을 보고 공을 던지면 공이 아예 빠지지만, 눈앞에 있는 화살표 가운데 정중앙을 향한 곳에 공을 던지면 제대로 들어갑니다. 나머지 핀을 맞힐 때도 같은 방법을 쓰면 좋은 효과를 내지요. 언젠가는 다양한 기술을 동원해 스페어까지 처리하는 능력을 보여주어야 마땅하지만, 초보자일 적에는 차근차근 핀을 쓰러뜨려나가야지요. 볼링하기나 글쓰기나 비슷한 점이 있다는 말입니다.

화려한 수사로 무장한 문장을 쓰겠다는 압박감에서 벗어나면, 스티븐 킹의 도움말대로 글쓰기가 훨씬 수월해집니다. 이름하여 단락 중심의 글쓰기를 하게 되면 누구나 글을 쓸 수 있는 능력을 키우게 됩니다. 이제 그 글쓰기의 세부사항을 알아보도록 하지요.

스티븐 킹에게 듣는
글쓰기 비법

Q   반갑습니다. 스티븐 킹 씨. 저는 글쓰기 교육은 기본적으로 실패할 운명을 띠고 있다고 봅니다. 왜냐하면, 글을 잘 쓰는 사람이 글쓰기를 가르쳐야 할 터인데, 글 잘 쓰는 사람은 글만 써서 충분히 먹고살 만하고 그게 더 이문이 많이 남기 때문에 굳이 글쓰기를 가르칠 필요가 없게 되어서입니다. 이러한 상황에서 현장에서 글쓰기를 가르치는 사람은, 글 쓰는 사람이기는 하지만 잘 쓰는 사람이 아닐 가능성이 크고, 그런 점에서 실패할 확률이 높다는 것입니다.

또 하나 있어요. 설령 잘 쓰는 사람이 가르치더라도 잘 가르치리라 확신할 수 없습니다. 직접 하는 것과 남에게 일러주는 기술은 서로 다른 영역에 속합니다. 유명 선수가 훌륭한 감독이 되지 말라는 법은 없지만, 그가 반드시 감독으로서 성공하리란 보장은 없습니다. 그 반대가 가능하듯이 말이지요. 그런데 보기 드물게 당신의 책은 글 잘 쓰는 사람이 글 잘 쓰는 방법을 성공적으로 기록하고 있으니, 상당히 놀랍다는 것입니다. 그래서 좋은 책을 보면 입이 가벼워지는 제가 주변 사람들에게 당신 책을 읽어보라고 난리를 쳤는지 모릅니다.

스티븐 킹   입에 침이라도 바르고 말하는지는 모르겠지만, 좋은 말이니 딴죽 걸지 않고 받아들이겠습니다. 아부하는 솜씨가 제법인 걸 보니, 당신도 재미있는 사람 같군요.

Q   개인적인 질문에 대해서는 가능한 한 답변하지 않겠습니다. 오늘은 제가 질문하는 자리이니만큼 당신은 답변 중심으로 말씀해주셨으면 합니다. 어차피 이 대담은 논쟁적인 성격을 띠기에는 한계가 있습니다. 소설가와 그렇지 않은 사람 사이의 이야기이기 때문입니다. 그러다 보니 소설창작론에 초점을 맞추기보다 글쓰기 일반에 관해 논의하게 될 겁니다. 아무래도 공감의 대화가 주를 이룰 터인데요, 그럼 이제 '말문'을 '포문(砲門)' 열 듯이 해봅시다. 《유혹하는 글쓰기》는 작가의 자전적 기록을 담고 있어 읽는 이의 흥미를 끕니다. 나는 이렇게 살아왔고, 그 가운데 이런 식으로 글을 써왔다는 거지요. 아무리 뻬딱하기 이를 데 없는 비평가라도 함부로 시비를 걸 수 없게 되었습니다. 글쓴이가 살아오면서 터득한 게 그렇다는데 무어라고 할 수 있겠습니까. 자전적이어서 장점인 것이 여럿 됩니다. 가려지기 십상인 창작의 비밀을 솔직하게 까발리고 있다는 느낌이 들 뿐 아니라, 책에 밝힌 글쓰기 요령이 호소력이 높습니다.

이제 본격적인 질문의 물꼬를 트도록 하겠습니다. 많은 사람들이 당신의 책을 읽으며 작가는 만들어지는 것인지 타고나는 것인지 아리송하다는 느낌이 들 터인데, 이에 대해 말씀해주시지요.

스티븐 킹   작가의 자질은 타고나는 것이지요. 이 점을 부인할 수는 없습니다.

그러나 이렇게만 말하면 얼마나 무책임한 일인가요. 저는 대부분의 사람들이 조금씩은 문필가나 소설가의 재능을 갖고 있다고 봅니다. 그리고 그 재능은 갈고닦으면 얼마든지 발전할 수 있습니다. 물론 형편없는 작가가 제법 괜찮은 작가로 바뀐다는 게 그리 쉬운 일이 아니고, 훌륭한 작가가 위대한 작가로 탈바꿈하는 것은 불가능에 가깝지요. 하나, 뼈를 깎는 노력을 한다면 훌륭한 작가로 자라날 수는 있다고 믿습니다. 우리가 자질이나 재능을 무시하지 못하는 것은 성장을 위한 고통을 즐거움으로 받아들이기 때문입니다. 자신의 재능을 알아차린 사람은 연습을 하느라 손가락에서 피가 나고 눈이 빠질 정도가 되더라도 결코 포기하지 않고 그 일에 매달리지요. 그러니 자질이나 재능이 있는 사람이 성장하기에 훨씬 유리하다고 할 수밖에요.

Q   당신은 소설가들이 집단적으로 밟는 진화 과정을 충실히 따랐습니다. 애초에 창작의 기쁨을 느끼고 글쓰기에 매료된 계기도 그렇고요. 이 과정에 대해 말씀해주십시오.

스티븐 킹   어린 시절, 만화책을 베껴 어머니에게 보여드렸던 걸 말하는군요. 그럴듯한 이야기 한 편을 써서 드렸더니, 어머니가 저를 신동처럼 여기시며 도저히 믿기지 않는다는 표정을 지으시더군요. 익히 짐작하시겠지만, 어머니가 그런 표정을 지은 것은 그때가 처음이었어요. 모방한 것을 아시고는, 직접 쓰면 네가 더 잘 쓸 수 있다며 이야기를 만들어보라고 하셨지요. 얼마나 가슴이 벅차올랐는지 모릅니다. 나중에 어머니는 내가 이야기를 써 갔을 때 모방이 아님을 아시고는 편당 25센트를 주셨죠. 네 편의 작품을 썼는데, 저는 일찌감치 글을 써서 돈을 벌었습니다. 그때는 1달러에 불과했습니다만, 이런 걸 일러 시작은 미약하나 그 끝은 창대했느니라 하는 거겠지요.

Q   이 대담이 소설 창작 중심으로 흘러갈 수 없음은 앞에서 예고한 바 있습니다. 그러기에는 대담자가 자격 미달이기 때문입니다. 당신의 책에서 이른바 창의적이거나 실용적인 글쓰기에 도움이 될 만한 이야기들을 골라 말해나갈 수밖에 없다는 뜻입니다. 그런 점에서 당신이 청소년기에 겪은 한 경험은 상당히 유효합니다.

스티븐 킹   학생주임 선생님이 리스본의 주간신문 편집장인 존 굴드 씨를 소개해주었습니다. 그 양반이 나에게 기사를 쓰면 한 낱말당 0.5센트를 주겠다고 약속했지요. 돈이 한창 궁할 나이이니 마다할 리 있나요. 처음으로 농구시합 관련 기사 두 편을 썼는데, 이때 학교 국어 선생님들은 결코 가르쳐주지 않는 것들을 단 10분 만에 배웠습니다. 그때 그 양반이 한 말을 정리하면 이렇습니다.
"어떤 이야기를 쓸 때는 자신에게 그 이야기를 들려준다고 생각해라. 그리고 원고를 고칠 때는 그 이야기와 무관한 것들을 찾아 없애는 것이 제일 중요해."

Q   이쯤해서 당신이 말한 연장통으로 훌쩍 날아가야겠군요. 글 쓰는 데 반드시 필요한 것들을 당신은 연장통에 비유했습니다. 이 장을 보며 저는 당신이 상당히 재기 넘치는 작가라는 느낌을 받았지요. 얼마 전 푸코의 대담집을 읽은 적이 있는데, 거기에서 들뢰즈가 한 말을 보며 엉뚱하게 당신을 떠올

렸습니다. 들뢰즈가 연장통 이야기를 해서 그렇습니다. 들뢰즈 왈, "하나의 이론은 꼭 연장통과 같은 것입니다. 그것은 의미심장한 것과는 관련이 없습니다. 그것은 유용해야 하며 기능해야 합니다. 이론은 그 자체를 위한 것이 아닙니다"라고 했지요. '그 어떤 창작론도 연장통과 같지 않으면 가치가 없다'는 뜻으로 바꿔 생각할 수 있게 하는 말입니다.

스티븐 킹 잘 갖다 붙이시는군요. 저의 착상을 그리 높게 평가하고 철학자를 갖다 붙여 후광을 만들어주니 영광이올시다.

Q 흠, 원만한 대담 진행을 위해 그냥 넘어가도록 하겠습니다. 당신은 연장통의 맨 위칸에 넣어둘 것들에 대해 말하고 있습니다. 낱말, 문법, 수동태, 부사 따위가 그것이지요. 여기서 당신이 강조하는 것이 어린 시절 굴드 씨에게서 들은 말을 떠올리게 합니다.

스티븐 킹 부정할 수 없는 지적입니다. 흔히 초심자들은 글을 쓸 적에 낱말을 화려하게 치장하려 하고, 굳이 어려운 말을 쓰려 하지요. 그래서 내가 든 예가 이렇습니다. '평발'이라는 말을 두고 '편평족'이라 쓰지 말 것이며, '똥을 누었다' 대신에 '생리현상을 해결했다'고 써서는 안 된다는 것입니다. 망치로 엄지를 내리쳤을 때 "이런 제기랄!" 대신 "어머나 아프기도 하여라!"라고 써서야 되겠습니까?

Q 그래요. 글을 처음 쓸 때는 거의 연애편지 쓰듯 하는 경향이 있습니

다. 고상하고 아름답고 순결한 척한다는 것이지요. 말도 많아져 복문이 되기 일쑤고요. 그래서 당신은 "차라리 단문을 택하는 편이 낫다"고 말합니다. 수동태를 피해야 한다는 말도 하고 있더군요.

스티븐 킹 저는 자신감이 부족할수록 수동태를 쓴다고 봅니다. 그렇게 써야 신뢰감과 위엄이 생긴다고 여기는 겁니다. 하지만 보십시오. "회의는 7시에 개최될 예정입니다(The meeting will be held at seven o'clock)"가 대체 뭡니까. 어깨를 쫙 펴고 턱을 내밀고는 그 회의를 당당히 선포해야 합니다. "회의 시간은 7시입니다(The meeting's at seven)"라고요. 수동태는 나약하고 우회적이고 괴롭기만 합니다.

Q 지금은 세상을 떠나셨지만, 한국말의 큰 스승이셨던 이오덕 선생도 수동태를 피하라고 누누이 강조하셨죠. 그분은 우리글에 수동태가 많은 이유로 정치적 압제를 들기도 했습니다. 당당히 자기 견해를 밝혔다가는 무슨 일이 일어날지 모르다 보니, 자기 검열이 작동해 수동태 문장을 썼다는 겁니다. 어느 면에서 당신 말하고 통하는 바가 있습니다. 글에서 부사를 줄이라는 권고야말로 굴드의 목소리가 가장 진하게 배어 있는 대목이더군요.

스티븐 킹 긴 말 필요 없겠지요. 예를 하나 들어봅시다.

"그거 내놔요!" 하고 그녀가 위협적으로 소리쳤다.
"돌려줘." 그는 비굴하게 애원했다. "내 것이잖아."

"바보처럼 굴지 말게, 지킬" 하고 어터슨이 경멸조로 말했다.

("Put it down!" she shouted menacingly.

"Give it back," he pleaded abjectly, "It's mine."

"Don't be such a fool, Jekyll," Utterson said contemptuously.)

이 구절을 읽다 보면, 이가 갈리고, 욕으로 헐떡이게 되고, 침을 내뱉고 싶어집니다. 여기서 부사에 해당하는 단어들은 빼고 그냥 '말했다(said)'라고 하면됩니다.

Q   부사에 대한 당신의 비유가 마음에 듭니다. 그 하나는 부사가 민들레 같다는 거지요. 워낙 번식성이 뛰어나 뽑아버리지 않으면 잔디밭을 뒤덮어버리듯, 한번 쓰기 시작하면 글이 온통 부사 천지가 되기 십상입니다. 또 하나는 독자들이 자기의 글을 이해하지 못할 수 있다는 기우에서 부사 남용이 비롯되는데, 늪 속에서 허우적거리는 독자에게 밧줄을 던져줘야지 굵기가 30미터나 되는 강철 케이블을 집어 던져 기절시킬 필요는 없다고 말하셨지요. 연장통의 두 번째 칸에 들어 있어야 할 것으로 언급된 '문단'에 관한 설명은 상당히 설득력이 높더군요. 글쓰기에 막 입문한 초심자들에게 각별한 도움이 될 법합니다.

스티븐 킹   글이란 다듬어진 생각이라는 점을 강조하고 싶었습니다. 그러기 위해서는 '문단'을 표 나게 내세워 말할 수밖에 없는 점도 있지요. 문단에 관한 정의는 많습니다. 문단에는 주제문이 있고 부연 설명이 뒤따르게 되어 있습니다. 이 규칙 때문에 지은이의 생각이 잘 정리되지요. 더불어 문단은 글 쓰는 이가 주제에서 벗어나지 않도록 감시하는 역할도 합니다. 문단을 강조한 이유 가운데 하나는 개인적으로 그것이 글쓰기의 기본 단위라고 생각하기 때문입니다. 낱말들이 모여 문장을 이루고, 문장들이 모여 문단을 이룰 때 의미를 띠기 시작합니다. 저는 그것을 집 짓기에 빗대어 표현했지요. 목조 건물은 널빤지를 한 장씩 붙여가며 만드는 것이고, 벽돌 건물은 벽돌을 하나씩 쌓아서 짓습니다. 한 번에 한 문단씩만 써가면, 글로 집을 지을 수 있습니다. 못이나 철근 따위에 해당하는 것이 어휘력, 문체, 문법 등입니다.

Q   참으로 적절한 비유입니다. 이제 다른 주제로 넘어가보지요. 인터넷이 일반화되면서 책을 읽지 않는 세대가 광범위하게 등장하고 있습니다. 이 새로운 세대는 지나치게 영상 중심으로 정보를 받아들이면서 책을 읽지 않거나 너무 등한히 여기고 있어 우려를 낳습니다. 역설적인 것은 인터넷이 일반화된 이후 오히려 글쓰기 능력이 상당히 중요해지고 있다는 점입니다. 과거와 달리 자신의 경험이나 철학을 세상에 알리기가 매우 쉬워져, 논리적이면서도 감성적인 문체를 가진 사람들이 스타 필자로 떠오르기도 합니다. 회사에서는 전자결재 시스템이 자리 잡으면서 글쓰기가 새삼 주목받고 있기도 합니다. 그런데도 젊은이들이 책을 읽지 않으면서 급조된 실용적인 글쓰기 강의에 매달리는 형국이니 안타깝기만 합니다. 이 문제에 대해서 개인적인 경험을 바탕으로 한 말씀해주십시오.

스티븐 킹   우리 집에 텔레비전을 들여놓은 것은 비교적 뒤늦은 시기였지요. 그런 의미에서 저는 행운아입니다. 밤이고 낮이고 쓰잘 데 없는 영상매체에 넋을 빼앗기기 전에 읽기와 쓰기를 배운, 몇 안 되는 미국 소설가 가운데 한 사람이니까요. 내가 말하는 대구(對句)를 잘 새겨들어보면 읽기가 얼마나 중요한지 알 수 있을 겁니다. 글을 잘 쓰는 비결을 한마디로 말하면, 수천 시간에 걸쳐 글을 써보고, 수만 시간에 걸쳐 남의 글을 읽어야 한다는 것입니다.

Q   글을 잘 쓰기 위해, 책을 읽어서 구체적으로 어떤 도움을 받았는지 자세히 말씀해주십시오.

스티븐 킹   이런, 아예 떠먹여주기를 바라는 거 아닙니까? 농담입니다. 먼저 저는 나쁜 책에서도 많은 것을 배웠다는 사실을 밝혀야겠군요. 형편없는 책을 읽으면서 이구동성으로 하는 말이 있지요. 나도 이것보다는 잘 쓰겠다! 제가 쓰지 말아야 할 것이 무엇인지를 그런 책에서 배우게 되었습니다. 빼어난 스토리와 문장력에 압도당하는 것은 작가의 성장 과정에서 필수적인 사항입니다. 그리고 책읽기를 통해 우리는 창작의 과정 그 자체에 친숙해지게 마련이지요. 읽지 않는다면 남들이 써먹은 것은 무엇이고 아직 남아 있는 미개척지는 무엇인지 알 도리가 없습니다. 그리고 진부한 것은 무엇이고 반대로 참신한 것은 무엇인지도 알 수 없지요. 많이 읽어야, 헛되고 바보 같은 짓을 저지를 가능성을 줄일 수 있는 법입니다.

Q   나탈리 골드버그가 쓴 《뼛속까지 내려가서 써라》(권진욱 옮김, 한문화, 2013)를 보면 흥미로운 이야기가 나옵니다. 지은이는 여류 시인인데, 독특하

게도 '선(禪) 명상법'을 글쓰기에 활용하고 있지요. 제가 인상적으로 읽은 대목은 이렇습니다. 좌선을 할 때, 수행자는 흰 벽을 바라보며 자신의 호흡에만 온 신경을 쏟아야 한다는군요. 이때 수행자에게 강력한 분노나 저항심, 또는 천둥 같은 기쁨과 회환이 다가오더라도 개의치 않고 처음 자세를 끝까지 유지해야 한다고 합니다. 지은이는 이 같은 좌선의 규칙이 글쓰기와 꼭 같다고 봅니다. 첫 생각을 두레박 삼아 무의식이라는 우물에서 글을 퍼낼 적에, 글쓴이는 전사가 되어야 하는 법이랍니다. 글을 처음 쓸 때 달려드는 감정과 에너지의 힘에 겁을 먹어서는 안 되고, 손을 절대 멈추지 말아야 한다고 힘주어 말합니다. "눈물을 넘어 진실을 파고들라. 이것이 원칙이다." 이를 위해 제한된 시간에 글을 쓰는 연습을 해보라고 권하고 있습니다. 이 견해를 어떻게 생각하는지요.

스티븐 킹　많은 부분 공감합니다. 저는 일단 어떤 작품을 시작하면 도중에 멈추거나 속도를 늦추는 일이 없지요. 날마다 쓰지 않으면 등장인물들이 생기를 잃기 시작합니다. 쉬었다 쓰면, 다른 무엇보다 새로운 이야기를 만들어낼 때의 흥분이 사라져버린다는 점 때문에 내리 써내려갑니다. 뭐니 뭐니 해도 글쓰기는 영감이 가득한 일종의 놀이라고 할 수 있지요. 그러니 도저히 손댈 수 없을 만큼 뜨겁고 싱싱할 때 얼른 써버린답니다.

Q　서로 강조점은 다르지만, 인식은 같이하고 있는 모양이군요. 나탈리 골드버그는 글쓰기에 입문한 사람들이 넘어서야 할 산이 무엇인지 말하는 데 초점을 맞추고 있지요. 첫 생각은 대개 신선함과 영감으로 이어지게 마련인

데, 사회적 체면이나 내면의 검열관에 방해받으면 글을 써낼 수 없다고 여기는 거지요. 그래서 "당신의 글쓰기를 누르던 자아라는 짐을 벗어던지는 순간 당신은 인간적 감정과 인생의 단면이라는 파도를 타고 더 큰 조류를 향해 나가고 있는 것이다"라고 말하지요. 나탈리 골드버그가 강조한 것을 요약하면 다음과 같습니다.

첫째, 손을 계속 움직여라. 그러지 않으면 쓰는 글을 조절하려고 머뭇거리게 된다. 둘째, 편집하려 들지 말라. 설사 쓸 의도가 없는 글을 쓰고 있더라도 그대로 밀고 나가라. 셋째, 철자법이나 구두점 등 문법에 얽매이지 말라. 넷째, 마음을 통제하지 말라. 마음 가는 대로 내버려두어라. 다섯째, 생각하려 들지 말라. 논리적 사고는 버려라. 여섯째, 두려움이나 벌거벗고 있다는 느낌이 들어도 무조건 더 깊이 뛰어들라.

스티븐 킹   전적으로 동의합니다. 거기에서 한 걸음만 더 나아갑시다. 저는 '두드려라, 그리하면 쓰일 것이다' 주의입니다. 뮤즈(Muse)는 분명히 존재하지만, 가만히 있는데도 집필실에 날아들어 컴퓨터에 마법의 가루를 뿌려주지는 않지요. 저는 뮤즈는 지하실에 살고 있다고 말합니다. 우리가 그곳으로 내려가야 합니다. 평소 제가 '소설이란 땅속의 화석처럼 발굴되는 것'이라고 말하는 것도 이와 연관이 깊지요. 낑낑거리며 힘겹게 노력하지 않으면 뮤즈는 절대 도와주지 않습니다. 뮤즈를 무시할 수 있다면 얼마나 좋겠습니까. 그러나 뮤즈에게는 영감을 주는 능력이 있습니다. 그 작자는 창작의 지평을 열어주는 마술이 가득한 자루를 가지고 있는 겁니다. 그러니 우리가 할 일이란 뮤즈가 올 때까지 넋 놓고 기다리는 것이 아니라, 열심히 쓰다 보면 어느새 날아온 뮤즈의 도움을 받을 수 있다는 겁니다.

Q   뮤즈도 스스로 노력하는 이에게만 나타난다는 말씀이군요. 좋은 말씀입니다. 다윈이 쓴 자서전《나의 삶은 서서히 진화해왔다》(이한중 옮김, 갈라파고스, 2003)에 글쓰기에 관련된 내용이 나옵니다. "전에는 글을 쓰기 전에 문장에 대해 생각해보곤 했다. 하지만 최근 몇 년간은 전체 내용을 생각나는 대로 일단 휘갈겨 쓴 다음 절반으로 줄이고, 마지막으로 제대로 교정을 보면 시간을 줄일 수 있다는 것을 알게 되었다. 그런 식으로 휘갈겨 쓴 글이 공들여 쓴 것보다 더 나은 경우가 많았다." 멈추지 말고 쓰고, 쓴 내용을 줄이면 좋은 글이 된다는 주장입니다.

스티븐 킹   글쓰기에는 왕도가 없다고 하지만, 어떻게 보면 왕도가 있는 듯도 합니다. 글 써본 사람들이 공통적으로 하는 말이 바로 그것이라 보면 되겠지요. 저도 다윈의 생각에 공감합니다. 수정하는 요령에 대해서는 각별히 저만의 수사학을 곁들여 설명해보도록 하지요.

글을 다 썼다는 것은, 말하자면 밀가루 반죽을 마친 것과 같습니다. 이제 오랫동안 묵혀두어야 하지요. 반죽을 한동안 그대로 놓아두어야 발효가 되잖아요. 저는 한 편의 장편을 끝낸 다음에는 적어도 6주 정도 푹 묵혀둡니다. 그 정도 지난 다음에 비로소 서랍에서 원고를 꺼내지요. 어느 때에는 제가 쓴 원고가 마치 고물상에서 산 골동품처럼 낯설어 보이는 경우도 있습니다. 바로 이것이 목적한 바입니다. 연필을 들고 원고를 읽어나가다 보면 명백한 허점들이 발견되기 시작하는데, 저는 어느 자리에선가 그것이 트럭도 지날 만큼 크나큰 구멍이라고 말한 적이 있어요. 제가 검토 과정에서 주로 보는 것은, 과연 스토리에 일관성이 있는가, 반복되는 요소는 어떤 것들인가, 이 소설에서 내가 전달하려는 의미가 제대로 살아 있는가 정도입니다.

원고량 조절에 대해 너무나 소중한 경험이 있습니다. 이거 이렇게 '천기'를 누설해도 되는지 모르겠는데, 이왕 내친김에 다 털어놓겠습니다. 여기저기 잡지에 기고할 적 이야기입니다. 리스본 고등학교 3학년이었던 1966년 봄에 잡지사가 보낸 쪽지를 받았는데(잘 아시겠지만, 원고가 채택되면 구차한 쪽지 따위는 보내지 않는 법입니다), 그 쪽지 덕에 소설을 수정하던 방식을 완전히 바꾸게 되었습니다. 프린터로 인쇄된 편집자의 서명 아래 이런 명언이 적혀 있었습니다. "수정본 = 초고-10%" 해보면 알겠지만, 적절한 삭제 작업의 효과는 놀랄 만큼 즉각적인 경우가 많습니다. 얼마나 놀랍던지, 그 효과가 문학적 비아그라라고 부를 만하다고 너스레를 떨어도 될 정도지요.

Q 참 긴 시간 동안 이야기를 나누었군요. 더 할 이야기가 많지만, 너무 말을 많이 하다 보면, 이 대담만 읽고 당신이 심혈을 기울여 쓴《유혹하는 글쓰기》는 보지 않게 될까 염려됩니다. 어쨌든 천기누설을 감수하며 많은 이야기를 들려주셔서 감사합니다. 그리고 당신은 소설창작을 말하고 싶었을 텐데 사회자가 임의로 글쓰기 일반으로 제한해 대담을 이끈 점에 대해 미안하다는 말씀을 드립니다. 끝으로 독자들에게 한마디 해주시지요.

스티븐 킹 글을 쓰거나 소설을 창작하기 위해 학원이나 대학에 다녀야 하는지에 대해 저는 선뜻 동의하지 못합니다. 제가 쓴《유혹하는 글쓰기》나 다른 글쓰기 교재의 효과에 대해서도 마찬가지고요. 저는 소설 쓰기에 관한 중요한 교훈을 뉴 프랭클린 세탁소에서 모텔 침대보와 식당 식탁보를 빨면서 얻었습니다. 포크너는 미시시피 주의 옥스퍼드 우체국에서 근무하는 동안에 익혔지요. 다른 작가들도 그러했습니다. 누구는 해군에 일하면서, 누구는 제강소에서 일하면서, 또 누구는 '철창 호텔'에 복역하면서 기본기를 다졌습니다. 거듭 말하거니와, 많이 읽고 많이 써야 글을 잘 쓸 수 있습니다. 그리고 글쓰기에 관한 값진 교훈은 삶의 현장에서 수많은 시행착오를 겪으며 스스로 찾아 익히는 법입니다. 글쓰기의 모험에 나서는 모든 분의 건필을 빕니다.

2.
세 가지 키워드로
써보자

단락 중심의 글쓰기를 본격적으로
배우기 전에 그 요령을 익히기 좋은 방법이 있습니다. 세 가지 키워드
로 글쓰기. 이 방법은, 사이토 다카시가 쓴 《원고지 10장을 쓰는 힘》
(황혜숙 옮김, 루비박스, 2005)에 잘 나와 있습니다. 요령은 이렇습니다.

그 하나는, 자신이 말하고 싶은 것을 세 개의 열쇳말로 압축·정리
합니다. 그리고 그 세 개의 열쇳말을 연결해 글을 구성하는 훈련을 하
다 보면, 2백 자 원고지 열 장을 쓰는 것은 물론이요 백 장이든 천 장
이든 다 써낼 수 있다고 합니다. 이에 해당하는 지은이의 말을 딱 세
군데만 인용하면 다음과 같습니다.

"글을 쓰기 전에는 우선 키워드를 설정한 뒤에 메모하는 것이 중요하다. 누구든지 중요하다고 생각할 만한 핵심을 파악함과 동시에 자신이 흥미롭고 필요하다고 생각하는 것을 찾아내면 자신만의 색은 저절로 표출된다."

"키 콘셉트는 각각 다른 것을 세 개 선택해야 한다. 그리고 그 콘셉트 세 개를 연결하는 논리를 구축해나가야 한다. 이때 자신의 생각은 점점 더 분명해진다. 그래서 생각하는 힘이 필요하고, 또한 그 힘이 점차 향상되는 것이다. 그 과정에서 자신의 개성도 표출된다. 요컨대 세 개의 키 콘셉트는 그 문장 전체를 구성하는 세 개의 다리이다."

"서로 비슷하지 않은 세 개의 콘셉트를 얼마나 잘 연결시키냐는 전적으로 글쓴이의 능력과 재능에 달려 있다. 이것은 논리를 연결해가는 작업이기 때문에, 글쓰기를 하면 사고력도 자연스럽게 향상된다. 잘 썼다고 느껴지는 글은 전혀 상관없을 것 같은 요소들을 잘 연결하는 글이다."

이 책을 읽으며 글쓰기를 논리의 간척사업으로 보면 어떨까 하는 생각이 들었습니다. 망망대해에 인공 섬 세 개를 만들고, 이 섬을 잇는 방조제 사업을 한 다음에 흙을 부어 농토를 만드는 가상을 해보는 것이죠. 어떤 주제를 생각해냈다면 이를 뒷받침할 세 가지 키워드를 떠올려보고, 이 키워드를 각 단락의 핵심어로 생각해 단락을 꾸려나가면 한 편의 글이 완성됩니다. 말로 하면 이해하기 어려울 수도 있으니 예문을 보도록 하지요.

안철수에 대한 생각

달라졌을까? 안철수 전 교수가 82일간의 미국 체류를 끝내고 귀국한 다고 했을 때 떠오른 질문이다. 대선 당일 미국으로 떠날 정도로 결벽 증을 가진 사람이 그다. 과연 아사리판이라는 정치에 맞을지 의문을 갖던 차에 4월 재보궐선거 출마를 밝혔다. 이른 결정이 놀라웠고, 붙어보자는 결기가 반가웠다.

정치인 안철수는 다면체다. 국회의원 선거에 처음 나섰으니 정치 신인이다. 유력한 대통령 후보였으니 거물이다. 새 정치를 해보고자 하는 열망을 지닌 이상주의자이면서, 불출마를 선언한 민주당의 이동섭 위원장에게 정치 선배라고 고개 숙이는 현실주의자이기도 하다. 아직 보이지 않는 면이 하나 있다. 정치 지도자로서의 면모다. 혁신과 재구성의 과제 앞에 헤매고 있는 야권의 리더로서 새 정치와 더불어 큰 정치도 보여줘야 하는데, 아직 부족하다. 더 달라져야 한다.

괜찮을까? 안철수 전 교수의 재보궐선거 출마가 국회의원이 되고자 하는 꿈 때문은 아니리라. 더 뒤일 수도 있겠지만 일단은 2017년 대선 승리를 위한 대장정의 일환으로 이해된다. 시작의 타이밍은 좋았다. 새시대를 표방한 박근혜 대통령이 죽을 쑤고, 야권의 변화도 지지부진한 상황이다. 그런데 객관적 변수 때문에 기회가 주어졌을 뿐 그가 전면에 나서서 '만들어낸' 기회는 아니다. 갈 길이 멀고 험하다.

흔히 비전을 말하고, 정책을 거론한다. 대통령이 되고자 한다면 갖추어야 할 첫째 덕목들이다. 그런데 아무리 비전이 좋아도, 아무리 정책이

근사해도 그걸 감당할 사람이 그에 못 미치면 다 허사다. 결국 사람이 문제라는 뜻이다. 사람을 평가할 때에는 그가 지닌 매력도 중요하지만 관건은 리더십이다. 리더십은 막스 베버가 말하는 책임윤리의 차원이다. 스스로 옳다고 하는 신념을 고수하는 게 아니라 차이와 갈등 속에 필요하면 거래를 통해서라도 다수를 형성하고, 마침내 결과를 만들어 내는 게 리더십이라는 얘기다.

이번 선거에서 안철수 전 교수가 보여줘야 할 건 승리만이 아니다. 역할이 더 중요하다. 자신의 등장 그 자체가 아니라 던지는 메시지, 만나는 사람, 제시하는 그림을 통해 정치를 바꾸고, 야권이 달라지게끔 만들어야 한다. 자신이 빛나는 존재로 그칠 게 아니라 욕을 먹고 비판을 듣더라도 필요한 일이라면 주저 없이 감당하는 담대한 용기를 보여줘야 한다. 인기인에서 정치인으로, '어린 왕자'에서 '조르바'로 바뀌는 속화의 과정을 성공적으로 거쳐야 안철수는 '괜찮은' 선택으로 자리 잡을 것이다.

가능할까? 《명심보감》에 이런 말이 나온다. "재주 많은 사람은 못난 사람의 종이 된다." 알고도 속고, 모르고도 속는 것이 리더다. 싫어도 해야 하고, 두려워도 해야 하는 것이 리더다. 그래야 머리 좋고 아이디어가 넘치는 사람들이 그의 곁에서 함께 도전하고 그를 지켜줄 것이다. 앤드루 카네기의 묘비명에 이렇게 적혀 있다. "자신보다 나은 사람의 도움을 받을 줄 알았던 사람 여기 잠들다." 안철수는 뭘 하기 전에 꼼꼼하게 따지고, 잘할 수 있을까 고민한다. 그런데 이런 반듯함과 똑똑함이 자신을 가두는 벽이 될 수도 있다. 지도자라면 '못난 사람', 바보가 되어야 한다.

국회의원이 되기보다 잘하기가 더 어렵다. 안철수 못지않게 잘나고 똑똑한 사람들이 숱하게 국회에 들어갔지만 그저 그런 정치인으로 끝나거나 그치고 있다. 따라서 안철수 역시 300명 중 하나라는 수의 한계를 뛰어넘고, 거대 양당의 압박을 이겨내고, 새 정치의 명분이 자아내는 운신의 제약을 극복하는 게 쉬운 일은 아니다. 그러나 이 과정을 이겨내지 않고서는 그 어떤 성공이나 미래도 없다. 건투를 빈다.

— 이철희(두문정치전략연구소장), 〈한겨레〉, 2013. 4. 7.

이 글은 한 정치인에게 주는 충고입니다. 상당히 많은 사람이 지지하는 정치인이지만, 글쓴이가 보기에 염려되는 바도 큽니다. 그래서 그이가 성공한 정치인이 되려면 필요한 덕목을 말해주고 싶어 쓴 글입니다. 그런데 이 글을 쓰기 위해 글쓴이가 떠올린 열쇳말은 딱 세 가지입니다. 달라졌을까, 괜찮을까, 가능할까. 각 단락을 열쇳말을 중심으로 해서 소주제문을 만들었고, 각 단락은 서로 연계해 지은이가 꼭 말하고 싶은 대주제를 형성했습니다. 앞에서 길게 말한 글쓰기의 기본 요령이 다 반영된 글쓰기입니다.

3.
접속어 중심으로
써보자

단락 중심으로 글 쓰는 요령을 익히는 또 하나의 방법이 있습니다. 접속어 중심으로 글쓰기를 연습해보는 것입니다. 먼저 표와 이에 대한 설명을 잘 읽어보시기 바랍니다.

① 주장할지어다. 글을 쓰는 목적이 거기에 있으니, 두려워하지 말고 속에 감추지도 말지어다. 당당하게 말하라. 나는 이렇게 생각한다고.

② 근거를 댈지어다. 그리 하지 않으면 목청만 높은 사람이 될 뿐이다. 글을 왜 쓰는가. 누군가를 설득하기 위해서, 누군가의 공감을 얻기 위해서, 누군가와 같은 생각을 품기 위해서 아닌가. 드라큘라를 만나면 십자가를 내세워야 하는 법. 글을 잘 쓰려면 '왜냐하면'을 전가의 보

_____ ① _____ 이다.

왜냐하면   ②

예를 들면   ③

물론(그러나)   ④

그럼에도(하지만)   ⑤

그러므로   ⑥

도처럼 휘두를 것.

③ 팔레스타인 지역의 민중에게 하늘의 말씀을 전하던 예수를 기억하라! 예수께서는 이 모든 것을 비유로 군중들에게 말씀하셨다. 비유를 들지 않고는 그들에게 말씀하시지 않았다. 그리하여 예언자를 시켜 "나는 내 입을 열어 비유로 말하리니 세상 창조 때부터 숨겨진 것을 털어놓으리라" 하신 말씀이 이루어졌다.(마태복음 13장 34~35절)

인도 지역의 상처받은 민중들에게 진리를 전하던 부처를 기억하라!

그 성인들이 달을 가리키는 손가락으로 쓰던 것이 무엇이던고! 바로 예를 들어 설명하는 것이었나니. 추상적이고 보편적이고 관념적인 것을 구체적이고 실제적이고 살아 움직이는 것으로 만들려면 예를 들어 설명하라. 못 알아듣는다 구박하지 말고, 글 쓰는 이가 얼마나 친절하게 설명하려 들었는지를 반성해야 할 것!

④ 세상에 어찌 나만이 참된 진리를 거머쥘 수 있겠는가. 나와 다른 주장을 품고 있는 사람도 있다. 그렇다고 해서 그 사람의 주장 또한 내 진리를 폐기처분시킬 만큼 절대적이지는 않다. 일리가 있다는 말이다. 그 사람의 일리 있는 말을 무시하고 내 주장만 떠든다면, 이는 독불장군이지 않겠는가. 귀 기울여라, 떠벌리지만 말고. 가슴을 열어라, 다른 사람의 견해를 받아들이기 위해. 그리고 드러내라. 다른 주장 가운데 일리 있는 것이 무엇인지를. 믿나니, 글쓰기는 우리를 민주적인 시민으로 키우리라.

⑤ 그렇다고 자기주장을 포기하라는 것은 아닐 터. 일리 있는 문제 제기를 감안하더라도 본디 주장이 어떤 가치가 있는지 다시 한 번 강조하자. 사실은 이 대목에 힘을 싣기 위해 '그러나' 운운한 것 아닌가. 전략적 선택이었다는 점을 잊지 말 것. 그리고 여울을 지난 물살이 떠빠르고 센 법!

⑥ 아, 여기에 이르기 위해 우리는 그토록 많은 과정을 거쳐야 했던 것이다. 아흑, 돌아온 누이가 거울을 보듯 글을 마무리 짓자.

좋은 글은 잘 짜인 구조를 바탕으로 하고 있습니다. 잘 썼기 때문에 구조가 눈에 띄지 않을 따름입니다. 언론 현장에서 일하는 사람들은 무의식적으로 글의 구조를 체득하고 이를 바탕으로 짧은 시간에 집중해서 글을 써내지요. 워낙 현장에서 잔뼈가 굵은 데다 글 쓰는 기계처럼 훈련된 덕입니다. 어떤 면에서 글은 쓰는 것이 아니라 메우는 것인지 모릅니다. 얼개를 짜놓고 거기에 사유한 바를 퍼부으면 되니까요. 이런 식으로 글을 쓴다면, 아마도 글쓰기가 좀 더 쉽고 재미있지 않을까 싶습니다.

만약 일본 원자력 발전소 재가동을 주제로 칼럼을 써야 하는 상황이 되었다 가정하고 이 글을 접속어 중심으로 써보도록 하지요. 인터넷에서 관련 주제어를 검색해 내용을 숙지하고 쓰면 대체로 다음과 같은 내용이 아닐까 싶습니다.

2014년 총선에서 예상 밖의 지지를 얻어낸 일본의 아베 정권이 원자력 발전소 재가동 정책에 속도를 내고 있어 주변국 시민들의 불안의식을 높이고 있다. 잘 알다시피 일본은 2011년 3월 11일 동일본대지진 때 발생한 후쿠시마福島 제1원전 사고 이후 모든 원전의 가동을 중단한 바 있다. 그런데 니혼게이자이 신문 2일 자 보도에 따르면, 일본 간사이關西 전력의 다카하마高浜 원전 3·4호기(후쿠이 현 소재)가 재가동을 위한 안전 심사를 연내에 통과할 것으로 보인다고 한다. 이는 곧 모든 원전 재가동의 신호탄이 될 가능성이 큰바, 일본은 물론 동북아 시민들의 안전을 위해서도 아베 정권의 원전 재가동 획책은 즉시 중단되어야 한다.

왜냐하면, 지난 5월 일본 사법부의 판결대로 원전의 안전 기준과 대책이 부족하기 때문이다. 아베 정권의 원전 재가동 정책 어디에서도 재판부의 지적대로 "경제적 효율성이 인간의 생명과 직결되는 '인격권'을" 보장하는 철학을 찾을 수 없다. 더욱이 총선에서 원전 재가동을 공약으로 내세우지 않았는데도 선거에서 이기자 이 문제를 추진하는 것은 정치 도의에도 맞지 않는다. 국민의 생명을 담보로 하는 정책을 국민 의견을 묻지 않고 추진할 수는 없는 노릇이다. 끝으로 일부 시민단체에서 지적하듯 안전심사에 주민의 생명을 보호하려는 대피 대책이 없다는 점도 반대하는 이유다. 후쿠시마 원전사고에서 보듯, 만일의 사태에 지역주민들이 속수무책으로 당하는 꼴을 반복해서는 안 된다.

물론, 일본 정부의 고민을 모르지는 않는다. 우려와 달리 원전가동 중단으로도 블랙아웃 같은 극한상황을 겪지는 않았다. 그러나 화력발전에 대한 의존이 높아지면서 천연가스 등 에너지 수입비용이 급증하며 무역수지 적자 규모가 커지고 있고, 이런 상황이 약효가 떨어진 아베노믹스의 발목을 잡을까 두려워하고 있는 상황이다.

그럼에도 아베 정권이 성급하게 원전 재가동을 모색하는 것은 적절하지 않다. 에너지원 수입에 따른 무역수지 악화가 경기회복의 걸림돌이라는 주장은 과장된 면이 있기 때문이다. 더욱이 당국은 원전의 안전이 쓰나미 같은 자연재해 상황에서도 가능한지, 위기발생시 조기에 사고를 막는 시스템 구축이 잘 되었는지에 대해 확실하게 답변하지 못하고 있는 상황이다. 만약 지금 원전을 가동한다면 오로지 경제적 이익 때문이라는 이유만이 설득력을 얻게 된다. 한번 되물어보자. 후쿠시마 원전 사태를 겪고도 돈이 우선인가라고.

그러므로 아베 정권은 일본 시민의 반대뿐만 아니라 주변국의 심각한 우려를 고려해, 무리한 원전 재가동 획책을 중단해야 한다. 우리는 지금의 삶터를 미래 세대에게 빌려 쓰고 있을 뿐이다. 더욱이 일본 원전 문제는 우리에게도 큰 영향을 미친다. 고리 원전 1호기 수명 재연장 결정을 어떻게 해야 할까. 일본은 지자체의 동의가 없으면 원전을 재가동할 수 없다. 그러나 우리나라는 지자체에 그런 권한이 없다. 일본에서 우리의 미래를 보고 있는 셈이다.

대체로 정치 칼럼은 접속어 중심으로 씁니다. 현안에 대한 자신의 주장을 뚜렷이 정해놓지요. 그리고 독자들이 이를 동의할 수 있도록 구조를 짜게 마련입니다. 그 구조가 바로 표에 나온 겁니다. 이 구조는 자신이 내세우는 주장만 반복해서 말하는 것이 아니라, 그것의 문제점이 무엇인지 알고 있고, 대척점에 놓인 반대 주장의 근거에 대해서도 잘 알고 있음을 명시합니다. 더욱이 반대 주장에도 수용할 만한 일리가 있다고 인정하지요. 그럼에도 자신의 주장이 왜 더 적절한지 다시 입증해서 결론을 강화합니다. 상당히 세련되고 성숙한 글쓰기인데, 이 구조를 익혀 써보면 단락 중심의 글쓰기가 그리 어렵게 느껴지지 않을 겁니다.

4.

개요가 없으면

글을 쓸 수 없다

'개요'라고 하니까 좀 어렵게 느껴지나요? 그냥 설계도라 생각하면 됩니다. 전체 글의 주제는 무엇으로 하고, 이를 뒷받침하기 위해 단락을 어떻게 구성할 것인가를 미리 결정하는 일입니다. 그런데 개요 짜기에서 가장 중요한 점이 그동안 등한히 된 면이 있습니다. 특히 글쓰기 초보자들이 종종 간과하는 점입니다.

한 편의 글을 쓰기 위해서는 자신이 무엇을 주장할 것인지를 먼저 결정해야 합니다. 말하자면 핵심주장(대주제문)을 결정해야 이를 뒷받침할 주장(소주제문)을 고민하게 되지요. 소주제문은 각 단락의 주제를 일컫습니다. 어찌 보면 새로울 게 없는 내용인데, 강조하는 데는 이유가 있습니다. 글쓰기가 익숙하지 않은 이들은 글이라는 게 그냥 쓰다 보면 쓰이는 걸로 아는 일이 많습니다. 수필을 일컬어 '붓 가는 대로 쓴 글'이라 일컫기도 하니 그런 관점이 생기기도 하나 봅니다. 그러나 우리가 읽고 감동하고 좋다는 수필 가운데 정말로 그저 붓 가는 대로 쓴 글은 없습니다. 치밀하게 전략을 짜고 이를 높은 수준에서 이루어냈기에 읽는 이가 감동하는 겁니다.

대주제문을 미리 짜야 한다는 원칙이 잘 알려지지 않은 것은 우리가 읽는 순서에 익숙해서인지도 모르겠습니다. 한 편의 글을 읽을 적에, 우리는 서론을 먼저 읽고 본론을 읽은 다음 결론을 읽습니다. 그러다 보니 글을 쓸 적에 서론부터 고민하게 되지요. 많은 사람이 서론 고민하다 시간 다 보내고는 합니다.

단락 중심의 글쓰기는 자기가 말하고자 하는 바를 확정하고, 이를 뒷받침하는 단락의 소주제를 결정해서 쓰는 것입니다. 그래야 단락의 연계성과 통일성이 확보되고, 이렇게 쓴 글이 논리적이면서도 설득력이 높게 마련입니다. 아직도 이해가 되지 않는다면 철학자 강신주가 쓴 《철학, 삶을 만나다》(이학사, 2006)의 글 일부를 읽어보십시오. 삼단논법과 글쓰기가 유사하다는 점을 깨닫게 될 터입니다.

질문자의 마음속에서 삼단논법을 발견하려는 사유의 방향은, 전제와 결론이라는 순서와는 사실 대립되는 것이다. (중략) 다시 말해 질문자는 자신의 사유를 전제로부터 결론에 이르는 방향이 아니라, 오히려 거꾸로 결론으로부터 전제에 이르는 방향으로 진행시키기 때문이다.(전통적 논

리학의 그리스적 기초)

칸의 주장에 따르면, 삼단논법의 순서는 우리의 사유 순서와 반대로 되어 있습니다. 살인사건의 경우를 예로 들어볼까요? 만약 살인사건이 발생했다면, 사건을 담당하게 된 형사는 먼저 어디에서부터 수사를 시작할까요? 그는 아마 용의자를 찾으려고 할 것입니다. 다시 말해 그는 살인범일 가능성이 있는 사람들을 먼저 지목해본다는 것이지요. 그리고 얼마안 있어 용의자 A가 발견됩니다. 이제 이 담당 형사의 수사 방향은 다음과 같은 식으로 진행될 것입니다. "Ä가 살인사건의 범인이다. 그렇다면 그가 범인이란 증거는 무엇인가?" 이처럼 살인사건을 해결하려는 형사도 삼단논법의 경우와 마찬가지로 어떤 주장을 먼저 내세우고 이어서 그 주장의 근거를 찾는다고 말할 수 있지요. 만약 특정한 사람을 용의자로 먼저 지목하지 않는다면, 그 형사는 어떻게 살인사건을 해결할 수 있겠습니까? 물론 용의자가 없어도 수사가 가능하다고 생각하는 분이 있을 수 있습니다. 그러나 만약 모든 사람을 용의자로 가정한다면 아마 수사는 매우 오랫동안 더디게 진행될 것이고, 십중팔구는 영구히 미제 사건으로 남을 수밖에 없겠지요.

그렇다면 이제 이 삼단논법이란 것이 허구적이거나 완전히 관념적인 것만은 아니라는 인상을 받았을 겁니다. 특히 삼단논법이 중요한 것은 논증이 구성되는 순서, 즉 대전제 → 소전제 → 결론이라는 순서가 우리가 생각하는 순서와는 반대로 구성되어 있다는 점입니다. 무엇보다도 먼저 우리는 어떤 무엇인가를 주장해야 합니다. 만약 누군가가 이 주장에 반론을 제기한다면, 오직 그 경우에만 우리의 사유는 대전제와 소전제로 이동하게 됩니다. 그러나 과연 우리의 사유는 대전제와 소전제에서 완전히 멈추게 될까요? 결코 그렇지 않습니다. "소크라테스는 죽는다"는 주장을 입증하기 위해서, 우리는 "모든 사람은 죽는다"와 "소크라테스는 사람이다"라는 전제를 내놓았습니다. 이때 상대방이 이 새로운 전제를 받아들인다면, 우리의 사유는 멈출 수도 있습니다. 그러나 불행히도 상대방이 이 전제마저 계속 의심한다면 그땐 어떻게 될까요? 다시 말해 상대방은 우리가 하나의 근거로 제시한 "모든 사람은 죽는다"라는 주장마저도 의심할 수 있다는 것이지요. 이렇게 되면 우리는 다시 그를 설득하기 위한 또 다른 전제를 생각해내야만 합니다. 만약 우리가 우리의 주장을 의심하는 상대방을 설득하겠다는 의지를 포기하지만 않는다면 말이지요.

—《철학, 삶을 만나다》, 54~55쪽

삼단논법에 대한 강신주의 설명은 글쓰기에도 그대로 적용할 수 있습니다. 내가 무엇을 말하고자 하는지 결정해야, 이를 뒷받침할 수 있는 내용을 정할 수 있습니다. 글 전체의 주제를 정하고 나서 각 단락의 주제를 고민하고, 이를 확정해야 비로소 글을 쓸 수 있게 됩니다. 이렇게 상상해보세요. 소크라테스는 일상을 상당히 도덕적으로 완벽하게 살았습니다. 당시 일반적으로 사회적 명사는 젊은 남자의 멘토 역할을 했는데, 두 사람이 성관계를 맺었던 것으로 알려져 있습니다. 소크라테스는 알키비아데스의 멘토 역할을 했는데, 당시 풍습과 달리 그는 정신적 어른 역할만 했습니다. 그러다 보니 감옥에서 독배를 마셔도 금세 죽지 않을 정도로 신체가 건강했습니다. 독 기운이 빨리 퍼지도록 감옥 안을 돌아다니기까지 했지요. 이 장면을 본 제자가 소크라테스 선생이 돌아가시지 않을 모양이라며, 그의 불멸 가능성을 말했다 쳐봅시다. 그렇다면 소크라테스를 가까운 거리에서 모셔온 플라톤이 아픈 마음을 참으며 말했을 겁니다. '소크라테스 선생은 돌아가신다'고 말입니다. 그러면 다른 제자가 물었겠지요. '왜 그러냐'고 말입니다. 이를 해명하기 위해 플라톤은 '모든 사람은 죽는다'는 말을 하고 '소크라테스 선생은 사람'이라는 말을 했을 터입니다. 소크라테스가 유혹을 받을 때마다 그를 지켜준 데몬이라는 신이 있기는 했습니다만, 소크라테스는 석수장이 아버지와 산파인 어머니에게서 태어난 분명한 사람이었으니까요. 주장하는 바를 정해야 대전제나 소전제를 구상할 수 있는 법입니다.

조심해야 할 점은, 글을 쓰기로 하자마자 주제를 정하는 것은 아니라는 것입니다. 무엇을 써야 할지 숱하게 고민하다 그 어떤 하나를 최종적으로 결정하지요. 이 과정에서 별의별 것들이 떠오르게 마련입니다. 써야 할 주제는 생각나지 않고 본문만 생각나거나 서론의 첫 구절만 자꾸 생각나는 때도 많습니다. 그런 혼란 가운데 쓰고자 하는 글의 핵심주장을 낚아채야 하고, 이를 바탕으로 개요를 짜야 하는 법입니다. 개요 짜는 법은 다음 페이지에 실린 것과 같습니다.

개요표를 짰다면, 이를 바탕으로 글을 써나가면 됩니다. 물론, 쓰다 보면 개요표랑 달리 쓰이기도 하고, 개요표를 잘못 짰다는 사실을 뒤늦게 발견하기도 합니다. 그럼에도 글을 쓰기 전에 개요표 짜는 것은

대주제문 (혹은 결론)			
본론	첫째 단락	주장:	근거:
	둘째 단락	주장:	근거:
	셋째 단락	주장:	근거:
서론	관심 환기		
	문제 제기		

반드시 거쳐야 할 첫 번째 단계입니다. 이것이 익숙해지지 않으면 글쓰기가 늘어나지 않습니다. 그러니, 개요표를 짜자마자 쓰지 말고, 개요표를 면밀히 검토하고, 머릿속으로 먼저 글을 써보며 문제가 있나 확인해보는 것이 좋겠지요.(토론을 하면 개요를 수월하게 짤 수 있습니다. 머릿속을 떠도는 막연한 내용을 구체화할 수 있지요. 독서토론을 잘 활용해보기 바랍니다.)

개요표를 바탕으로 글을 쓴다면 본문은 그리 큰 문제가 없을 터입니다.(단락 중심의 본문 쓰기는 다음 장에서 자세히 다룹니다) 대체로 글쓰기가 익숙하지 않은 이들은 서론 쓰기를 힘들어하더군요. 이에 프랑스 바칼로레아 논술 시험을 바탕으로 김화영 선생이 엮은 《논술의 7가지 열쇠》(창, 1994)를 바탕으로 몇 가지 알아두어야 할 점을 밝혀놓겠습니다.

서론은 글을 읽을 사람이 글쓴이가 다룰 주제가 무엇인지 모른다는 가정 아래 써야 합니다. 논술시험을 볼 적에 써야 할 주제가 문제 형식으로 제출되니, 글을 쓰며 이를 빼먹기도 하는데, 절대 그러면 안 됩니다. 글은 어떤 문제에 대해 글쓴이의 생각을 드러내는 마당입니다. 그러니, 서론은 그 글에서 다룰 문제가 무엇인지 정확히 드러나야 합니다.

글을 많이 써보지 않은 이들은 서론을 너무 거창하고 길게 쓰기 마련입니다. 어릴 적 한여름에 펌프 물이 마를 때가 있었습니다. 아무리 펌프질을 해도 물이 나오지 않죠. 그런데 놀랍게도 한 바가지 물을 퍼 넣고 펌프질하면 잘 나옵니다. 그런데 그때 다시 나온 펌프 물은 흙탕 물이기 일쑤입니다. 맑은 물이 나올 때까지 펌프질을 하고 나서 새 물을 받아 먹지요. 이것저것 고민해서 서론을 쓰면 처음에 나온 서론은 꼭 흙탕물 같습니다. 욕심도 많이 냈고 어깨에 힘도 들어가 있게 마련이지요. 그렇다면 그 글은 아쉬워하지 말고 삭제하는 게 낫습니다. 서론은 기본적으로 가볍고 날렵하면서도 짧게 쓰는 게 좋습니다. 익숙해질 때까지는 전체 글의 5분의 1 정도만 서론이 되도록 노력해보아야 합니다. 서론을 구상할 적에는 먼저 서론의 핵심인 문제제기를 확실히 하고, 읽는 이의 관심을 끌 만한 화젯거리를 생각해보는 게 낫습니다.

결론도 쉽지 않습니다. 이미 무엇을 말할지 정해놓고 개요표를 짰고 이를 바탕으로 글을 썼음에도 결론이 인상 깊지 않은 경우가 많지요. 결론을 단순히 요약이라 여겨 빚어지는 일입니다. 결론은 글 전체의 주제의식을 단 한 줄로 정리할 만한 구절이 들어가 있어야 합니다. 잘 쓰인 결론은 지금껏 해온 논증의 필연적 귀결이면서, 서론과 본론을 종합하는 역할을 해야 합니다. 이런 점을 신경 쓰지 않으면 억지로 쓴 듯한 결론, 진부한 결론, 본론을 새삼 반복하는 결론, 급조한 결론, 부분적인 결론을 쓰기 십상입니다. 이 역시 처음에는 어렵겠지만 좋은 글을 반복해서 읽고 분석하는 연습을 하면 금세 익힐 수 있습니다.

이제 남은 것은 문장입니다. 어떤 문장이 좋을까요? 이름하여 문장론의 십계명을 밝히면 다음과 같습니다.

문장론 십계명

첫째, 문장이 길면 짧게 줄여야 합니다. 복문을 쓰지 말고 단문을 써야 합니다.

둘째, 한 문장에는 하나의 생각만 담아야 합니다.

셋째, 미사여구가 좋다는 생각을 버려야 합니다.

넷째, 수동태는 가능한 한 쓰지 말아야 합니다. 우리말 문법에는 수동태가 없습니다.

다섯째, 영어의 영향을 받아 '만들다' '가지다'를 남발합니다. 문맥에 맞게 다양하게 표현해야 합니다.

여섯째, 강조하기 위해 '～ㄴ 것이다'라는 어투를 쓰는 경우가 많습니다. 그냥 '이다'로 맺는 버릇을 들여야 합니다.

일곱째, 접속어는 가능한 한 적게 쓰는 게 좋습니다.

여덟째, 주술관계가 명확한지 잘 살펴보아야 합니다.

아홉째, 부사어가 자주 나오면 글의 격이 떨어집니다.

끝으로, 항상 읽는 사람을 염두에 두고 글을 써야 한다는 점을 그야말로 염두에 두어야 합니다.

2장
/
글 쓰는 요령,
유형별 글쓰기를
익히자

단락 중심의 글쓰기를 익히는 기본에 대해서는 모두 설명했습
니다. 이제 이를 바탕으로 유형별로 글을 쓴 사례를 보며 실지
로 글 쓰는 요령을 익혀볼까요? 다시 말하지만, 단락 중심의
글쓰기는 각 단락이 전체 주제와 관련된 단락의 연계성과, 한
단락의 모든 요소가 소주제문을 중심으로 뭉쳐야 한다는 단락
의 통일성을 꾀해 전달력 높은 글이 되도록 하는 전략입니다.
바로 이 생각을 확장해 각 단락을 어떤 식으로 구성하면 논리
적 설득력이 높은 글이 되는지 고민한 결과가 유형별 글쓰기
입니다. 물론, 실제로 우리가 보는 많은 글은 각 유형을 창조
적으로 응용한 글입니다. 더 설득력 높은 글을 쓰기 위한 토대
로 유형별 글쓰기를 잘 익혀두면 두루 도움이 됩니다. 유형별
글쓰기를 강조한 책으로는, 《논술의 7가지 열쇠》(김화영 편역,
창, 1994), 《글쓰기의 전략》(정희성 이재모, 들녘, 2005), 《대학글
쓰기 세계와 나》(김진해 외, 경희대학교 출판문화원, 2012), 《글쓰
기가 처음입니다》(백승권, 메디치, 2014) 등이 있습니다. 다음의
내용은 이들 책과 기본적인 정신을 같이하고, 이 책들의 내용
에 많이 기대고 있습니다.

　　　　　　　　우리가 보는 글 가운데 자신의 주
장을 뒷받침하는 근거를 드는 방식으로 가장 흔한 것이 있습니다. 각
단락의 첫머리를 '첫째, 둘째, 셋째' 하는 식으로 시작하는 것이지요.
이것을 목록작성형이라 합니다. 이런 글은 자신의 주장을 확실히 증명
해야 할 때 많이 쓰지요. 말하기와는 달리, 약한 근거를 앞에 두고, 강
한 근거는 뒤에 둡니다. 음악 용어로 치면 '점점 세게'가 되겠지요. 이
렇게 단락을 구성하면, 읽는 이의 논리력이 상승하거나 발전하고 있다
는 인상을 줍니다. 특히 각 단락은 적절한 예를 들어 설명해야 하는지
라 글이 구체성을 띠는 장점도 있습니다. 그럼, 예문을 보지요.

괴로우나 즐거우나 대통령과 함께

반성한다. 현 대통령에 대해 불신과 회의를 가졌던 것을. 지난 2년의 관찰 결과 현 대통령에 대한 의심은 모조리 근거 없는 것으로 결론 났다. 굳이 변명을 하자면, 이게 다 주변에 좌파들만 득실댄 탓이었다. 그들의 주장을 하나하나 반박해본다.

첫째, 좌파들은 말했다. 대통령이 아는 게 없어서 국정운영을 잘 못할 거라고. 아니었다. 지난해 11월, 청와대에 비선 조직이 있으며 국정에 개입했다는 내용의 문건이 언론에 보도됐다. 대통령은 일갈했다. "터무니없는 얘기이자 찌라시에나 나오는 얘기다." 검찰수사 결과 비선 얘기는 모조리 허위로 드러났다. 정말 신기하다. 대통령은 그 문건이 허위인 걸 어떻게 알았을까? 한번 보는 것만으로 진위 여부를 알아낸 분은 우리 역사를 통틀어도 딱 한 분 나온다. 관심법이라는 신묘한 기술을 개발한 궁예 씨. 하지만 궁예는 왕건을 살려둠으로써 비참한 최후를 맞게 되는데, 청와대에서 일어나는 모든 일을 다 알고 있는 우리 대통령이야말로 궁예가 못 이룬 관심법을 완성한 게 아닌가 싶다.

둘째, 좌파들은 또 말했다. 대통령이 뭐가 중요한지를 몰라 나라를 혼란스럽게 만들 거라고. 아니었다. 사안이 있을 때마다 대통령은 국가에서 우선시되는 가치가 뭔지를 알려줌으로써 혼란을 미연에 방지했다. 예컨대 비선 조직 파문이 보도된 직후 대통령은 말했다. "청와대 문건 유출은 국기문란 행위"라고. 이렇게 대통령이 깔끔하게 정리해준 덕분에 국민들은 잘못된 행동을 하는 것보다 그걸 문건으로 만들어 외부로 유출하는 게 더 나쁘다는 것을 알게 됐다. 또한 NLL 문건처럼 국가의 기밀을 담은 문건은 얼마든지 외부에 유출할 수 있지만, 별 내용이 없는 찌라시는 절대 외부로 유출하면 안 된다는 것도 아울러 알게 됐다.

셋째, 좌파들은 이런 말도 했다. 대통령이 민주주의를 잘 몰라서 공포정치가 이루어질 것이라고. 아니었다. 대통령은 누구보다도 민주주의를 잘 알고 있었고, 민주주의가 위기에 빠졌을 때마다 몸소 구해내기까지 했다. 그 대표적인 예가 통합진보당(진보당) 해산. 이석기 전 의원이 실제로 폭력혁명을 시도했는지 입증해내지 못했고, 그의 생각이 진보당 의원들 전체의 생각과 같다고 할 수는 없지만, 현 정부는 헌법재판소의 힘을 빌려 진보당을 해산시켰다. 원래 민주주의는 한 집단의 일부라도 생각이 비뚤어졌으면 그 집단 전체를 손봐야 하는 체제다. 예를 들어 어떤 학생이 그 학교의 이념을 따르지 않는다면, 그 학생이 속한 반 전체를 해산시키는 게 민주주의의 원칙에 들어맞는다. 진보당 해산 후 대통령이 "자유민주주의를 지킨 역사적 결정"이라며 헌재의 결정을 치하한 것은 그런 이유다.

넷째, 좌파들은 이렇게 말하기도 했다. 대통령이 사람을 데려다 쓰는 데 문제가 있을 것이라고. 아니었다. 전 세계적 관심을 모으며 그만둔 윤창중 대변인을 비롯한 수십 명의 실패 사례를 제외한다면 대통령의 인사는 정말이지 환상적이었다. 예를 들어보자. 대통령 직선제 이후 최장수 총리는 이명박 정부에서 2년 5개월간 총리를 지낸 김황식 씨다. 현 정부 들어 총리로 임명된 정홍원 총리는 앞으로 6개월만 더 버티면 최장수 총리의 기록을 깬다. 더 주목해야 할 점은 정 총리가 중간에 한

번 사표를 냈다가 반려된 헌정사상 최초의 총리라는 것이다. 사표를 낸 60일 동안 다른 사람을 몇 명 지명했음에도 불구하고 다시 정 총리가 유임된 것은 애당초 그를 임명한 대통령의 눈이 얼마나 정확했는지를 말해준다. 이 정도면 인사의 신이라 불러도 무방할 듯싶다.

다섯째, 그래도 좌파들은 말했다. 대통령이 하는 일이 없이 빈둥빈둥 놀 것이라고. 아니었다. 유진룡 전 문화체육관광부 장관에 의하면 문화부 간부 직원에 대한 인사조치를 박근혜 대통령이 직접 지시한 적이 있다고 했다. 이게 놀라운 이유는, 한 나라의 대통령이 일개 부처의 국장, 과장 인사에 관여하는 일이 무척 드물기 때문이다. 이 정도로 꼼꼼하게 인사를 챙기는 대통령이 세상에 어디 있단 말인가? 이게 끝이 아니다. 이 인사에 대해 청와대 측은 대통령이 관여했다는 사실을 줄곧 부인해왔다. 왼손이 하는 일을 오른손이 모르게 하라, 범인들은 꿈도 꾸지 못할 이 말을 대통령이 실천하고 있었다니, 아내한테 설거지 몇 번 해준 걸로 동네방네 떠들고 다닌 스스로가 부끄럽다.

여섯째, 좌파들은 여전히 말했다. 창조경제가 말만 그렇지 실제로 창조하는 게 뭐가 있겠느냐고. 아니었다. 서울시에서 공무원으로 일하던 유우성 씨는 현 정부 들어 간첩으로 만들어졌다. 이 과정에서 국정원의 헌신적인 노력이 있었다는 게 드러났다.

우리는 이런 대통령을 모시고 있다. 지금까진 잘 몰라서 그러지 못했더라도, 새해부턴 대통령을 무조건 믿고 따르자. 대통령이 곧 국가고, 대통령을 불신하는 건 국기문란이니까.

—서민(단국대 의대 교수), 〈경향신문〉, 2015. 1. 6.

목록작성식은 모든 글쓰기의 기초가 되지요. 특히 단락의 연계성과 통일성이 얼마나 중요한지도 잘 보여줍니다. 이 글은 서민 교수 특유의 반어법이 깔려 있지만, 결국에는 자신의 주장을 뒷받침하기 위해 적절한 근거를 들어 썼습니다. 목록작성식을 익히려면 일상 대화를 이런 식으로 하는 것도 좋습니다. 예를 들어 사장님한테 연봉을 올려달라고 말한다 칩시다. 그러면 그 이유를 세 가지 정도 들어 말해야겠지요. 최근 동향을 보면, 동종업계에 임금인상이 잇따르고 있어 우리 회사의 인상도 불가피하다는 식으로 서론을 쓰고, 인상이 필요한 이유를 '첫째는, 둘째는, 셋째는' 하고 듭니다. 그리고 결론으로는 노동생산성 향상과 애사심을 높이려면 연평균 얼마 정도를 올리는 게 적절하겠다 갈무리하면 되겠지요. 글을 쓰듯 말하는 훈련을 해보면 글쓰기도 늘어납니다. 당연히 말도 조리있게 잘한다는 칭찬도 듣겠지요.

2.
에피소드형
글쓰기

에피소드형은 가장 흔하게 쓰는 구성방식입니다. 그리고 책 읽고 글쓰기에 가장 적합한 방식이기도 합니다. 내가 겪은 일이나, 보거나 읽은 매체를 바탕으로 글을 쓰면 되지요. 여기서 우리는 이미 오래전에 글쓰기 교육을 받았다는 사실을 환기하게 됩니다. 어린 시절, 겪었던 일을 소재로 글을 쓰는 숙제를 한 것이 바로 일기입니다. 읽은 책을 바탕으로 글을 써보란 숙제는 독후감이었지요. 물론, 억지로 한지라 실력을 키우는 데 도움이 되지는 않았겠지만, 지금은 열심히 써야 글쓰기 능력을 키울 수 있습니다. 농담 삼아 말하자면, 일기라 하면 싫을 터니, 성찰적 에세이라 생각하고 써보기 바랍니다. 독후감이라 하면 지겨울 터니, 분석적 서평이라 생각하고 쓰기 바랍니다.

　에피소드형 글쓰기에서 주의할 점이 있습니다. 내가 겪은 일이나 읽고 본 매체의 내용을 요약하는 데 그쳐서는 안 됩니다. 이러한 에피소드에서 내가 느끼고 깨달은 바가 무엇인지 밝혀야 좋은 글이 됩니다. 더불어 상투형으로 의미부여하지 않도록 유의합시다. 글을 다 읽어보았더니 뻔하다면 누가 그 글이 좋다고 하겠습니까? 거듭 고민하여 자신만의 사유가 오롯이 펼쳐질 수 있도록 애써야 합니다. 예문을 보면 금세 이해될 겁니다.

펭귄의 메시지

　내 어린 시절 이루지 못한 꿈 중 하나는 냉장고에서 펭귄을 키워보는 것이었다. 애완동물이라곤 그 흔한 강아지 한 마리 키워본 적 없을 정도로 동물을 무서워했지만, 펭귄은 왠지 친근해서 대화가 될 것만 같았다. '새'지만 날지 못하고, 피하지방이 하도 두꺼워서 남극에서도 동상에 걸리지 않는다는 비만 동물 펭귄. 이 남극 신사의 매력은 그 외모에서 풍기는 왠지 모를 엉뚱함과 발랄함에 있지 않나 싶다.
　컴퓨터 운영체계의 하나인 '리눅스'를 개발한 리누스 토발스에 따르면, 오스트레일리아에선 '펭귄 중독'이란 병이 있다고 한다. 펭귄에게 물리면 걸리는 병인데, 물리자마자 그 즉시 펭귄과 사랑에 빠지게 되는 것이 이 병의 증세다. 자신도 리눅스의 마스코트를 생각할 때 계속 펭귄의 이미지가 머릿속을 떠나지 않았는데, 그 이유가 아마도 오스트레일리아 동물원에서 우연히 펭귄에게 물린 적이 있었기 때문인 것 같다는 농담으로 '펭귄 중독'은 더욱 유명해졌다. 기억은 안 나지만, 나도 어렸을 때 서울대공원에서 펭귄에 물린 적이 있는 모양이다.

그러나 펭귄들의 기나긴 생태 여정을 감동적으로 담아낸 자연 다큐멘터리 〈펭귄: 위대한 모험〉을 본 사람들이라면, 펭귄에 물리지 않고도 펭귄과 사랑에 빠졌을 것이다. 지난해 개봉해 미국과 프랑스 등지에서 폭발적인 인기를 끌었던 이 작품은 펭귄 중에서도 가장 덩치가 큰 황제펭귄들의 눈물겨운 생존 투쟁을 보여준다.

남극에 서식하는 황제펭귄들은 짝짓기 시기가 되면 1년 내내 굳은 땅이 존재하고 혹독한 날씨 덕에 천적도 접근할 수 없다는 '오모크'란 곳으로 이동해 알을 낳는다.(모든 황제펭귄은 고향이 똑같다는 얘기다) 알을 낳느라 지친 어미는 알을 수컷에게 맡긴 뒤, 자신은 태어날 새끼에게 먹일 먹이를 구하러 바다로 떠난다. 그리고 수컷은 아무것도 먹지 못한 채 석 달 동안 굶주리며 알을 품는다. 알이 부화되면 어미는 돌아와 알에서 나온 새끼를 돌보고, 수컷 아비는 먹이를 구하러 다시 바다로 떠난다.

어미와 아비가 번갈아가며 먹이를 구해오는 동안 혹독한 추위와 눈보라를 견디며 살아남은 새끼들은 성장해 오모크를 떠나 다시 바다로 긴 여정을 떠난다. 부모 펭귄의 자식 사랑이 눈물겨운 만큼, 자식 펭귄의 홀로서기 또한 냉정하리만치 비장하다. 이들은 오랫동안 대양 이곳저곳을 돌아다니다가 짝짓기의 계절이 되면, 마법에 걸린 듯 다시 한 날 한 장소로 모이고 어미에게서 받은 사랑을 자신의 새끼들에게 되돌려준다.

이 작품이 웬만한 할리우드 영화보다 감동적인 이유는 우선 펭귄 부모의 자식 사랑이 눈물겹도록 절절하다는 데 있다. '편하게 태어나서 편하게 삶을 마감하는 생명체'는 정말이지 세상에 단 하나도 없는 것 같다. 세상에 어느 생명체의 부모가 펭귄 어미와 다르겠는가에 생각이 미치면, 자연스레 이 추운 겨울 거동이 불편하실 '내 부모'를 떠올리게 된다.

또 하나 감동적인 대목은 펭귄들이 극한의 추위에서 새끼를 키워내기 위해 고군분투하면서도 다른 펭귄들에 대한 협력과 배려를 잃지 않고 있다는 사실이다. 미국영화연구소(AFI)는 2005년 '올해의 사건'으로 이 영화를 선정하면서 '서로에게 관심을 갖는 공동체의 일부가 되자는 전 인류적 메시지를 담고 있기 때문'이라고 그 이유를 밝히기도 했다.

두 해 전 학교로 부임해 대학원생들과 '연구실'이란 걸 꾸리면서, 앞으로 전 세계적으로 재난재해로 고통받는 사람들에게 함께 성의 표시를 하기로 다짐했다. 내 나라 내 민족의 고통만이 아니라, 지구에 함께 사는 시민으로서 공동체 의식을 전 지구적으로 확장하자는 데 학생들도 흔쾌히 동의해주었다. 지구 반대편에서 수백 명의 사람들이 고통에 빠졌는데도 아무 일도 하지 않는다면, 그 자체로 '지구인 자격박탈'감이 아닌가 싶다.

펭귄에 관한 단상에서 거창하게 박애주의자 같은 메시지까지 이르게 돼 좀 멋쩍긴 하지만, 영하의 날씨에 펭귄처럼 종종걸음을 걷는 거리의 사람들을 보며 문득 이런 생각들이 떠올랐다.

― 정재승(KAIST 교수), 〈한겨레21〉, 2006. 1. 24.

두고두고 읽으며 글쓰기의 모범으로 삼을 만한 글입니다. 서론을 쓰는 방식도 세련되었고, 에피소드를 이끄는 방식도 눈에 띕니다. 다큐멘터리 내용을 요령껏 잘 요약해내고, 이것의 가치도 잘 돋을새김했습니다. 그런데 여기서 그치지 않고, 그 에피소드를 통해 자신이 깨달은 바가 무엇인지도 상투성의 늪에 빠지지 않고 잘 밝혀냈습니다.

3.
비교형
글쓰기

말 그대로 비교를 통해 자신의 주장을 펼치는 방식으로 글을 쓰면 됩니다. 어릴 적, 어머니 잔소리 가운데 가장 싫었던 게 남과 비교하는 거잖아요. 부모님께서 '엄친아' 어쩌구 하며 다른 친구들과 비교할 때 부아가 돋았던 기억이 생생할 겁니다. 자존심 상하니까요. 그런데 가만히 보면 어머니가 누군가 비교하며 이야기한 것은, 자식을 깎아내리기 위해서가 아니라, 그 아이처럼 무언가를 잘했으면 하는 바람이 있어서지요. 이 점을 명심해야 합니다. 왜 비교하지요? 비교를 통해 얻는 성찰적 사고가 핵심입니다.

달리 말하면, 내가 말하고자 하는 바를 비교형으로 써야 더 잘 전달할 수 있기에 이 유형으로 단락 구성을 한다고 보면 됩니다. 비교되는 요소가 한 단락 안에 들어 있거나, 비교되는 사항이 한 단락씩 있는 방식으로 구성할 수 있습니다.

두 대통령 이야기

두 대통령이 만났다. 두 대통령이 모두 여성이라서 더욱 주목을 받았다. 두 대통령의 인생 여정이 닮은꼴이라며, 유수 언론들이 경쟁적으로 보도했다. 두 대통령이 다정하게 머리를 모은 사진도 곁들여졌다.

한 대통령은 전직 소아과 의사였다. 두 번 이혼했고, 세 자녀 중 한 명은 미혼모 상태에서 낳았던 싱글맘이다. 젊은 시절, 군사독재정권에 저항하다 국외로 추방돼 망명 생활을 했다. 공군 장성 출신인 그녀의 아버지는 군사 쿠데타에 반대하다가 형무소에서 고문을 받아 사망했다. 다른 대통령은 전직 대통령의 딸이다. 초등학교 시절부터 18년 동안 대통령 관저가 자신의 집이었고, 몇 년 동안 '영부인' 역할을 대신했다. 군사 쿠데타로 집권한 그녀의 아버지는 안가에서 파티를 하던 중에 심복 부하의 총에 맞아 사망했다.

한 대통령은 집권한 뒤, 남녀 동수로 내각을 구성했다. 자신과 그녀의 아버지가 군사독재정권의 피해자였지만, "증오를 거꾸로 돌리는 데 내 삶을 바치겠다"며 국민의 상처를 보듬고, 가해자를 용서했다. 다른 대통령은 집권한 뒤, 권력기관의 수장과 정부 요직을 특정 지역과 계파 출신으로 채웠다. 그녀의 아버지가 일으킨 군사 쿠데타는 구국의 혁명이었고, 헌법을 부정한 인권 유린은 불가피한 조치였다며, 자신의 상처를 보듬고, 아버지를 용서했다.

한 대통령은 그녀의 첫 번째 임기 동안 무려 3,500개의 국립 보육시설을 만들었다. 하루에 2.5개꼴이었다. 그 덕분에 여성은 일을 할 수 있게 되었고, 미혼모는 학교에 다닐 수 있게 되었다. 출산율도 가파르게 올랐다. 그 당시 이 나라의 1인당 국민소득은 9,400달러였다. 다른 대통령은 아이 키우는 것을 국가가 책임지겠다고 약속했었다. 그러나 임기 첫해부터 보육비용을 지방정부의 부담으로 떠넘겨 소란을 일으키더니, 그 후에는 아이들 점심밥을 먹이는 것과 아이들 돌보는 것 중 하나를 선택하라고 국민을 몰아세웠다. 그녀의 임기 2년 동안 290여 개의 공립 보육시설이 늘어났다. 그러나 이조차도 대부분은 중앙정부가 아닌 지방정부의 노력으로 만들어진 것이었다. 그녀가 대통령으로 취임한 첫해의 1인당 국민소득은 2만 4,000달러였다.

한 대통령은 무상교육과 공교육 강화를 위해 법인세를 인상하겠다고 공약했다. 선거 기간 내내 재계의 반발이 계속됐지만, 그녀는 취임 20일 만에 이를 위한 법안을 발표했다. 몇 달 후 이 법안은 의회를 통과했다. 다른 대통령은 고교 무상교육과 대학 반값 등록금을 공약했다. 이것을 증세 없이 실현하겠다고 장담했다. 취임 3년차에 접어든 지금, 고교 무상교육 공약은 흔적도 없이 사라졌고, 반값 등록금 공약도 사실상 폐기됐다. 그리고 '증세 없는 복지'는 '복지 없는 증세'로 둔갑했다.

한 대통령은 최근 아들 부부의 비리 의혹으로 곤경에 처했다. 어머니가 현직 대통령이었지만, 아들 부부는 검찰에 소환돼 조사를 받았다. 그녀

자신은 아들 부부의 비리와 관련이 없는 것으로 밝혀졌지만, 그녀는 국민 앞에서 공개 사과했다. 다른 대통령도 동생의 비리 의혹으로 곤경에 처했었다. 그녀는 "동생이 아니라면, 아닌 것"이라고 의혹을 일축했다. 최근에는 그녀의 측근들이 불법 정치자금을 받았다는 사실이 드러났다. 불법 정치자금의 일부가 자신의 선거비용에 사용된 것으로 알려졌지만, 그녀는 남의 일 이야기하듯 사임 의사를 밝힌 측근의 고뇌를 이해한다고만 했다.

한 대통령은 두 차례의 임기 동안 두 번의 지진을 겪었다. 수백 명의 국민이 사망했고, 수십만 채의 주택이 파손된 대형 재난이었다. 그녀는 지진이 발생한 새벽 시간에 본인이 직접 나서서 국민에게 상황 설명을 했고, 날이 밝자마자 여진이 계속되는 피해 지역으로 달려가 복구 활동을 이끌었다. 그 와중에 지진해일 경보가 발령되어서 주민들과 함께 대피하는 위험천만한 상황도 감수했다. 위기 상황에서 그녀의 리더십은 빛을 발했고, 국민은 안정을 되찾았다. 다른 대통령도 수백 명의 학생이 억울하게 수장되는 국가 재난을 겪었다. 그러나 촌각을 다투던 사고 발생 초기에 그녀의 모습은 보이지 않았다. 정부는 컨트롤타워 없이 우왕좌왕했고, 관계 부처와 기관은 책임 회피에 급급했다. 자식이 죽은 진상을 밝혀달라는 유가족의 호소는 지금껏 외면당하고 있다. 위기 상황에서 정권의 민낯이 드러났고, 국민은 국가가 나를 지켜줄 것이라는 믿음을 잃었다.

이 두 대통령이 닮은꼴이라고 하는 이유를 나는 알 수가 없다. 두 대통령 중의 한 명은 칠레의 바첼레트 대통령이다. 그리고 다른 한 명은 12

일간의 중남미 순방을 마치고 오늘 귀국하는 박근혜 대통령이다.

— 이진석(서울대 의대 교수), 〈경향신문〉, 2015. 4. 26.

　얼핏 보면 두 대통령을 단순히 비교하고 있는 듯하지만, 이를 통해 전하는 메시지는 상당히 강렬합니다. 비교형은 잘 구상하면 예문에서 보듯, 읽는 이가 상당히 재미있고 흥미로워하며 읽을 가능성이 큽니다. 그만큼 집중하게 되어 있지요. 단, 비교에만 초점을 맞추면, 메시지가 약해질 수도 있으니, 이 점은 늘 조심하시길 바랍니다.

　어떤 갈래의 글쓰기에라도 다 통할 기본적인 글쓰기 요령은 다 익힌 셈입니다. 이제 읽고 쓰기의 본령인 독후감과 서평 쓰기를 배워보도록 하지요.

3장
/
이제,
독후감과 서평에
도전하자

드디어 이 책의 본령에 이르렀네요. 이제 독후감과 서평 쓰는
요령을 익혀보려 합니다. 글쓰기의 요소로 지식, 구성, 문장력
을 꼽는다는 것은 말한 바 있습니다. 눈치 빠른 분은 벌써 독
후감이나 서평이 글쓰기를 배우는 데 얼마나 좋은지 알아챘을
겁니다. 책을 읽으면 지식을 얻습니다. 구성에 대해서는 앞에
서 배웠습니다. 문장력 역시 꾸준히 책을 읽어가면서 키우게
됩니다. 독후감이나 서평을 꾸준히 써서 글쓰기의 요령을 익
혀두면 나중에 다양한 갈래의 글을 손쉽게 쓸 수 있다는 뜻입
니다. 그러니 일단 독후감이나 서평 쓰기의 원칙을 알고 좋은
독후감이나 서평을 보아두는 것이 좋겠지요. 그래서 이번 장
에서는 앞에서 배운 단락 중심의 글쓰기 정신을 활용해 독후
감과 서평 쓰기에 필요한 다양한 요소를 톺아보겠습니다. 잘
읽으려면 써보는 게 좋다고 했고, 쓰게 되면 더 잘 읽게 된다
고 했습니다. 이런 과정을 되풀이하다 보면 다른 글도 두려움
없이 쓰게 됩니다. 단, 여기서 말하는 독후감이나 서평은 학교
에서 내주는 숙제나 리포트를 작성하는 데는 도움이 되지 않
을 수도 있다는 점을 기억해두기 바랍니다. 점수 따는 글쓰기
가 아니라 잘 읽고 잘 쓰는 법을 일러주는 내용일 뿐입니다.
자, 힘을 내어 마지막 도전을 해보십시오.

　　　　　　　　　　다짜고짜 서평부터 쓰려면 여러모로 힘듭니다. 서평이라 하면, 아무래도 전문성을 띠는 데다 평가를 해야 한다는 점에서 부담을 느끼게 마련이지요. 그런 점에서 처음부터 무리하지 말고 독후감부터 써보는 게 좋습니다. '독후감'이라 하면 좀 만만해 보이지요. 문제는 학창 시절 읽기 싫은 책을 대상으로 독후감 숙제를 하며 느꼈던 곤혹감입니다. 얼마나 중요했으면 선생님이 숙제를 냈겠습니까만, 그래도 의무감에 강제로 독후감을 작성한 사람이라면 좋은 추억을 갖고 있기 힘들겠지요. 게다가 요즘에는 인터넷에 정보가 넘쳐나다 보니 학생들이 쓴 독후감을 볼라치면 우선 표절인가 여부를 따져보게 되어 씁쓸한 기분마저 듭니다.

그렇지만 독후감 쓰기는 글쓰기의 기본 요령을 익힐 수 있는 좋은 기회입니다. 흔히 글쓰기에 필요한 3대 조건이 있다고 합니다. '지식·구성·문장력'이라고 하지요. 구성에 관해서는 이 책의 앞 장에서 기본기를 다졌습니다. 단락의 통일성과 연계성을 높이는 글쓰기이지요. 문장력은 누구한테 배우는 것이 아닙니다. 열심히 읽고 꾸준히 쓰며 더 좋은 글을 쓰고 싶다는 열망에 사로잡히면 조금씩 늘어갑니다. 그렇다면 지식은 어디에서 구할 수 있나요? 아무리 세상이 변했다 할지라도 책이 가장 믿음직한 지식의 보관소입니다.

특히 글을 쓰면서 가장 어려운 대목이, 아는 게 없다는 점 아니던가요. 번뜩 떠오른 그 무엇이 있어 글을 쓰다가도 앎이 부족해 더는 글을 써나가지 못한 경우가 왕왕 있습니다. 비유하자면 아무리 좋은 컴퓨터와 프린터를 샀더라도 입력을 하지 않으면 출력을 할 수 없는 법이지요. 앎이 없이는 설득력과 논리성이 강한 글을 써낼 수 없습니다. 그런데 독후감은 책을 읽고 쓰는 글이니, 책을 잘 이해하고 이를 적절하게 요약만 해도 글쓰기에 필요한 지식 영역을 확보하게 됩니다.

독후감 쓰기에는 또 다른 매력이 있습니다. 그냥 읽는 것하고 읽고 나서 글을 쓰겠다고 마음먹는 것은 독서에 큰 차이가 있습니다. 책을 읽는 이유는 다양합니다. 그냥 심심해서 읽을 수도 있고, 남들이 읽으니까 유행 따라 하듯 읽을 수도 있습니다. 그런데 만약 교양과 지식을 넓히려고 책을 읽는다면, 읽는 자세가 달라야 합니다. 대충 읽는 것이 아니라 맹렬히 읽어야 합니다. 그런데 이토록 열정적으로 책을 읽으려면 읽은 책을 주제로 글을 쓰겠다고 마음먹는 게 큰 도움이 됩니다.

밑줄을 긋고, 저자의 생각에 공감하는 대목에 이유를 적어놓고, 비판적인 생각이 들면 이 역시 기록해놓을 터입니다. 그리고 스스로 정한 분량마다 내용을 요약해놓겠지요. 이런 것들을 바탕으로 전체 내용을 요약하고, 저자의 주장과 근거를 정리하고, 이에 대한 자신의 생각을 기록해놓을 겁니다. 이를테면 "바로 이 점이 중요하다"와 같이요. 그냥 읽으면 결코 이런 작업을 하지 않습니다. 그런데 쓰기 위해 읽으면 이 같은 일을 하게 되어 있습니다. 어디 여기에 그치나요. 글을 쓰기 위해 정리한 내용을 몇 번이고 거듭해서 읽어보며 생각하게 마련입니다. 그러면 쓰는 것에만 도움이 되는 것이 아닙니다. 읽은 책을 깊이 이해하게 되는 좋은 기회를 얻게 됩니다. 쓰기 위해 읽는다는 것은 이처럼 도랑 치고 가재 잡고, 마당 쓸고 돈 줍는 격이지요.

그리고 독후감에 대한 선입견도 깰 필요가 있습니다. 학생 때 쓴 독후감은 전적으로 평가받기 위해서 쓴 것입니다. 특히 책을 읽었는지를 확인하는 과정이 가장 큰 비중을 차지했습니다. 요즘 정작 책을 안 읽고 인터넷에 있는 내용을 복사해 독후감을 마무리하려는 유혹을 받는 이유가 여기에 있지요. 그런데 일반인의 처지에서 독후감을 학생처럼 써야 할 필요가 없습니다. 숙제도 아니고, 점수 잘 받으려 쓰는 것도 아닌 마당에 학생 때 악몽을 떠올리며 써야 할 이유가 어디 있겠습니까. 그러면 어떻게 써야 할까요?

글자 그대로 충실하면 됩니다. 독후감이라는 말이 본디 읽고 나서 느낀 감정, 감상, 감동 따위를 기록하는 것이잖습니까. 책의 내용이나 요약 위주로 흐르는 게 아니라, 읽은 이로서 책에서 얻은 변화된 감정과 내면을 담으면 됩니다. 책이 주인공이 아니라 책을 읽은 이가 주인공이 되는 글쓰기이지요. 이런 글쓰기라면 부담도 적고 힘도 들지 않겠지요. 그리고 독후감은 일인칭으로 쓰면 좋습니다. "나는"이라고 쓰면 감정이입도 잘되고, 자신의 느낌에 더 충실하게 마련이니까요. 백마디 말보다 좋은 독후감 한 편을 보면 잘 이해될 겁니다.

아빠를 '아빠'라 부르지 못했던 소녀, 지금은……

학교 갔다 오면

술 사 오랄까 봐

슬슬 피해 다녔는데

대문을 들어서면

불그스레한 아버지의 눈빛이

나를 부르는 것 같아

눈물이 나올락 말락 한다.

— 김은영, 《김치를 싫어하는 아이들아》, 창비, 2001

재작년, 독서 치료 자료를 찾던 중 우연히 알코올 중독 가족이 나오는 시를 만났다. 초등학생을 위한 동시였다. 웬만해선 책이나 영화를 보고 울지 않는데 그 자리에서 후드득 눈물이 떨어졌다. 가슴이 콱 메었다. 어릴 적 기억이 떠올랐다. 그때의 분위기, 냄새, 그리고 아빠의 얼굴…….

내게 물었다. 이젠 어느 정도 무뎌진 줄 알았는데. 아무리 책을 읽어도 치유되지 않았나? 아직도 내 안에 상처가 남아 있나? 이후 영영 가족의 굴레를 벗어날 수 없을 것만 같아 우울한 기분을 떨쳐낼 수 없었다.

올해 초, 나는 한 책을 보고 전율을 느꼈다. 안나의 《천국에서 한 걸음》(박윤정 옮김, 미래인, 2010)은 부모님을 따라 미국으로 이민을 간 영주의 성장 과정을 그린 작품이다. 미국으로 가면 부자가 될 거라는 아메리칸 드림과 달리 허드렛일밖에 할 수 없는 영주의 부모님은 나날이 삶이 피폐해진다.

가난과 문화 충돌, 부적응으로 인해 신경질적이고 모순된 행동을 보이는 아빠는 가족에게 손찌검을 한다. 이에 동생은 학교를 빠지고 방황한다. 천국과 비슷한 곳이라는 미국은 할머니가 말해준 천국과 많이 다르지만 영주는 한시도 그곳을 잊어본 적이 없으며 차분하게 일상을 영위해낸다.

작가 안나는 한국에서 태어났고 어렸을 때 부모님을 따라 이민을 간 재미 교포다. 자전적 경험이 많이 반영됐을 법한데 작가와의 인터뷰를 보면 일부 기억만 따왔을 뿐 실제 아버지와 영주 아버지는 많이 다르다고 한다. 또 자신은 영주와 달리 훨씬 솔직하고 용감했다고 한다.

미국에 사는 한국인으로서 열등감이나 피해의식은 잘 느끼고 묘사할 수 있었을 터이나 그 밖의 것은 뭐란 말인가? TV에 나올 만한 폭력은 아니지만 어떻게 그리 잘 알 수 있지? 영주와 아빠의 관계가 나의 어린 시절과 너무 닮아서였을까. 책을 읽으며 몇 번씩 먹먹한 가슴을 쓸어내려야 했다.

"아빠가 길바닥에 버려진 술병 속 같은 냄새를 풍기며 집에 오면 할머니는 그저 고개를 절레절레 흔들 뿐이다. 할머니는 입을 굳게 다물고 엄마와 나랑 함께 숨는다. 아빠가 게슴츠레한 눈으로 아무 말이 없으면 아빠가 잠이 들 때까지 숨는 편이 낫다. 안 그러면 이래저래 탈이 생긴다. (중략) 살림살이들이 부서지는 소리가 너무 크고 격렬해서 나는 이불 밑으로 숨는다. 손으로 귀를 막아도 그 소리는 머릿속을 파고든다. 그 소리가 내 가슴에 올라타고 심장을 쉴 새 없이 두들겨, 결국 내 눈은 바닷물을 쏟고 만다."

어렸을 때 곧잘 집 뒤에 숨었다. 엄마가 신호를 보내면 동생과 나는 몰래 집을 빠져나왔다. 그리고 창문 밑에 쪼그려 앉아 아빠가 잠들길 기다렸다. 아빠가 코를 골지 않으면 우리 세 식구는 여인숙을 전전했다. 어쩔 땐 엄마가 집에 늦게 들어왔다. 행여 아빠가 술에 취해 먼저 집에 들어오진 않을까 조마조마했다. 동생을 안고 교회에서 배운 대로 엄마가 빨리 오게 해달라며 간절히 기도했다. 쿵. 쿵. 쿵. 쿵. 점점 다가오는 발자국 소리는 얼마나 무서웠는지 모른다. 아빠가 술에 취하지 않은 걸 확인하면 안도의 한숨을 쉬며 품에 안겼다.

"어쩌다 주말 아침에 아빠가 우주 괴물 블롭이 될 때가 있다. 빗자루 머리를 한 채로 일어나서는 만화 영화를 보고 있는 준호와 나를 덮친다. 뒤에서 다가와 어부가 그물로 물고기를 잡듯 불시에 우리를 덥석 안아 올린다. 우리는 비명을 지르며 자지러지고, 빠져나오려고 버둥거리지만 자물쇠처럼 억센 아빠의 팔에 꼼짝도 할 수 없다. (중략) 우리는 기다리고 또 기다린다. 기대하고 또 기대한다. 마치 1년 내내 해가 비치는데도 크리스마스에 눈을 바라며 하늘만 올려다보듯이. 왜냐하면 아빠가 우리를 팔에 꽉 끌어안아 숨도 쉴 수 없을 때, 그때야말로 우리가 두 팔 가득 아빠를 안을 수 있는 순간이기 때문이다."

내게도 아빠에 대한 좋은 기억이 많다. 초등학교 2학년 수학경시대회에선가 한 문제만 틀리고 상장을 받아왔을 때 아빠는 "우리 딸 장하다"를 연발하며 나를 슈퍼마켓으로 데리고 갔다. 200원, 300원짜리 불량식품도 호사였던 내게 아빠는 500원짜리 과자와 초콜릿을 사줬다. 단골 이발소에 들러서 실컷 자랑을 했다.

또 아빠는 나와 동생에게 비행기도 자주 태워줬다. 아빠의 두 발 위에 배를 얹고 올라타면 다리를 쳐들어 "아가씨, 어디로 모실까요? 미국? 유럽?" 했고 나는 중심을 잃고 넘어질까 두려워하면서도 즐거운 비명을 질렀다. 하지만 아빠는 술에 취하면 다른 사람이 됐다. 다신 안 볼 사람처럼 치명적인 말을 뱉었다. 식기가 박살났다. 고함이 쏟아졌다.

중·고등학생이 되어선 너무 우울했다. 평소 가족 생각은 하지도 않았지만 영향을 많이 받았을 것이다. 영주가 공부에 몰두하고 살아나갔듯 나는 책을 읽으며 마음을 달랬다. 그때 소설을 많이 보며 부모란 존재에 대해 객관적으로 들여다볼 수 있었다. 김소진의 《장석조네 사람들》, 이문구의 《관촌수필》 등을 보며 부모도 해를 줄 수 있으며 못난 사람일 수도 있다는 사실을 깨달았다.

또 이름도 떠오르지 않는 어느 책에서 육체노동은 정신을 황폐하게 만들고 술에 의존하게 한다는 구절을 읽었다. 그래서 아빠가 그런 건가? 많은 작가들이 부모에 대해 복잡한 심경을 반복해 쓰고 있었다. 도저히 이해할 수 없는 그들을 겨우 이해한 것 같다. 그렇더라도 내가 아빠를 용서하고 받아들인 건 아니었다.

"내가 지금 뭐하는 거지? 손에 들려 있는 수화기를 바라보는데, 수화기가 툭 하고 바닥에 떨어진다. 나는 무릎을 감싸안고 앞뒤로, 앞뒤로, 몸을 흔든다. 할머니의 목소리가 들려온다. 오직 하나님만이, 하나님만이 할 수 있지. 물건 부서지는 소리와 엄마가 깊게 울부짖는 소리가 끊일 줄 모르고 울려 퍼진다. 나는 주먹으로 허벅지를 내리치며 아랫입술을 지그시 깨문다. 난 더 이상 어린애가 아냐. 하나님을 기다릴 시간도 없고. 나밖에 없잖아. 멈춰야 해. 멈춰야 한다고. 더 이상은 안 돼."

친구 가족을 부러워하며 차마 말하지 못했던 비밀, 그 곪아버린 상처가 터진 날, 영주는 엄마를 구하기 위해 아빠를 신고한다. 그런 때가 있다. 참고 참았는데 도저히 안 되겠는 날, 몇 대 맞더라도 꼭 말해야겠는 날. 내게도 그런 적이 몇 번이나 있었다. 나는 부들부들 떨며 악을 썼다. 그러나 나는 영주가 아니었다. 삶의 고통으로 괴로워하는 아빠를 보면서 위로하는 손 하나 내밀지 못했고 신산한 인생을 살아온 엄마의 손금을 어루만지지 못했다. 냉정하게 외면했다. 꿋꿋이 공부하지도 않았고 가족을 탓했다. 나에게 솔직하고 용감하지 못했다. 미워하다 화해하고 다시 분노하고 갈등하며 이제껏 살았다. 애증의 삶이었다.

영주의 아빠는 가족을 버리고 떠났지만 지금 내 아빠는 곁에 있다. 일 갔다 오면 꼭 내 방문을 열어보는데 무뚝뚝한 딸은 인사 말고는 말을 할 줄 모른다. 대화하고 싶은데 멋쩍어하는 거 알면서도 딸은 살갑지 못하다. TV 보고, 먹고, 자는 것밖에 할 줄 모르는 아빠, 술과 자동차밖 엔 낙이 없는 아빠를 보면 마음이 복잡하다.

아빠는 더 이상 무섭지 않다. 내가 어깨가 아프다고 하면 "완전히 신세 가 뒤바뀌었네" 하면서 주름진 손으로 안마해준다. 교회도 안 다니면서 꼬박꼬박 차로 데려다주고 출근하는 나를 전철역까지 바래다준다. 언 젠가 아빠는 죽을 것이다. 그러면 나는 많이 울 것 같다.

영주는 내가 처음으로 아빠에 대한 글을 쓰게 했다. 아빠를 다시 바라 보고 정리하게 했다. 상처 많았어도 차분하고 침착하게 살라고 말하고 있다. 영주처럼 강하거나 똑똑하지 못해도 거실에서 잠든 아빠 어깨에 손을 뻗어 토닥일 수 있지 않느냐며 재촉하고 있다. 바로 지금.

— 이찬미(인천 청천도서관 사서), 〈프레시안〉, 2011. 8. 5.

글쓰기 강연이 있을 적마다 꼭 읽어주었던 독후감입니다. 꽤 오랫 동안 읽어왔는데도 읽을 때마다 목이 메는 글입니다. 한 권의 책이 읽 는 이의 마음에 일으킨 파문이 이토록 깊고 넓다는 것은 매우 놀라운 일입니다. 더욱이 그 감정의 결을 꾸밈없이 글로 옮겨내는 용기도 대 단하고, 옮긴 글의 수준이 이 정도인 것도 놀랍습니다. 이런 글은 분명히 독후감이기는 하지만 독후감을 넘어섭니다. 그리고 감동 있게 읽은 책을 남에게 권하는 기능을 뛰어넘어, 쓰는 사람이 자신의 과거와 화해하는 치유의 글쓰기가 됩니다. 무엇이든지 제대로 하면 예상한 것 이상의 성과가 있다는 사실을 보여주는 글이지요.

그렇다고 반드시 자신의 삶을 드러내는 독후감만 있는 것은 아닙니다. 중요한 것은 일상과 책 그리고 사유의 결과를 오롯이 글에 담아내는 훈련을 꾸준히 해본다는 것, 그리고 그것이 책을 이해하는 능력과 글 쓰는 실력을 동시에 높여준다는 점은 기억해두어야 할 것입니다. 독후감 형식으로 쓴 졸고 한 편 싣습니다.

가혹한 개인사, 보편적 깨달음

언젠가 세례식을 지켜본 적이 있다. 의례적인 행사려니 하다 일순 감동하고 말았다. 그날 세례식에는 지적 장애아들이 포함되어 있었다. 아무리 부모라지만 그 아이와의 만남에 대해 한동안 신을 원망했으리라. 왜 이런 가혹한 형벌을 하필이면 자신들에게 주었는지 알 수 없다며. 그런데도 생명인지라 끌어안고 인고의 세월을 보냈을 것이 분명하다. 그랬던 그들이 지금 아이를 신께 바치고 있지 않은가. 독신을 넘어서 신이 준 운명을 받아들이는 태도에서 어떤 숭고함마저 느꼈다.

오에 겐자부로의 큰아들이 지적 장애아라는 사실은 널리 알려졌다. 그 경험을 바탕으로 쓴 소설이나 수필이 여러 권 나왔는데, 미처 읽지 못하다 이번에 새로 번역된 《개인적인 체험》을 보았다. 오에의 작품을 읽겠다고 나서는 것은 남다른 결심을 요구한다. 번역된 글로 보더라도 그는 비문을 남발하고 있어 읽어내기가 쉽지 않은 탓이다. 묘사도 인상적이라기보다는 장광설이기 일쑤다. 물론, 천천히 읽어나가면 깊은 맛이 우러나오는 것은 분명하지만 말이다. 그런데 20대 후반에 쓴 이 작품은 단문으로 쓰여 속도감도 있고 파격적인 장면을 세련되게 묘사하고 있어 흡인력도 강했다. 오래전 읽은 단편 〈사육〉에서 느꼈던, 젊은 오에를 다시 만나는 듯한 기분이 들 정도였다.

주인공은 늘 아프리카로 훌쩍 떠나고 싶은 열망에 휩싸인 학원강사. 그런데 아이가 뇌에 심각한 장애를 띠고 태어난다. 몽환적인 일상은 깨지고 끔찍한 비상이 시작된다. 새를 닮았다 해서 버드라는 별명이 붙은 주인공은 비상을 견디지 못하고 옛 애인과 벌이는 광적인 섹스를 돌파구로 삼는다. 수술하면 살릴 수 있다는 아이는 불법으로라도 죽이고 싶어 안달이다. 누가 이 사람에게 돌을 던질 수 있겠는가. 한 생명을 놓고 벌이는 치졸하고 추잡한 일탈이지만, 심정적으로 동의할 만한 대목이 여럿 있다. 그럼에도 아이를 죽음에 이르게 하는 것은, 결국 자신의 삶에 대한 도피이자 포기가 된다. 그는 이미 결정적인 순간에 누군가를 버렸던 경험이 있다. 자식을 어린 괴물이라 부르던 그가 마음을 바꾼다. 늘 도피하던 삶에 종지부를 찍고 운명을 끌어안고 살아가기로 한 것이다.

섬뜩할 정도의 감동을 안게 되는 대목이지만, 못내 아쉽기도 하다. 자신에게 주어진 운명을 전폭적으로 수용하게 된 이유가 더 치밀하고 치열하게 말해지지 않아서다. 이런 불만은 이미 있었던 모양이다. 번역자의 해설을 보니, 평론가들이 이 부분에 대해 집요하게 비판했단다. 그렇다고 이 작품의 완성도에 큰 흠이 갈 정도는 아니다. 읽으면서 이런 생각이 들었다. 누가 진정한 어른이 되는가? 자기 상처에 대한 연민에서 벗어나 다른 이의 상처를 측은히 여길 때가 아니겠는가,라고.

작가는 이 상황이 끔찍한 것이 어떤 보편적인 의미나 상징을 띠지 못하는, 전적으로 개인적인 체험이어서라고 말한다. 가혹한 형벌일 뿐, 거기서 무엇을 깨달을 수 있겠느냐는 절규다. 그렇지만, 역설적이게도 이 대목에서 한 작가의 위대성을 확인하게 된다. 자신만의 체험을 바탕으로 인류의 보편적인 고통을 이해하는 사람으로 거듭났기 때문이다. 오에가 사회적 약자와 소수자에 보인 집요한 관심과 애정은 잘 알려져 있는 터. 내가 오에에게서 그때의 세례식 못지않은 숭고함을 느낀 이유이다.

— 이권우(도서평론가), 〈한겨레〉, 2010. 1. 8.

오에 겐자부로의 《개인적인 체험》(서은혜 옮김, 을유문화사, 2009)을 읽고 쓴 독후감입니다. 그 책을 읽으며 떠오른 한 장면이 없었더라면, 이 글은 쓰지 못했을 터입니다. 그것을 모티프로 개인적 감상과 책의 내용을 적절히 인용하며 한 편의 글을 썼습니다.

이제 어른스러운 독후감이 무엇인지 감 잡았으리라 믿습니다. 그리고 독후감이니만치 좀 더 자유로운 형식으로 쓰는 것도 좋을 듯합니다. 편지 형식이라든가, 가상 인터뷰 형식 등 말입니다. 쓸 때 즐겁고 누군가 읽는다면 공감하기도 편할 터이니까요.

서평이 넘쳐납니다. 신문마다 주말 북섹션을 펴내면서 전문가나 기자의 서평을 싣고 있습니다. 여러 신문을 비교해 읽어보면 웃지 못할 일이 벌어집니다. 책에 대해 글을 쓴 사람은 다른데 내용은 거의 비슷합니다. 왜 그런가 궁금해서 인터넷 서점에 들어가, '보도자료'라고 해야 정확한 표현일 텐데 굳이 '출판사 서평'이라 표기해 올려놓은 것을 읽어보면, 이 자료를 참고로 써서 그렇다는 것을 알 수 있습니다. 출판사마다 책이 나올 적에 서평 이벤트를 하고, 서평만 그러모아 펴낸 책도 숱합니다. 그런데 정작 '서평'을 주제로 진지하게 고민한 글은 별반 찾아보기 어렵습니다.

서평이란 형태의 글은 쉬워서 논의할 필요조차 없는 것일까요? 글을 좀 쓰고 남들보다 눈이 밝아 책을 더 잘 읽어내기만 하면 누구나 쓸 수 있는 갈래라 그럴까요? 분명히 그런 점도 있겠지만, 서평에 대해 너무 안이한 생각을 하고 있어 이런 현상이 벌어지지 않았는가 합니다. 마침 인터넷 신문 〈프레시안〉에서 북섹션 프레시안북스 창간 1주년 특집으로 서평에 대한 전문가의 생각을 실은 적이 있습니다. 이처럼 본격적으로 서평을 주제로 특집을 다뤄본 것은, 제가 과문하긴 해도 처음 있는 일이 아닌가 싶습니다. 이때 발표된 글 가운데 일부를 함께 읽어보며 서평의 의의와 가치, 그리고 어떻게 써야 하는가를 톺아보도록 하겠습니다.

◎ 유혹하는 서평 ◎

"모르면 찧고 까불지 말고, 이것부터 철저히!"

"선배, 《십자군 이야기》 서평 써줄 수 있어요?"

띠링~. 휴대전화에 문자가 뜬다. 문화부에서 출판을 맡고 있는 신문사 후배가 보낸 것이다. 퇴직한 선배를 챙겨준다고 매주 글을 부탁해온다. 그런데 《십자군 이야기》? 아, 시오노 나나미의 신작? 국내 출판사를 옮긴 데다 선인세가 높다고 해서 출판가에 작은 화제가 됐던 그 책. 얼마 전에 각 신문에 나란히 서평이 실렸던 책.

십자군 전쟁은 그렇지 않아도 제대로 알고 싶던 테마였다. 세계사 교과서에 실린 것과 달리 추악한 면이 있는 걸 알고는 이런저런 책에서 토막 난 이미지를 갖던 터였다. 지은이도 신뢰가 가기에 서평을 보고는 읽어야지 하고 벼르던 참인데 잘됐다. 책이나 원고의 분량도 그리 부담되지 않으니 얼른 오케이 답장을 보낸다.

한데 왠지 몸이 오글거린다. '서평'이란 말 때문이다. 솔직히 말하자면 원고를 청탁하는 쪽에선 뭐라 부르든 서평을 쓴다고 생각한 적이 없다. 제대로 된 서평이라기엔 한참 모자라니 책 소개 글 정도가 적당하다고 생각하는 편이다. 당연히 도서평론가니 출판평론가란 타이틀을 자처하지도 않는다.

신문사를 떠난 후 출판과 관련된 글을 쓰는 일로 인생 이모작의 방향을 정한 뒤 직함(?)을 뭐라 할까 고민할 때도 '평론가'는 일단 고려 대상이 아니었다. 독서컨설턴트 등을 고민하다 두루뭉술하게 북 칼럼니스트로 정한 것도 그 때문이었다.(외래어가 그럴듯해 보여서는 절대 아니다)

나대는 성격은 아니지만 그렇다고 결코 겸손하다고는 할 수 없는 내가 이런 방어적인 생각을 갖게 된 데 결정적 역할을 한 책이 있다. 한국언론재단에서 2001년 펴낸《신문의 북 리뷰, 무엇이 문제인가》라는 책이다. 제목이 시사하듯 신문의 출판 면을 비평하는 글을 모은 것인데 이 중에서 눈에 띄는 대목을 좀 길게 인용해본다.

"서평은 '도서 평론'의 약칭으로, 도서에 관련된 내용과 형식을 해석하고 평가함으로써 더 높은 수준의 도서를 이용자에게 제시하려는 방법과 문체를 말한다. 즉, 서평은 도서의 저술 동기와 목적, 성격, 이론적 배경, 발견된 새로운 이론이나 학설, 내용의 범위, 결론, 제언 응용 등을 간결하게 기술하여 독자가 필요로 하는 도서에 대한 전반적인 정보를 제공하는 것이다. 서평은 독자들에게 신간도서나 참고도서에 대한 신속하고 정확한 정보를 소개하고 특정 분야의 연구자들에게는 각 분야의 새로운 연구 성과에 대한 정보와, 그 정보의 논리적 접근을 용이하게 도와주는 중요한 2차 자료로서의 역할을 담당하고 있는 것이다."

이에 따르면 서평은 책을 분석하고 평가하는 것이 주목적이다. 굳이 이 책을 들먹이지 않아도 평론은, 시답잖은 정치 평론을 제외하면, 대상을 해석해 새로운 의미를 들춰내고, 가치를 재어 수용자의 이해와 감상을 돕는 일종의 창작이다. 그러니 서평을 제대로 하려면 지은이의 전작(前作)을 모두 읽거나 저술 혹은 연구 방향을 잘 아는 것은 물론 책이 다룬 분야를 충분히 파악하고 있어야 가능하다.

이를 바탕으로 서평 대상이 된 책의 특장과 핵심 포인트, 미덕과 한계를 보여주면서 저자의 특성, 더 알고 싶거나 비교해볼 만한 책을 귀띔해주는 것이 좋은 서평이라 하겠다.

문제는 이런 서평을 쓰기가 현실적으로 불가능하다는 점이다. 책은 세상의 축소판이다. 온갖 분야의 책이 나온다. 그런 만큼 도서평론가든 교수이든, 직업적 책 비평가는 상상하기 힘들다. 특정 분야의 전문가가 자신이 관심 있는 책 또는 저자의 글을 재단하는 것은 가능하지만 '도서평론가' 또는 '서평전문가'란 타이틀을 지닌 이들로선 어렵기 때문이다. 여기에 400쪽짜리 책을 이틀 안에 읽고 1000자 정도의 글로 소개하는 경우에 이르면 교과서적인 도서 평론은 그야말로 천연기념물 정도의 희귀품이 될 수밖에 없다.

물론 나를 포함해 책 소개 글을 쓰는 이들이 빠져나갈 구멍은 있다. 서평에도 다양한 종류, 등급이 있기 때문이다. '기술적 서평(Descriptive Book Review)'이란 게 있다. 전문적이고 학술적인 '비평적 서평'과 달리 대중매체에서 일반 독자를 대상으로 평가보다는 요약, 소개에 비중을 둔 형태이다. 그리고 실제 대중매체에 실리는 대부분의 서평은 글쓴이가 의식하든 의식하지 않든 여기 속한다.

이런 현실에서 좋은 '서평'이 갖추어야 할 첫 번째 덕목은 겸손함이라고 믿는다. 다르게 생각하는 이도 있겠지만 서평의 목적은 책의 평가가 아니라 독자의 선택과 이해를 돕는 것이라고 여겨서다. 앞서 이야기했듯이 독자나 나아가서 저자의 머리 위에서 폼 잡는 서평을 쓸 사람은 많지 않고 여러 분야의 책을 다룰 수 있는 사람은 더더욱 드물다.

공연히 서평이랍시고 책에 대해 찧고 까부는 서평은 마땅치 않다. 서평자는 지식을 과시하는 대신 파일럿이 되어야 한다. 물길 안내인처럼 책에서 가치 있는 대목은 무엇이고, 어떤 의견은 무슨 책과 더불어 읽어보는 것이 좋다는 둥 책읽기에 대한 안내에 치중하는 편이 낫다.

다음은 완결성이 있어야 한다. 어차피 '서평'은 책에 비해 분량이 턱없이 적다. 기계적으로 내용을 요약하는 것은 불가능하다. 핵심을 골라내 소개할 수밖에 없다. 그래서 생각한 것이 '서평'을 읽고 무언가 하나라도 얻게 해주는 것이 그 존재 목적이 되어야 한다고 생각한다. 그것이 세상을 보는 새로운 시각이든, 학설이든, 일화든 심지어 조크라도 말이다.

마지막으로 중립적이어야 한다. 물론 중립이니 객관성이니 하는 말 자체가 논란의 여지가 많지만 그래야 한다. 이는 저자나 출판사를 위한 글이 아니라 독자를 위한 글이 되어야 한다는 의미다. 서평을 읽고 해당 책을 읽으라는 뜻을 담는 게 아니라 해당 책을 읽는다면 이런저런 점을 눈여겨보라는 조언을 하겠다는 자세로 써야 한다는 이야기다. 이는 거의 모든 평론에 쏟아지는 '주례사 비평'이란 비난을 피하는 방법이기도 하다.

자, 다시 《십자군 이야기》(송태욱 옮김, 차용구 감수, 문학동네, 2012)로 돌아가자. 가장 이상적인 서평자는 누굴까. 우선 서양사, 바람직하기는 중세 유럽사나 중동사를 전공한 이가 좋겠다. 그래야 십자군 전쟁에 대한 학문적 성과와 연계지어 이 책을 제대로 평가할 수 있지 싶다. 아니, 그것만으로는 좀 부족하다. 시오노 나나미의 작품을 많이 읽어 그의 성향과 한계를 아는 것이 필요하다. 여기에 글을 쉽고 재미있게 쓸 수 있어야 한다.

주눅이 든다. 이 조건에 제대로 부합하는 것이 하나도 없어서다. 그렇지만 마음을 추스른다. 종합지의 일반 독자를 위한 글이다. 분량도 1000자에 불과하다. 이 정도 마당이면 지식의 다과가 아니라 어떤 내용을 담을 것인가가 더 중요할 것이라 자위한다.

키보드 앞에서 잠깐 고민한다. 뭘 담을까. 작품의 의의? 십자군 전쟁이 황권과 교권이 대립한 가운데 정치적 책략에서 비롯됐다는 사실이다. 십자군 전쟁이 교과서와 달리 성전(聖戰)이 아니었다는 사실은 식자들에겐 어느 정도 알려진 사실인데……. 한계는? 기억을 되살리느라 장서 목록을 뒤진다. 6,000여 권의 '볼만한(내 기준으로)' 책을 지은이, 분야, 한 줄 요약 등을 엑셀로 정리한 것이다. 아, 있다. 《아랍인의 눈으로 본 십자군 전쟁》(아침이슬, 2002). 이른바 성도(聖徒)들의 만행에 놀랐던 책이다. 함께 읽으라고 이걸 알려줘야지.

저자 소개, 이건 필요 없다. 전작 《로마인 이야기》가 밀리언셀러고, 지은이도 몇 차례 방한하면서 다양한 인터뷰가 실린 바 있다. 한 줄로 그치자. 그런데 서울대 주경철 교수가 쓴 《테이레시아스의 역사》(산처럼, 2002)에서 시오노의 시각에 대해 비판한 글이 있었는데……. 상당히 공감이 가는 지적이었던 것으로 기억하니 이걸 언급할까.

잠시 고민하다 접는다. 균형 잡힌 읽기를 위해서는 필요하겠지만 서평 분량도 적은데 굳이 넣을 필요는 없겠다. '주례사 비평'이란 비난이 있는 것은 알지만 굳이 단점을 시시콜콜 들춰 식견을 과시할 게 아니라 수많은 책 중에 다른 좋은 책을 골랐어야 하는 것 아닐까. 출판사가 아니라 독자를 위해 쓴다는 사실만 잊지 않으면 되지 싶다. 결국 한계만 언급하는 것으로 그치기로 한다.

뭘 앞세울까? 종교를 빙자한 세력 다툼, 그 와중에 나타난 인간 욕망의 파노라마, 이를 압축해 보여주는 구절이 나온다. "신이 그것을 바라신다." 전쟁을 제창한 교황 우르바누스 2세의 호소에 부응해 나온 말이다. 이게 좋겠다. 이걸 던져놓고 '그것'의 검은 속셈을 뒤져내면 책의 의의는 충분히 전하겠다.

얼개가 섰다. 토닥토닥. 키보드를 두드리기 시작한다.

— 김성희(북 칼럼니스트), 〈프레시안〉, 2011. 7. 29.

일간지 북섹션 팀장으로 일한 경력이 고스란히 녹아 있는 글입니다. 기실 서평 쓰기란 얼마나 어려운 일인지 모릅니다. 한 권의 책을 쓰는 데 기울인 공력과, 그 정도의 책을 쓸 수 있는 내공을 헤아리면 감히 서평을 쓰겠다고 나서기는 어렵습니다. 특히 대중이 보는 매체에는 시한 내에 원고를 넘겨야 하는 데다, 가독성이 좋은 글을 써낼 줄 알아야 합니다. 한 편의 서평을 쓰기 위해 필요한 능력이 몇 가지나 요구되는지 모릅니다. 그래서 김성희의 말대로 서평자는 겸손해야 합니다. 저자를 얕보고 함부로 글을 써서는 안 됩니다. 서평 도서에 대한 애정과 저자에 대한 존중이 없다면 좋은 서평이 나올 리 없습니다. 설혹 그것이 비판적인 서평이라 하더라도 말입니다. 앞의 글을 기초로 서평이 갖추어야 할 요소를 정리하면 다음과 같습니다.

—서평 대상 도서를 제대로 분석해 공정하게 평가해야 합니다.
—분석할 때는 지은이의 핵심 주장이 무엇인지 또렷하게 드러내고, 이를 뒷받침하는 근거는 무엇인지 정확히 파악해야 합니다.
—그 책에 담긴 지은이의 독창적인 해석을 잘 드러내고 그것의 가치를 평가해야 합니다.
—대중을 대상으로 한 서평이라면 미리 책을 읽은 이(프리뷰어)로서 미덕을 보여주어야 하는바, 책의 내용을 정확하면서도 간결하게 요약해주어야 합니다.
—평가를 할 적에는 그 책의 미덕과 한계를 균형 있게 드러내주어야 합니다.

— 주장을 뒷받침하는 논리적 근거에 부족한 점이 있다면 이를 정확히 지적해주어야 하며 분석이나 설명에 오류가 있다면 이 또한 말해주어야 합니다.

— 저자가 펴낸 기왕의 저서에 대한 정보, 이를 통한 저자의 특성을 설명해주어야 합니다.

— 독자의 선택과 이해를 돕는 데 서평의 일차적 목적이 있음을 늘 기억해야 합니다.

— 같은 주제를 다루거나 입장이 다른 책을 소개해주어야 합니다.

— 저자의 전문성을 존중하고 한결같이 겸손한 자세로 서평을 써야 합니다.

이 정도만 두루 갖추어도 실로 상당히 뛰어난 데다 유용한 서평이 됩니다. 이제 정치철학을 전공하고 유가사상을 현대적으로 해석하는 데 발군의 실력을 발휘하는 배병삼 교수가 말하는, 또 다른 서평론을 들어보시죠.

◎ 검증하는 서평 ◎

한 인간의 인생승부, 세 번 보지 않을 수 있으랴!

고려시대 일연(一然)이란 사람.

얼마나 대단한 지성이었던지 지금도 그를 기리는 비석이 남아 있어 그의 이력을 알려준다. 당대의 국사(國師), '나라 스승'이었다니 알 만하다. 한데 제자들이 모아서 써놓은 스승의 대표적 저술 속에《삼국유사》라는 책명이 없다. 비석에는 아카데믹한 불교 관련 저술들만 나열되어 있을 뿐, 오늘날 그의 대명사인《삼국유사》가 없는 것이다.

이건《삼국유사》라는 책이 일연 스님이 쉬는 여가에 써서 남긴, 말하자면 '심심풀이 땅콩'이었다는 것이다. 즉, 당대의 시각에는《삼국유사》가 그의 주저가 아니었다는 뜻이다. 여기서 책이 저자의 '운명'일 수 있다는 사실(史實)을 배운다. 글쓴이 제 스스로는 심혈을 기울였다고 해도 그게 심드렁하니 사라질 수 있는가 하면, 심심파적으로 이 글 저 글 엮은 책이 저자의 대표작이 될 수도 있다는 뜻이기 때문이다. 아마 그래서일지도 모른다. 조선 시대에 글을 쓴 작가들은 많았으나, 생전에 책을 만든 저자가 그렇게 적었던 까닭도.

책의 운명이 그러하다면, 책이란 단순히 먹물로 찍고 실로 묶은 기계적 생산물일 수가 없다. 책은 세월을 염두에 두고 제 삶을 증명하려는 한 인간의 인생 승부다. 말도 함부로 해서는 안 될 터인데, 하물며 책을 쓰려는 일이랴. 저자란 제 책의 독자가 제 자식, 아니 낯모를 자손들이 읽을 것을 염두에 두고 글을 짓고 책을 만드는 사람인 것이다. 다산 정약용이 제 책의 군데군데에 "200년 후의 독자는 내 뜻을 알리라"하고 명토 박아두었던 그 뜻을 저자들은 깊이 새겨야 할 일이다. 게다가 일연과《삼국유사》의 관계처럼 세월의 얄궂은 장난조차 끼어드는 것이라면, 책을 짓는다는 일은 등골에 서늘한 한기가 드는 그런 작업이 된다.

평(評)이란 글자는 말(言)과 균형(平)이 합쳐져 이뤄졌다. 한쪽에 치우쳐서는 안 된다는 뜻이 '평'이라는 글자 속에 들어 있다. ('평'의 반대말은 피(詖)다. 편파적이라는 뜻이다.) 그러하다면 서 '평'이란 아무렇게나 쓸 수가 없는 일이다. 책을 쓴 저자 제 스스로 평생을 두고 남길, 아니 역대를 두고 남을 책이라 여겨 썼을 것이니, 그런 책을 두고 어떻게 함부로 대할 수가 있을까! 또 독자들은 서평을 읽고서 그 책의 속내를 짐작할 터이니, 또 어찌 함부로 글을 쓸 수 있을까.

사태가 이러하다면 이른바 '주례사 서평'은 죄악이다. 저자에게 해를 끼치고 독자에게 죄를 짓는 일이다. 텍스트에 대한 깊숙한 이해와 엄정한 객관성 그리고 독자를 위한 소상한 정보의 제공이 갖춰질 때 서평이 된다. 저서에 아부하는 종속물도 아니요, 비평이라는 이름으로 부정적인 언사를 남발하는 것도 아닌, 한 자락 드리워진 객관의 엄정한 길을 걷는 작업이 서평이다. 유교의 책《중용》에서 "하얗게 선 작두날을 걸을 수 있는 사람은 있으려니와, 중용은 사람으로서 능숙하기 어렵노라(白刃可蹈也, 中庸不可能也)"라고 하더니, 막상 서평이 그러하다.

나는 여태 동서양 고전 또는 그 고전에 대한 해설서들을 주로 비평해왔다. 우선 서평을 부탁 받으면 감사하다는 생각이 먼저 든다. 고전에 대한 주석서, 해설서, 혹은 번역서를 저술하기가 쉽지 않기 때문이다. 저자가 그동안 기울였을 노고에 옷깃을 여민다. 이 시대가 고전 해설서에 그다지 높은 값을 쳐주지 않기 때문에도 더욱 그러하다. 옛말에 '구증구포(九蒸九暴)'라, 좋은 약재는 '아홉 번 찌고, 또 아홉 번 말린다'고 하였으니, 고전에 대한 저술이나 번역도 그만큼 오랜 공력을 들여야 하는 것이다.

가령 《논어》에 대한 해설서를 쓰자고 하면 몇 가지 조건을 갖춰야 하는 것이 필수적이다. 우선 《논어》를 읽어내기 위해선 고문(한문)에 밝아야 한다. 또 그 뜻을 오늘날 독자와 소통하기 위해선 우리말글에 대한 구 사력이 있어야 한다. 더욱이 텍스트의 주인공인 공자에 대한 이해와 춘 추 시대 사상계에 대한 지식, 그리고 그것을 해설할 수 있는 저자 자신 만의 독특한 관점까지 갖추어야 한다.(자기 관점, 새로운 견해가 없는 책은 책일 수가 없다.)

그렇다면 서평은 '삼증삼포'라고나 할까, 적어도 세 번은 읽고서 검토 하는 과정을 거쳐야 하는 것이 저자와 독자에 대한 예의이리라. 서평을 위해서는 주어진 텍스트를 세 번은 읽고서 글을 써야 한다는 것이 내심 내가 견지해온 원칙이다.

처음에는 저자의 뜻을 긍정하면서 읽는다. 서문, 또는 책갈피에 보면 저자가 책을 만들 때 임한 의도가 실리어 있다. 그 뜻을 염두에 두면서 문장을 따라서 읽으려 노력한다. 물론 그 과정이 쉽지가 않다. 군데군 데 '아니다' 싶은 부분이 끊임없이 돌출한다. 그럼에도 불구하고 저자 의 뜻을 염두에 두면서, 긍정적으로 읽으려고 노력한다. 이 과정에서 그 책의 핵심 구절 또는 키워드가 발견되기도 한다. 빨간색 펜으로 밑 줄을 긋고, 그 페이지에 스티커를 붙여준다. 이런 경우는 행운이다. 서 평을 쓰기가 쉽기 때문이다. 이런 핵심 문장은 꼭 새겨두어서 독자들의 지남이 되도록 조치한다.

그러나 이 과정에서 무슨 말인지 통 이해가 되지 않는 문장들도 발견된 다. 옛날에는 일본판 번역본을 중역하는 바람에 무슨 말인지 모르는 경우가 많았는데, 요즘에는 우리말 구사력이 떨어지는 저자들을 종종 본다. 영어식 언어 구조에 익숙하다 보니까, 우리말로는 생경한 문장이 종종 나타난다. 그 정도가 지나칠 때는 서평 자체가 불가능하다.

두 번째는, 비판적으로 읽는다. '버텨 읽기'를 하는 것이다. 최근 흥미롭게 읽고 또 〈프레시안〉의 서평에 임했던 책 가운데 정정훈의 《군주론, 운명을 넘어서는 역량의 정치학》(그린비, 2011)이 있다. 서평자의 행운 가운데 하나는 '공짜로' 새로운 정보를 먼저 얻고 또 독특한 시각을 배우는 것이다. 정정훈의 책은 최근의 학계 동향과 또 관련 서지들을 안내해줌으로써 더욱 깊은 독서를 가능하게 해주었다. 여러 가지 미덕을 지닌 책이었다. 더욱이 이 《군주론》은 처음 읽을 때는 술술 읽혔다. 저자가 일반인 독자를 염두에 두고, 그의 생각을 펼치려는 노력이 눈에 띄었다. 그런데 두 번째 읽으면서 그의 부사와 형용사의 남발이 자꾸 글 흐름을 방해하였고 또 한 문장 속에 숨은 모순들이 드러났다.

"마키아벨리에게 정치란 철저히 인간사의 영역이고 인간의 의지를 실현해가는 활동이다. 하지만 동시에 결코 인간의 의지가 모든 것을 결정할 수 있는 것은 아니라고 그는 생각한다. 정치는 일차적으로 운(fortuna)의 규정 속에서 이루어지는 것이었다."(밑줄은 인용자, 100쪽)

'정치가 인간사의 영역이지만, 인간의 의지로 모든 것을 결정할 수 없다'라고 요약되는 문장이 '철저히' '결코' '모든'과 같은 단정적인 부사들로 인해 도리어 저자가 전달하고자 하는 뜻을 이해하는 데 어려움을 가중시켰다. 앞뒤로 살펴보니 이런 식의 문장이 많았다. 이 점들은 메모해두었다가, 서평을 쓸 때 지적했다. 저자가 다음 책에서 교정해주기를 바라는 충심에서였다.

세 번째는, 앞서 읽었던 것들을 종합하면서 또 서평을 집필할 것을 염두에 두고서 다시 읽는다. 이쯤에서 그 책의 서문에서 밝힌 저자의 집필 의도와 본문 속에 서술된 내용들을 대조해본다. 의도와 내용이 어긋날 때는 책의 질이 뚝 떨어진다. 출판사가 내용을 부풀린 경우도 있다.

막상 서평을 쓰면서는 이 책을 처음 대할 독자의 입장에서 글을 쓰려고 노력한다. 그 책과 관련된 최신 학계의 동향이나 저자의 인적 사항도 헤아려본다. 가령 저자가 남자인지 여자인지, 어느 학교에서 무슨 전공을 한 사람인지, 또 나이도 살펴본다. 저자의 이력은 글의 속살과 방향을 아는 중요한 '사회적 조건'이다. 요즘은 이런 인적 사항이 독자의 선입견을 오도한다고 여겨서인지 소략한 경우가 많은데, 서평을 쓸 때는 가외의 노력을 기울이게 만든다.

서평을 쓰다 보면 '글의 세계'와 '책의 세계'가 다르다는 감회가 들곤 한다. 글의 주인공은 필자이지만, 책의 주인공은 독자라는 것이다. 글을 쓸 때는 필자(나)가 주인공이어서 제 생각과 감회를 마음껏 토로할 수 있지만, 책을 만든다고 할 때는 제2의 눈인 '편집자'와 제3의 눈인 독자를 염두에 두어야만 하리라는 생각을 해본다. 자기 글에 대한 객관화의 과정을 여러 차례 거칠 때 좋은 글을 넘어서 좋은 책이 된다.

물론 독자 위주로, 달리 말하자면 베스트셀러를 만들 요량으로 독자에게 아부하는 글을 쓰라는 말은 아니다. 단지 자기 글을 읽을 독자를 염

두에 두는 글쓰기와 책 만들기일 때라야, 고전과 현대 간의 소통이 가

능하리라는 뜻이다.

— 배병삼(영산대 교수), 〈프레시안〉, 2011. 7. 29.

'서평을 쓰려고 책을 세 번씩이나 읽다니!'라고 감탄할 분도 많을

듯합니다. 정말 성실한 필자이지요. 제대로 이해하려고 읽고 비판하려

읽고 쓰려고 읽는다는 말에 서평 쓰기의 정수가 담겨 있습니다. 그렇

다면 일반적이고 추상적인 차원에서 서평론을 쓴 필자의 실제 서평은

어떨까요. 읽어보면 알겠지만, 자신이 내세운 원칙에 충실한 서평을

씁니다. 김성희는 일반 독자를 위하여 성실하면서도 친절한 서평을 쓰

고 있습니다. 이런 서평을 볼 적마다 느끼는데, 좋은 서평은 책의 의미

를 증폭시키는 데다 독자들의 배경지식을 상당히 넓혀줍니다. 그럼,

어디 한번 볼까요.

◎ 친절한 서평 ◎

빅토어 마이어 쇤베르거의 《잊혀질 권리》

얼마 전 가수 서태지의 결혼이 화제가 되었을 때 일이다. 가장 큰 피해

자는 '네티즌 수사대'란 우스개가 돌았다. 상대 여배우의 과거를 전혀

파헤치지 못해, 평소 유명인의 과거를 귀신같이 들추어내던 수사대의

명성(?)에 금이 갔기 때문이란 이유였다.

이처럼 누구나 뉴스의 소비자이자 생산자로 활동이 가능한 인터넷 시대에는 사생활이 보장받기 힘들다. 유명인만이 아니라 보통 사람도 마찬가지다. 이른바 '신상 털기'에 걸리면 지하철에서 휴대전화로 찍은 동영상만 보고도 얼마 안 가 이름, 주소, 직장 등이 상세하게 인터넷에 올라온다.

뿐만 아니다. 이름난 언론인이 쓴 글에 대해 예전에 폈던 주장과 달라졌다는 비난조의 글도 심심찮게 만날 수 있다. 모두 자료—정보라고 해도 좋겠다—가 0과 1로 치환되어 거의 반영구적으로 보관되는 디지털 시대의 새로운 모습이다. 이는 순기능과 역기능을 모두 포함하고 있기에 당연히 사회적 의미를 분석하고 새로운 개념에 맞게 제도 정비가 필요하다.

현재 옥스퍼드 대학 인터넷 연구소 교수로 있는 빅토어 마이어 쇤베르거는 이에 주목해 '잊혀질 권리(the right to be forgotten)'란 개념을 파고들었다. '잊혀질 권리'란 개인이 인터넷에 올린 글과 사진 등에 대해 본인이 삭제 등 통제권을 행사할 수 있는 권리를 뜻한다. 디지털 시대의 새로운 프라이버시 보호권인 셈이다.

《잊혀질 권리》(구본권 옮김, 지식의날개, 2011)는 크게 세 부분으로 나뉜다. 1, 2장에선 완벽한 기억이 갖는 사회적 의미, 인류사에서 기억과 망각의 변화를 살폈다. 3, 4장에선 디지털 시대에 접어들면서 망각이 어떻게 사라졌는지 그리고 그 결과가 무엇인지를 다루고 5, 6장에서 대안과 처방을 모색한다. 전체적으로 의미심장하고 통찰력이 뛰어난 책이긴 하지만 목적에 따라 달리 읽을 수 있다는 이야기다. 디지털 시대의 완벽한 기억이 가져온 파장과 의미를 이해하려면 4장 '망각을 잃어버린 세계'만 읽어도 충분하다. 여기서 기억과 망각이 개인 혹은 문명사회에서 어떤 변모를 거쳤는지 일별하려면 1, 2장을 읽어볼 필요가 있다.

쇤베르거는 기억과 망각의 역사를 다루면서 망각이 일반적이었고 기억은 예외적 현상이었다고 지적한다. 물론 어디 가면 사냥감이 많은지, 곡물은 어떻게 키우는지 등의 정보가 생존에 필수적이긴 했지만 이를 보존하고 전달하는 데는 상당한 노력이 필요했다는 것이다. 멀리 갈 것도 없이 학창 시절 시험공부를 위해 땀 흘리던 기억을 되살리면 쉽게 상상이 가는 이야기다.

그러기에 인간은 언어, 그림, 문자 등 기억 보조 장치를 이용했고 이것도 모자라 가외의 노력을 기울여야 했다. (그림 역시 기억을 위한 장치로 시작되었다는 지적은 신선했다. 동굴 벽화 등을 생각하면 그럴 법한 해석이겠다.) 그래도 기억은 불완전했고, 찾는 데도 수고로웠으며, 오래가지도 않았다.

이것이 변했다. 기억이 일반적이고 망각이 예외적인 시대로 바뀌었다. 디지털 메모리 덕분이다. 기억의 양과 검색, 보존 기간이 거의 무한대로 확장됐다. 예를 들어 책에는 마이크로소프트 연구소의 장기 연구 프로젝트인 '마이라이프비트'에 참여한 고든 벨 이야기가 나온다. 70대인 그는 목 주변에 매단 담뱃갑만 한 검은 상자를 이용해 거의 10년 동안 자신이 마주치는 정보 대부분을 컴퓨터에 저장하고 있다. 8백여 쪽이 넘는 건강 기록, 12만 통 이상의 이메일, 자신이 만난 사람에 관한 10여만 장의 사진이 그 결과물이다. 말 그대로 일상의 완벽한 기억이 디지털 기술 덕에 가능해진 것이다.

이건 자발적 기억의 사례지만 구글, 야후 등 기업은 네티즌의 검색 기록 등을 모두 보관한단다. 필요하다면 당신이 언제, 무엇을 찾았고 그것을 어떻게 했는지 알아낼 수 있다. 데이터 마이닝을 이용하면 어디서 무엇을 살지 혹은 무슨 일을 할지도 예측 가능하다. 인터넷 서점 등에서 고객의 취향에 맞춰 정보를 보내는 것이 모두 이런 '완벽한 기억'의 산물이다.

한데 쇤베르거는 '완전한 기억'이 축복이 아니라고 단언한다. 디지털 메모리의 확장으로 인간의 사유 작용이 위험해진다는 이유에서다. 그는 망각이 부분적으로 적절성에 기반을 두고 정보를 걸러내는 사유 과정이랄 수 있는데 디지털 메모리에 의해 촉발되는 기억은 인간의 추리 능력을 약화시킬 수 있고, 포괄적인 디지털 메모리는 과거 사건들을 시간순으로 적절하게 배열하는 인간 능력을 약화시킬 수 있다는 것이다. 또 디지털 기억은 우리가 과거를 너무 많이 직면하게 해 제때 결정하고 행동하는 학습 능력을 방해할 가능성이 있다. 이를테면 내비게이션을 사용한 뒤 길눈이 어두워졌다거나, 휴대전화가 등장하면서 전화번호를 기억하기가 어려워졌다는 것도 그런 소소한 조짐이랄 수 있다.

그러면서 쇤베르거는 과거의 일을 세부적인 것까지 모두 기억하기에 여러 논문의 소재가 되었던 AJ라는 여성을 소개한다. 과거에만 빠져 사는 AJ는 망각은 귀찮은 결함이 아니라 수명을 늘려주는 장점이라며 망각할 수 있기 때문에 우리는 일반화하고, 개념화하며 행동할 수 있는 자유를 얻는다고 말한다.

이 같은 망각의 미덕은 디지털 시대에 기억보다 비용이 높아지면서 기억에 밀려나고 있다는 것이 쇤베르거의 시각이다. 인화된 사진 중에서 보관할 것과 버릴 것을 골라내느니 디지털 카메라로 찍은 모든 사진을 하드디스크에 그대로 보관하고, 인터넷에 올리는 것이 그런 경우다.

이 모두는 저장 장치의 비용이 턱없이 낮아졌고, 검색 또한 쉬워졌으며 인터넷을 기반으로 글로벌 네트워크가 형성되었기에 가능해진 것들이다. 문제는 이 기억 혹은 정보의 통제권이 개인의 손을 벗어났다는 점이다. 정부나 기업이 개인의 이력을 파악하고, 다른 이가 특정인의 과거를 뒤져내는 현상이 그것이다.

쇤베르거는 그 결과 제러미 벤담과 미셸 푸코가 이야기한 '원형 감옥'과 같은 일이 벌어진다고 주장한다. 보이지 않는 소수의 감시자가 다수를 통제하는 판옵티콘처럼 정보 기술이 총체적 감시 사회로 이끌고 개인 자유의 기반인 프라이버시가 침해되고 있다는 설명이다. '완벽한 기억'은 시간을 뛰어넘는 데다가 전체 맥락을 벗어난 단편적 사실로 인해 공간적·시간적 원형 감옥을 만들 우려가 크고 결과적으로 사회적 권력 변동을 초래한다는 것이다. 그는 이와 관련해 교사 지망생인 스테이시 스나이더가 해적 모자를 쓰고 술을 마시는 자신의 사진을 '술 취한 해적'이란 이름으로 인터넷에 올렸다가 알려지는 바람에 '자질 부족'이란 이유로 임용되지 못한 사례를 들었다. 이런 일이 거듭될수록 자기검열이 판을 치게 되리라 전망한다.

물론 방대하고 접근 가능하며 반영구적인 디지털 메모리는 장점도 적지 않다. 정부 정책 수립이나 의사의 진단 등의 정확성과 효율성을 높인다. 회원들을 분류해 적절하게 행해진 마케팅은 사회적 비용을 줄여준다. 더 빠르고 광범한 정보의 파급은 혁신과 경제 성장을 촉진시킬 수 있다는 것은 어느 정도 사실이다. 하지만 자신이 무심코 한 말, 글, 행동이 타인의 손에 의해 부메랑처럼 돌아와 족쇄가 되는 것은 바람직스럽지 못하며 때로는 끔찍한 일이 될 수도 있다.

디지털 시대의 환경 변화에 맞춰 조명한 '잊혀질 권리'는 의미 있다. 문명사를 훑으면서 기억과 망각의 관계를 살핀 대목은 신선한 면도 적지 않다. 문제는 뾰족한 해결책의 효과가 제한적이라는 점이다. 쇤베르거는 망각의 부활을 위해 개인 차원에선 디지털 금욕주의를, 제도적으로는 '정보 만료일' 시행을 제안한다.

디지털 금욕주의는 디지털 메모리가 정보에 새로운 목적을 부여한 사실을 비롯해 높아진 위험성과 정보 가치에 대해 배우고 "다른 사람들에게 정보를 노출하도록 강요하는 상호작용에서 가능한 한 멀리 떨어지라"는 것이다. 일종의 자기 검열이기도 하면서 기술 진보에 반대하는 반기술 문명적 경고라는 점에서 한계가 있다.

정보 만료일 시행 역시 충분하지 않다. 일정 기간이 지나면 자동적으로 정보가 삭제되도록 하는 것은 기술적으로 가능하지만 과연 어떤 정보를 대상으로 할 것인가 하는 문제가 먼저 논의되어야 하고 이를 정보 서비스 기업에 맡겨야 하기 때문이다.

그럼에도 불구하고 이 책은 정보 프라이버시 권리에 관한 논의의 시발

점이 된다는 점에서 주목받을 가치가 있다.

— 김성희(북 칼럼니스트), 〈프레시안〉, 2011. 7. 15.

3.

이제,

서평에 도전하자

글쓰기의 기본을 익혔고 서평에 대한 지식을 섭렵했으니, 이제 직접 쓰면 됩니다. 그런데 노파심에 강조하는 말이지만, 쓰려고만 하지 말고 잘 읽어야 한다는 점을 잊지 않았으면 합니다. 서평의 목적은 남의 지적, 문화적 성과를 평가하려는 데 있지 않습니다. 잘 쓰려면 잘 읽어야 하고, 잘 읽으면 잘 쓰게 되고 그 과정에서 분석적이고 비판적인 능력을 키우게 됩니다. 서평 쓰기의 진정한 기본은 그러므로 잘 읽는 데 있습니다. 오래전 서울대 글쓰기 교실에서 읽고 서평 쓰는 것에 관한 자료를 인터넷에 올린 적이 있었는데, 그 일부를 한번 보며 읽기에 필요한 덕목이 무엇인지 마지막으로 점검해보도록 하지요.

● 책의 제목과 목차 등에서 내가 다루는 주제와의 연관성을 탐색해보자

특히 어떤 책을 처음부터 끝까지 읽기 힘든 경우 책의 제목과 부제, 머리글, 목차 등을 훑어보는 것이 유익합니다. 또 색인란에서 핵심 개념이 서술되어 있는 페이지를 확인하여 읽어보면 필요한 대목을 빨리 찾는 데 도움이 됩니다.

● 저자의 핵심주장과 그 논거를 올바르게 파악하자

집중적인 독서는 글쓴이의 생각에 귀를 기울이는 데서부터 시작됩니다. 나의 관심사에 대해 저자가 어떤 생각을 가지고 있는지 가령 다음과 같은 질문을 만들어서 독서 과정에서 하나씩 점검해보는 것이 좋습니다.

— 저자가 사용하는 핵심 개념은 무엇인가?
— 핵심 개념에 대한 저자의 정의는 다른 학자들의 정의와 어떻게 다른가?
— 저자의 핵심 주장은 무엇이며 그 논거는 무엇인가?
— 저자가 예증으로 제시하는 사례는 과연 적절한가?
— 저자와 견해를 달리하는 입장에 대하여 저자는 어떤 태도를 취하는가?
— 저자의 견해는 해당 분야에서 대체로 공인된 것인가 아니면 예외적 소수의견인가?

— 저자의 견해가 타당하게 적용될 수 있는 범위는 어디까지인가?

— 저자가 다루지 못한 문제는 무엇인가?

● 개별 장들^{chapters}을 읽을 때는 다음의 순서를 따를 것

첫째, 각 장의 제목에 대해 철저하게 숙고해야 합니다.

둘째, 첫 단락과 마지막 단락을 대략 훑어봄으로써 해당 장의 개괄적인 내용을 파악해야 합니다.

셋째, 하나의 장을 처음부터 끝까지 읽으면서 장이 갖고 있는 논점들이 본인의 예상과 일치하는지 확인해야 합니다.

● 하나의 장을 끝까지 읽은 후에 간략하게 메모해둘 것

먼저, 챕터의 주요 논점을 자신의 언어로 요약하세요. 그런 다음 비평할 때 논하고자 하는 특정 구절들을 기록해둡니다. 단, 선택적으로 기록하세요! 읽은 내용은 반드시 충분히 이해해야 합니다. 이해하지 못하면 좋은 비평문을 쓸 수 없습니다.

예) 주요 논점 요약 | 나의 생각

● 읽은 내용을 평가할 것

노트 왼편에는 저자가 제시하고 있는 주요 논점들을 요약하고 오른편에는 그 논점들에 대한 본인의 생각, 질문, 비평을 기록합니다. 이 방법을 통해 저자의 견해로부터 본인의 생각을 독립적으로 유지할 수 있으며 읽고 있는 내용에 대해 적극적으로 생각하고 응답할 수 있습니다.

이 단계가 비평문을 작성하는 과정에서 가장 핵심적인 단계입니다.

경청할 만한 내용입니다. 이런 자세로 읽어야 됩니다. 그러고 나서 서평을 쓰면 좋은 글이 됩니다. 지금까지 배운 내용을 바탕으로 한 시민이 《정치의 발견》(박상훈, 폴리테이아, 2011)이란 책을 읽고 쓴 서평을 예로 보겠습니다. 필자의 강의를 들었던 분이 첨삭 받으려고 제출했는데요, 제가 쓴 서평보다 훨씬 낫다고 칭찬했던 기억이 납니다. 개요표를 짜고, 이를 바탕으로 수준 높은 서평을 써냈습니다. 원칙을 지키면 실력이 부쩍 늘어나게 마련입니다.

◎ 개요 짜기

대주제문 (혹은 결론)	훌륭한 리더십 자질을 갖추고 인간에 대한 이해가 풍부한 사람이 현실 정치를 제대로 이해해 정계 진출함으로써 세상을 제대로 살맛 나는 곳으로 만들자, 정치 제대로 알고 입문하자.		
	첫째 단락	주장: 정치란 무엇인가. 정치인의 자질(개념 정리) 진보의 정치 개념 대 보수의 정치 개념.	근거:
	둘째 단락	주장: 민주주의에 대한 잘못된 이해와 과거로부터 배울 점.	근거:
	셋째 단락	주장: 책의 장점과 단점.	근거: –장점 1. 짧막한 에피소드 활용, 읽기와 이해가 편안하게 구성, 구술식 정리. 독서를 했다기보다 강의를 들은 기분, 지속적인 요약과 재정리로 학습효과 배가. 2. 한 장 시작할 때 인용문구, 시적이고 감성 자극.

			–단점(아쉬운 점) 1. 우리가 개혁하고자 하는 대상과의 차별성 문제, 절차와 결과의 문제: 결과가 좋으면 모든 것이 과연 용서될 수 있나/진보의 선명성 유지 부분. 2. 촛불집회 등 최근 몇 년 사건에 대한 필자의 평가 부분에 대한 동의 강요: 대규모 집회가 과연 보수정당의 강화로 이어졌다고 총체적 평가를 할 수 있나. 역사는 진행형.
	관심 환기		지난 2011년 4월 진행된 재보궐 선거를 계기로 정치에 대한 관심이 고조되고 있다. 더구나 국회의원 선거와 대통령 선거가 동시에 치러지는 내년(2012년) 선거의 해를 앞두고 정계는 물론 밑바닥 민심까지 요동치는 정치에 대한 관심이 확산되고 있음.(4월 국회의원 선거 12월 대통령 선거)
	관심 환기		4·27 재보궐 선거 결과 뒤, 여당은 정권 재창출에 대한 위기감 팽배, 야권은 범야권을 비롯해 시민단체와의 성공적 연대를 통해 정권 탈환에 대한 여론의 관심 고조.

《정치의 발견》에 대한 서평

지난 4월 27일 재보궐 선거 이후 정치에 대한 관심이 커지고 있다. '여당 참패'로 끝난 선거 결과는 야권 정치인들에게 "이제 한번 해볼 수 있지 않을까?"라는 자신감을 주었다. 시민에게는 "우리가 투표만 잘하면 바꿀 수 있다"라는 희망을 주었다. 내년은 국회의원 선거와 대통령 선거가 동시에 치러지는 '선거의 해'이다. 정치에서 가능성을 찾으려는 사람들에게 도전할 만한 큰 장이 열리는 셈이다. 정치학 박사 박상훈이 쓴 《정치의 발견》(폴리테이아, 2011)은 정치 지망생들에게 길라잡이가 될 만한 정치 입문서이다. 저자는 지난해 겨울 한 진보 정치단체가 마련한 강의에서 강연한 내용을 본 책으로 엮었다. 당시 청중의 대다수는 정치가의 길을 가고자 하는 결심은 섰지만, 어떤 정치를 할 것인가에 대한 소명의식을 정립하고 싶어 하는 사람들이었다.

정치의 사전적 의미는 '나라를 다스리는 일'이다. 국가의 권력을 획득하고 유지하며 행사하는 활동이다. 정치가는 국민이 인간다운 삶을 살 수 있도록 상호 간 이해를 조정하며 사회 질서를 바로잡는 역할을 해야 한다. 정치는 이상적인 공동체를 지향하면서도 그것을 이루기 위한 수단으로 강제력이라는 요소가 필요하다. 저자는 "선한 목적을 위해 헌신하고자 하면서도 그 수단으로서 강제력이라는 '악마적 수단'을 회피할 수 없는 정치의 현실에 대한 이해 없이 정치의 길을 나서기는 어렵다"라고 단정한다. 막스 베버를 따르면 "정치가란 모든 폭력성에 잠재된 악마적 힘들과 기꺼이 관계를 맺기로 한 사람"이다. 정치가는 신념윤리와 책임윤리를 지녔으면서도 지도력을 갖춰야 한다. 지도자로서의 매력과 통치자로서의 능력을 발휘하지 못한다면 제도나 조직을 잘 이끌기 어렵다.

신념윤리와 책임윤리의 차이는 무엇일까? 순수한 신념에서 나온 행위의 결과가 나쁠 경우, 신념윤리가는 그것이 자신의 책임이 아니라 세상의 책임이며 타인들의 어리석음에 기인한다고 본다. 반면 책임윤리가는 인간의 평균적 결함을 고려한다. 인간의 선의와 완전성을 전제할 어떤 권리도 없다고 생각하므로 자신의 행동 결과를 다른 사람에게 뒤집어씌울 수 없다고 믿는다. 정치가는 선한 목적과 도덕적으로 의심될 만한 수단을 결합해야 하는 정치의 운명을 감수하는 담대한 인물이다. 내적으로 무력하고 스스로 적절한 답을 줄 수 없다면 정치라는 직업을 택하지 말아야 한다. 저자는 미국의 1960~70년대 사회운동가 알린스키의 말을 빌려 "있는 그대로의 현실(현 체제 안)에서 실천하기"의 중요성을 강조한다. 정치가의 할 일은 "상황을 개선할 가능성을 보여주고, 사람들이 알고 싶고 참여하도록 이끄는 다리 놓기를 하는 것"이다.

《정치의 발견》은 구어체 문장, 흥미로운 에피소드, '정치' '정치인' '민주주의' 등 딱딱한 용어에 대한 자세한 개념 설명, 반복적 요약과 재정리로 쉽게 읽히는 책이다. 그러나 저자의 의견에 전적으로 수긍하기 어려운 부분이 있다. 첫째, 진보가 개혁하고자 하는 대상 집단과의 차별성 문제다. 과정이야 어떻든 결과만 중시하는 한국의 정치 풍토를 고려할 때, '윤리적으로 의심스러운 수단을 선택하는 진보'에 대한 대중의 평가는 냉혹할 수 있다. 시민은 기득권 정치인들이 외면하는 '절차의 정당성과 투명성'에서 진보의 선명성을 높게 평가하는 경향이 있다. "현대 민주주의 발전의 핵심은 대의제를 제대로 하고 투표를 의미 있게 만드는 데 있다"라는 주장도 논쟁거리다. 저자에 따르면 "직접 민주주의는 존재하지 않으며 신화에 불과"하다. 2008년 '촛불집회' 이후 보수 독점적 정당체제가 지속하고 있다는 점에서 운동으로 표출된 직접 민주주의에 대한 부정적 태도가 강화된 듯하다. 이에 대해 소설가 장정일은 "운동(촛불시위)과 정당제도(의회)가 동시에 또 순환적으로 사회적 의제를 떠맡는 게 불가능하지 않다"라고 반박한다. "2008년 촛불의 경험은 휘발되지 않고 2010년 6·2 지방선거의 밑거름이 되었다"라는 의견이다.

한국에서 직접 선거로 대통령을 뽑은 역사는 길지 않다. 1987년 6월 시민항쟁 결과, 국민은 5년마다 직접 투표로 대통령을 선출할 수 있게 되었다. 대통령 선거 투표율은 1987년 12월 89.2%를 기록한 이래 매 회 평균 5.3%씩 줄어, 2007년은 62.9%에 머물렀다. "민주주의를 싫어하는 사람들조차 민주주의를 직접 공격하진 못한다. 대신 그들은 정치와 정당, 정치가를 비난함으로써 민주주의 위력을 무력화하고자 한다." 최장집 고려대 명예 교수의 말이다. 정치 냉소주의는 투표율 하락과 서민의 처지를 대변할 진보 정당의 성장을 방해하는 요인이다. 그 반사 이익은 고스란히 기득권 보수 수구 정당과 정치인에게 돌아갔다. "진보 밖에서 문제를 보자"라는 저자의 주장은 일리가 있다. 권력 앞에서 우물쭈물하다가 '내가 가진 무기' 를 '나를 공격하는 상대' 에게 던져주는 미련한 짓은 하지 말아야 한다. 내년 국회의원 선거와 대통령 선거에 과감하게 덤비는 담대한 진보 정치인의 등장을 기다린다.

—임현선

글쓴이는 이 서평에서 책의 가장 중요한 부분을 잘 요약해냈습니다. 지은이가 막스 베버에게서 빌려 쓴 책임윤리가 그것입니다. 우리 정치인, 특히 진보적인 정치인에게 넘치는 것은 신념윤리요, 부족한 것은 책임윤리라는 것이 지은이의 분석입니다. 평소 독서량이 많고 현실에 관심이 많지 않고서는 써낼 수 없지요. 또한 책의 논쟁거리도 잘 지적해놓았습니다. 지은이가 갈등해소의 매개로 대의제를 지나치게 강조한 점은 다른 정치학자들과 대립하는 대목입니다. 글쓴이가 논박하기 어려운 부분은 인용으로 처리하는 능숙한 모습도 보여주었지요. 결론도 잘 마무리했습니다. 시사적인 문제의식과 자연스럽게 연결되도록 고려해 책의 가치를 잘 살려놓았습니다. 서평 전체를 보더라도 전문가들의 서평에 버금갈 정도로 수준 높은 글입니다.

많이 읽고, 깊이 생각하고, 자주 쓰다 보면 누구나 다다를 수 있는 자리입니다.

맺는말

모두가 호모 부커스 되는 날을 꿈꾸며

　단언컨대, 저는 글쓰기 책을 쓰면 안 됩니다. 유명한 작가도 아니고, 문단에서 영향력을 발휘하는 문학평론가도 아닙니다. 더욱이 미문을 자랑하는 사람도 아닙니다. 그냥 이것저것 닥치는 대로 읽다 먹고살려고 글을 썼고, 그러다 보니 책도 여럿 내고 말았을 뿐입니다. 만약 다른 일로 먹고살 길이 있었다면 절대 글을 쓰지 않았을 터입니다. 제게 글쓰기는 어렵고, 스스로 쓴 글에 만족하지 못합니다. 그래도 책을 써 보라고 권하는 사람이 있고, 글쓰기를 가르치고 있는지라 한번 매듭을 짓고 가야겠다 싶어 책을 펴냅니다. 이런 상황에서 아무 말도 하지 않고 책을 내기 민망하기 짝이 없습니다. 그리하여 저는 어떻게 읽고 쓰는 사람이 되었는가 간단하게나마 언급하고 넘어가려 합니다. 자랑하려 쓰는 게 아니라 저 같은 사람도 읽고 쓰는 사람이 되었으니, 누구나 노력하면 다 될 수 있다는 뜻으로 씁니다. 너그러운 마음으로 읽어주길 바랍니다.

저는 대학의 학부만 나와 별 볼일 없이 살다 도서평론가라 나부대며 살아왔습니다. 워낙 책 읽지 않는 사회이다 보니 저 같은 사람이 희귀했던지라 분에 넘치는 대우를 받았습니다. 그러다 우연한 기회에 대학에 강의를 나갔고, 이 과정에서 두 군데 대학교의 배려로 7년 동안 글쓰기와 책읽기를 가르친 경험이 있습니다. 지금껏 읽으신 책의 내용이 이때 가르치며 깨닫거나 느꼈던 바를 바탕으로 하고 있습니다.

대학에서 글쓰기를 가르치게 되었을 때 들었던 가장 큰 문제의식은, 제가 글쓰기를 배운 적이 없다는 사실입니다. 비록 국문과를 들어갔으나 쟁쟁했던 선배들처럼 글을 잘 써서 들어온 것이 아니었습니다. 문학에 대한 막연한 동경과 세상사와는 절연하고 살고 싶었던 낭만적 기질만을 믿고 내디뎠던 걸음이었습니다. 청소년 시절 각종 백일장을 휩쓸었던 선배나 동기들과 대학을 다니며, 그들의 독서력과 문장력에 그저 감탄만 할 뿐이었습니다. 학과도 국문과니 글쓰기가 중심이 아닌데다 관심 있는 현대문학만 강의를 하는 것도 아니었습니다. 언어학에, 고전문학에, 교양에, 그야말로 정신없었습니다.

제가 책의 세계에 깊이 빠진 데는 두 가지 계기가 있었습니다. 어리바리한 저를 어여삐 여긴 선배들이 술자리에 끼워주곤 했는데, 그때 귀동냥으로 들은 사람이나 책 제목을 기억해두었다 미친 듯이 읽어제쳤습니다. 나에게 모교의 원형 도서관은 한마디로 자궁이었습니다. 아

무엇도 아닌 청년을 가능성이 있는 사람으로 키워낸 곳이니까요. 남보다 먼저 문예지를 읽으려고 원형 도서관으로 달려갔습니다. 그만큼 문학적 호기심이 왕성해졌던 겁니다. 그러다 절망하곤 했습니다. 분명히 가장 먼저 왔을 텐데, 누군가 제가 군침 흘리며 읽고 있는 대목에 밑줄을 그어놓았던 겁니다. 그럴 때면 '이런, 난 아직도 멀었구나!' 하는 생각도 들었더랬습니다. 원형 도서관은 정기간행물을 볼 수 있었던 곳인데, 문예지만 본 것이 아니라 미술 잡지도 보게 되었습니다. 미술평론을 보며 감탄을 금치 못했고, 미술 세계에 담긴 심오한 철학도 얼핏 알게 되었습니다. 정말 스펀지 같은 시절이었습니다. 무엇이든 마구 빨아들였으니까요.

또 하나는 1980년대라는 특수한 시대 덕이었습니다. 엄혹한 전두환 정권 시절, 제 삶의 주변을 감도는 불온한 분위기에 호응하지 않을 수 없었습니다. 압도적인 지배질서에 저항하는 일군의 선배들과 함께 당대의 현실을 극복할 대안을 찾았습니다. 그때 읽었던 철학책과 사회과학책들은, 오늘에 보면 태반 지적 수준이 부족한 면이 있긴 해도, 새로운 세계를 열어 보여주었습니다. 읽어야 비로소 보인다는 것을 알았으니, 어찌 안 읽을 수 있겠습니까. 읽지 말라 하면 더 악착같이 읽으며 대학생활을 보냈더랬습니다.

그러다 비로소 글쓰기 수업을 받을 기회를 얻었습니다. 황순원 선생님의 수필 수업이 있어 들었습니다. 제 생각으로는 글쓰기의 기본을 가르쳐주시고 써보라 하실 줄 알았습니다. 그런데 대뜸 '써 오라' 하셨습니다. 그런데 놀라운 것은, 쓰라고 하셔서 쓰니까 쓰이더라는 말입니다. 선생님께 글을 내니까 빨간 펜으로 첨삭해서 되돌려주셨습니다. 기억에 그게 다였던 듯합니다. 그런데 이 수업이 얼마나 인상 깊었던지 4학년 때 소설 창작 수업을 들었습니다. 이때도 선생님은 소설 창작에 관한 말씀은 하나도 안 해주시고 써 오라고만 하셨습니다. 써서 선생님과 학우들한테 나누어주면 선생님께서 한두 마디 물어보셨습니다. 저한테는 산 위에 있는 집이 왜 하얬느냐고 물으셨죠. 그때 제 머릿속은 말 그대로 하얘졌습니다. 당황한 저는, 대답이랍시고 한 말이, 실제 그 집이 하얘서 그랬다고 했습니다. 선생님은 그저 미소만 지으셨던 걸로 기억합니다. 그런데 저는 바로 그 순간 소설에 대해 한소식 했다는 느낌을 받았습니다. 그것은 상징이어야 했습니다. 작품의 주제의식을 압축했어야 했는데, 저는 경험한 사실만으로 소설이랍시고 써갈겼던 겁니다. 그때 깨달았습니다. 한마디 들어서 깨달으면, 계속 문학을 할 말한 사람이 되는 거구나,라고 말입니다.

가만히 생각해보면, 많이 읽었기에 쓰라고 하면 쓸 수 있었던 듯합니다. 아는 게 늘어나고 남이 글 쓴 걸 톺아보았으니, 어느 날 기회가 왔을 때 봇물 터지듯 글을 써낼 수 있었던 게 아닌가 합니다. 역시 글을 쓰려면 많이 읽어야 합니다. 글은 끌어올려지는 것이 아니라 넘쳐 흘러나는 것입니다. 황순원 선생님께서는 이 점을 우리에게 말씀해주시고 싶으셨던 모양입니다.

주로 출판과 잡지 분야에서 밥벌이하면서 제 글쓰기는 다듬어졌습니다. 특히 출판저널에서 모셨던 이승우 주간님이 큰 영향을 끼쳤습니다. 그 어른은 우리말과 글에 대한 감각이 상당히 예민한 데다 정확하기까지 하셨습니다. 국어사전에서 틀린 부분을 밝혀내 설명해주실 때는 그야말로 뒤로 자빠졌습니다. 그 어른은 기자들이 기사를 써서 넘기면 늘 끙끙대셨습니다. 오자나 비문뿐만 아니라 사실에 기초한 내용인지, 말하고자 하는 바가 명확한지 일일이 확인하시며, 젊은 기자들이 함부로 써댄 글에 고통스러워하셨던 겁니다. 걸어 다니는 사전이셨는데, 잘못된 부분을 발견하면 일단 사전부터 찾아보았습니다. 그러고서는 불호령이 떨어졌습니다. 심지어 말이 되지 않는 기사는 당사자가 보는 앞에서 찢어버리기까지 했습니다. 그만큼 엄했던 겁니다. 지금도 원고마감을 하면 속 시원한 표정을 짓는 것이 아니라, 그 어른의 꾸중을 들을까 봐 전전긍긍했던 편집실 풍경이 떠오릅니다. 불려가서 혼나며 배우고 잘못된 부분을 일일이 바로잡아준 기사를 들고 와 다시 쓰던 모습도 떠오르는군요. 훗날, 그 어른 밑에서 일했던 이들이 하나같이 글을 잘 쓰는 것을 보면 시사하는 바가 큽니다.

제가 글쓰기와 책읽기 강의를 했던 한 대학교에서 교재를 새로 펴내기로 했습니다. 저더러 전체 틀을 기획해보라 해서 많이 고민했습니다. 저나, 같이 글쓰기를 가르치는 교수들이나 글쓰기를 누구한데 배운 적이 없습니다. 그런데도 글 쓸 줄 알아 가르치는 자리에 있습니다. 이 딜레마를 어찌 극복할 것인가가 제 고민의 고갱이였습니다. 그러다 대학만이 아니라 글쓰기 일반에 대한 관심이 지나치게 문학적 글쓰기에 비중을 두고 있다는 점을 주목하게 되었습니다. 흔히 글쓰기를 작문이라 칭해온 것도 이런 분위기와 관련 있지요. 기실, 문학적 글쓰기는 글쓰기의 최고봉이라 할 수 있지만, 일반인들이 범접하기 어려운

데다 일상에서 흔히 쓰는 글도 아닙니다. 글쓰기의 엘리트를 위한 교육이라 할 수 있겠지요. 제가 고민한 것은 누구나 자기 생각을 논리적이며 설득력 있게 우리말 어법에 맞게 쓸 줄 아는 사람을 키워내야 한다는 사실이었습니다. 과장하면 백만인을 위한 글쓰기여야 한다는 말입니다.

문제의식이 좁아지면서 비로소 해결책이 보였습니다. 그렇다면 프랑스 논술교육에 기대어보자는 것입니다. 대학 진학을 꾀하는 모든 고등학생이 보는 시험을 준비하는 글쓰기 교육이라면 상당히 범용성과 응용 가능성이 크리라 보았던 것이지요. 그래서 제가 주목한 책이 《논술의 7가지 열쇠》와 《글쓰기의 전략》이었습니다. 앞의 책은 프랑스 논술 교재를 편역한 것이고 뒤의 책은 앞 책의 문제의식을 공유하되, 좀 더 넓은 대상을 고려한 책이었습니다. 두 책은 단락의 통일성과 연계성을 바탕으로 글 쓰는 법을 힘주어 강조하고 있습니다. 저는 이 두 책을 관통하는 정신을 '단락 중심의 글쓰기'라 이름 지었습니다.

드디어 방법론을 찾아내었습니다. 글쓰기를 배우지 않고도 글 쓰는 법을 안 세대가 할 수 있는 일입니다. 어떻게 해야 글쓰기를 가르칠 수 있는지 치열하게 고민한 덕이기 때문입니다. 함께 작업해 예비 교재를 만들고 실제로 수업을 한 다음, 교재를 펴냈습니다. 어떤 효과를 거두었는지는 감히 말할 수 없기는 하나, 일정한 목표의식과 방법론을 공유하며 글쓰기를 교육했다는 점에서는 지극히 만족합니다. 이 책의 글쓰기 부분이 바로 이때의 방법론을 되살린 겁니다.

저는 이즈음 전통적 의미의 빌둥^{Bildung}은 이제 역사적 소명을 다한 듯하다고 느낍니다. '형성하다'라는 의미로 흔히 교양이라 번역하는 빌둥은, 계몽적 교육의 지평을 열었다고 봅니다. 주자가 말한 신민^{新民}의 개념과 상통하지요. 그러나 이제 제도교육은 교양을 형성할 수 없습니다. 왜냐고요? 이미 형성되어 있기 때문입니다. 대학에서 학생들을 가르치다 보면 세대 차이를 심각하게 느낍니다. 사제지간에도 도저히 이해되지 않는 일이 버젓이 벌어집니다. 여러 이유가 있겠지만, 지금 세대는 이미 형성된 상태로 대학에 들어왔기 때문이라고 봅니다. 그러면 어떻게 그들의 인격과 교양이 형성되었을까요? 제가 보기에는 매체의 영향이 가장 큰 요인입니다. 그 누구의 의도대로 형성되지 않고 한 세대를 장악한 매체가 그들을 이미 형성해버립니다. 오만과 편견으로 형성된 그들을 다시 형성하겠다고 나서면 충돌만 벌어집니다. 도대체 어떡해야 하는 걸까요? 대학의 문제만은 아닙니다. 사회 전반에 걸친 퇴행이 이를 입증합니다.

저는 이제 다른 길을 가야 한다고 봅니다. 형성하려 하지 말고 깨려고 해야 합니다. 지금 알고 있고 믿고 있는 것이 과연 진리인지 스스로 되돌아보게 이끌어야 한다는 말입니다. 앞 세대가 깨달은 바 그 자체를 반드시 다음 세대에 물려주려 하지 말고, 깨달은 과정을 드러내어 그 방법을 다음 세대가 익힐 수 있도록 해야 하는 것이 아닐까요? 저는 요즈음 우리 사회에 소크라테스식 질문법이 다시 요구되는 것이 아닌가 깊이 생각하고 있습니다.

이런 점과 글쓰기를 연계해보아야 할 듯합니다. 왜 여러분은 읽기와 쓰기를 배우려 하는 거지요? 학생이면 리포트 잘 쓰고, 직장인이라면 보고서 잘 쓰기 위해서일까요? 이런 점에 부합하는 글쓰기를 부정할 수 없는 현실이기는 하나, 여기서 그치면 안 되겠지요. 아는 것을 널리 알리기 위한 글쓰기가 아니라 아는 것이 과연 진리인가 하는 성찰을 유도하는 글쓰기는 불가능할까요? 이미 형성된 자기를 글쓰기를 통해 깨어버리고, 새로운 존재로 도약하기 위한 몸부림을 담은 글쓰기는 불가능한 걸까요? 우리의 글쓰기에는 반성과 참회, 새로운 각오는 어울리지 않는 걸까요? 요약, 분석, 논리, 설득을 넘어서는 그 무엇 말입니다. 감당할 수 없는 일을 하였지만, 이 책이 읽고 쓰는 힘을 키워져 이런 문제의식을 공유하는 데 이바지해주길 바랄 뿐입니다.

별것 아닌 책을 내면서도 많은 분의 신세를 졌습니다. 이 책의 앞부분은 강응천 씨의 권유로 썼습니다. 뒷부분은 김이금 씨의 아이디어로 썼습니다. 두 부분을 하나로 이어 한 권의 책을 내도록 오혜영 씨가 애써주었습니다. 더욱이 책을 마무리하는 데 김호연 교수, 윤일구 씨, 백승권 형이 큰 도움을 주었습니다. 두루 감사합니다. 각별히 상상마당에서 '수상한 독서클럽'을 들어준 수강생들, 〈프레시안〉 글쓰기 서평학교를 함께 해주었던 분들에게 감사 인사를 전합니다. 이 책을 읽어준 독자들에게도 감사드립니다. 우리 모두 '쓰기 위한 읽기'를 통해 두루 성장해나가길 바랍니다.

2015년 가을

이권우

책읽기부터 시작하는 글쓰기 수업

© 이권우 2015

초판 1쇄 발행   2015년 11월 27일
초판 6쇄 발행   2021년 6월 7일

지은이   이권우
펴낸이   이상훈
편집인   김수영
본부장   정진항
편집1팀   이윤주 김단희 김진주
마케팅   천용호 조재성 박신영 성은미 조은별
경영지원   정혜진 이송이

펴낸곳   (주)한겨레엔 www.hanibook.co.kr
등록   2006년 1월 4일 제313-2006-00003호
주소   서울시 마포구 창전로 70(신수동) 화수목빌딩 5층
전화   02-6383-1602-3 팩스 02-6383-1610
대표메일   book@hanibook.co.kr

ISBN 978-89-8431-943-1 03800

• 값은 뒤표지에 있습니다.
• 파본은 구입하신 서점에서 바꾸어 드립니다.